LES TISSERANDS DE LA LICORNE

DU MÊME AUTEUR

CHEZ LE MÊME ÉDITEUR

La Forge au Loup, 2001, nouvelle édition 2015
La Cour aux paons, 2002, nouvelle édition 2011
Le Bois de lune, 2003, nouvelle édition 2015
Le Maître ardoisier, 2004
Le Vent de l'aube, 2006, nouvelle édition 2019
Les Chemins de garance, 2007, nouvelle édition 2017
La Figuière en héritage, 2008, nouvelle édition 2014
La Nuit de l'amandier, 2009, nouvelle édition 2021
La Combe aux Oliviers, 2010
Les Bateliers du Rhône, 2012
La Maison du Cap, 2016
Édition collector *La Combe aux Oliviers* suivi de *La Nuit de l'amandier*, 2017
À travers la nuit et le vent, 2018
La Fontaine aux Violettes, 2019
La Maison de Charlotte, 2020
Les Héritières de La Salamandre, 2021
Le Jardin des Cyprès, 2022
La Roche au Loup, 2022

CHEZ RTL ÉDITIONS

Les Dames du Sud, 1986

AUX ÉDITIONS OMNIBUS

Les Dames de Meuse, 2012
Romans de ma Provence, 2014
La Provence comme ils l'ont aimée, 2019

AUX ÉDITIONS CALMANN-LÉVY

Le Moulin des Sources, 2010
Le Mas des tilleuls, 2011
La Grange de Rochebrune, 2013
Retour au pays bleu, 2013
Le Fils maudit, 2014
Les Sentiers de l'exil, 2015
Les roses sont éternelles, 2016
Le Maître du Castellar, 2017
Édition collector *En Provence*, 2018
Édition collector *Retour en Provence*, 2019
Le Secret de Belle Épine, 2019
Pour oublier la nuit, 2021

Françoise Bourdon

LES TISSERANDS DE LA LICORNE

Roman

Suivi d'une nouvelle inédite
Un ultime rendez-vous

TERRES DE FRANCE

Les Presses de la Cité

92, avenue de France – 75013 Paris
ISBN 978-2-258-20575-8
Dépôt légal : mai 2023

À ma fille, Caroline

PREMIÈRE PARTIE

1869

1

1869

Une course de nuages venait de voiler la lune. Joséphine, pourtant, aurait pu décrire les yeux fermés les ardoises presque mauves qui chapeautaient l'abbaye, construite au XIIe siècle et nichée au fond d'un parc retourné à l'état sauvage.

Le nez écrasé contre le carreau, Joséphine contemplait le village endormi. Cerné de forêts drues qui l'avaient protégé des invasions au fil des siècles, Saint-Blaise résonnait tout au long du jour du bruit des métiers à tisser.

La nuit, seulement, les machines se taisaient. Excepté celle de Catherine, qui s'activait avec une régularité de métronome, à la chiche lumière d'un quinquet.

Le cœur étreint d'une sourde angoisse, la jeune fille scruta la rue, bordée de maisons identiques serrées frileusement sous leurs toits d'ardoises.

L'église, bien que de dimensions modestes, s'était dotée d'ouvertures au bas des murs, destinées autrefois à braquer des couleuvrines sur d'éventuels assaillants. Bâtie sur une éminence, elle dominait la rivière, bordée de saules échevelés et de peupliers, qui courait se perdre vers l'épaisse forêt.

Joséphine se rappelait, enfant, avoir joué à cache-cache derrière les tombes des moines cisterciens. Elle apercevait des pans de ciel entre les ogives des fenêtres d'une abbaye primitive, réduite à l'état de ruines par la Révolution, et elle rêvait de s'évader, loin, très loin.

Était-elle condamnée, elle aussi, à passer toute sa vie prisonnière de la maison-atelier, enchaînée derrière son métier à tisser ? Cette perspective lui donnait la nausée. Elle se souvenait, lorsqu'elle était enfant, du ventre énorme de sa mère pressé contre le bâti de la machine. Elle avait l'impression que le monstrueux métier à tisser, qui prenait toute la place dans la salle, lui volait l'affection maternelle. Le soir, elle se faufilait, en chemise, se glissait entre les jambes d'Aurélie. Sa mère lui caressait les cheveux d'un geste furtif avant de lui recommander d'aller se coucher dans la soupente, sur la paillasse de fougères séchées, en compagnie de ses frère et sœurs.

« Cinq enfants, dont deux garçons, et le sixième est en route, plastronnait Guy, le père.

— On voit bien qu'il ne se donne pas le mal de les mettre au monde, ni de les nourrir ! » grommelait en écho Catherine, sa belle-sœur.

L'aîné, Émile, était mort à un mois. C'était dans l'ordre des choses, la mortalité infantile étant importante en pays sedanais. Elle enrageait de voir Aurélie trimer sans répit pour son bon à rien de mari. Elle l'avait mise en garde, pourtant, avant les noces, car Guy n'avait pas la réputation d'être un bon travailleur. Aurélie n'avait rien voulu entendre. Cet homme, elle le voulait. D'abord, il lui avait dit qu'il l'aimait. C'était tout de même une preuve. Non ?

L'amour… Catherine s'en défiait. Rien de tel pour vous retrouver grosse, avec vos illusions en guise de dot. Son fiancé avait rompu deux semaines avant le mariage, sous le fallacieux prétexte que sa mère ne s'entendrait jamais avec Catherine. Elle avait pleuré, en se maudissant. Avait-on idée d'être aussi stupide ? Les hommes ne tenaient jamais leurs promesses, c'était bien connu.

Elle avait élevé Joséphine avec cette conviction fichée au cœur. Joséphine et les autres, puisque Aurélie était morte en donnant naissance à son sixième enfant, un garçon, comme l'avait prédit le père.

Joséphine se souvenait de tout. Les douleurs avaient pris Aurélie si rapidement qu'on n'avait pas eu le temps d'envoyer les enfants chez les voisins, comme pour les délivrances précédentes. Elle avait entraîné ses frère et sœurs dans la soupente, leur avait ordonné de se boucher les oreilles. Elle, cependant, avait tout entendu. Les hurlements inhumains d'Aurélie, les allées et venues de Catherine et de la sage-femme, leurs conciliabules inquiets.

Elle se rappelait les protestations de son père, déjà éméché, qui tenait à venir voir sa femme, une chopine à la main. Elle se rappelait, plus que tout, le sang coulant de la paillasse sur le sol en terre battue. Elle avait dévalé les barreaux de l'échelle, s'était jetée près de sa mère, pâle, si pâle.

La sage-femme avait voulu l'écarter.

« Laisse donc, avait dit Catherine, d'une drôle de voix toute frêle.

— Maman... » répétait Joséphine, se pressant contre les cheveux blonds de sa mère.

Catherine avait posé la main sur son épaule.

« Ta mère est passée, petite. »

Passée ? Alors que la veille encore elle fredonnait sa chanson préférée : « C'est un lien qui se lie qui n'saurait se délier », tout en actionnant son métier ? Passée, à vingt-cinq ans, avec cinq, non, six enfants ? Elle avait jeté un regard chargé de haine au bébé, qui braillait tout son saoul.

« Il est costaud, çui-là ! avait commenté la sage-femme. Pour sûr, il a pris toutes les forces de sa mère ! »

Joséphine n'avait alors que huit ans, mais elle sentait encore dans sa bouche l'horrible goût de bile qui lui était monté aux lèvres. Elle aurait voulu pleurer, elle en avait été incapable. Elle avait gardé tout son chagrin pour elle, même quand l'abbé Foulon avait prié pour Aurélie, et quand le fossoyeur avait descendu son cercueil dans le caveau des Tortel, paysans et tisserands à Saint-Blaise depuis plus de cinq générations.

Elle n'avait pas pleuré, se contentant de serrer les poings, très fort. Son père sanglotait sans retenue. Joséphine avait eu envie de hurler. C'était lui qui avait tué Aurélie, la fillette en était persuadée.

Depuis dix ans, elle vivait la haine au cœur. Catherine, qui s'était installée chez eux pour élever les enfants de sa sœur, n'avait rien tenté pour améliorer les relations entre le père de famille et sa fille aînée. Elle méprisait Guy, son beau-frère, et ne se gênait pas pour le faire savoir.

Avec sa haute taille et sa corpulence, Catherine en imposait. On disait d'elle : « C'est une maîtresse femme », et cela lui convenait fort bien. Rude à la peine, elle était appréciée des fabricants de Sedan, étant la seule ouvrière de la région à tisser sa pièce de drap de quatre-vingts mètres de longueur en moins de dix-neuf jours. Joséphine l'admirait, sans avoir pour autant envie de lui succéder. Elle avait bien appris, elle aussi, elle n'avait pas eu le choix, à manier d'abord un petit métier à tisser, un simple cadre métallique sur lequel étaient tendus les fils de la chaîne, en les faisant passer dans les encoches, alternativement longues et courtes, d'un peigne lui aussi métallique. Catherine lui avait patiemment expliqué le principe du tissage. En séparant en deux les fils de la chaîne, on en faisait deux séries que l'on abaissait puis que l'on élevait afin de laisser passer la navette.

Sa tante l'avait ensuite installée derrière le grand métier, dont le peigne était remplacé par des lames, deux râteliers parallèles. Chacune de ces lames portait un anneau, dans lequel était engagé le fil de chaîne.

On appelait « chasse » le grand cadre suspendu qui portait la planchette sur laquelle courait la navette métallique. Celle-ci, dans un mouvement de va-et-vient, permettait à la tisserande de passer la trame au milieu des fils de chaîne. On poussait le battant mobile, lançait la navette à la main, ramenait le battant et serrait avec le peigne le nouveau fil de trame contre le précédent. Le drap s'enroulait au fur et à mesure sur l'« ensouple », qu'on appelait « enseul » dans le Sedanais, un long cylindre.

Ce travail long et contraignant rebutait Joséphine. Elle rêvait de partir, de quitter la maison trop petite dans laquelle elle étouffait.

À la différence de son père, Catherine, à qui elle s'était confiée à plusieurs reprises, la comprenait. Chaque fois qu'elle pensait à Guy Tortel, Joséphine éprouvait de la colère et de la haine. Il n'avait pas hésité, en effet, à s'installer en ménage deux maisons plus loin, avec une veuve pas trop regardante qui le laissait boire du moment qu'il lui réchauffait son lit la nuit. Cela ne l'empêchait pas de vouloir toujours régenter ses enfants. Joséphine avait pris le pli de lui tenir tête. Lorsqu'elle le voyait franchir le seuil de leur maison en titubant, elle avait envie de lui jeter la marmite à la tête. L'intensité de la haine qu'il lui inspirait parfois lui faisait peur.

Elle songeait à tout cela, en cherchant en vain le sommeil.

À bout de patience, elle descendit rejoindre sa tante. Catherine avait les traits tirés, ses gestes se faisaient saccadés.

— Va te reposer, je te remplace, lui proposa Joséphine.

Pour une fois, sa tante ne protesta pas. Elle lui recommanda simplement de faire particulièrement attention aux « forentrés », les défauts de chaîne dont la jeune fille était coutumière.

Catherine s'éloigna d'un pas lourd et s'effondra sur sa paillasse, installée dans une alcôve.

Devant le métier, Joséphine actionna la pédale du pied gauche et, de la main gauche, lança la navette.

Le caractère répétitif de la tâche lui déplaisait. Elle savait qu'elle n'était pas faite pour ce métier même si, par la force des choses, elle avait la laine dans le sang.

Une seule chose comptait pour son père : leur voler de l'argent pour boire, toujours plus. Il travaillait de façon irrégulière, se louant l'été pour la cueillette des cerises, ou confectionnant des paniers en vannerie. Il s'intéressait un peu plus à ses fils qu'à ses filles, ce qui convenait fort bien à Joséphine.

Dans le silence de la nuit, le battement du métier à tisser constituait une sorte de présence. Assise à cette place, la jeune fille ne pouvait pas ne pas songer à sa mère. Morte à vingt-cinq ans… Elle, elle se battrait pour connaître un autre destin. Il n'était pas question pour elle de tout sacrifier à un homme.

Joséphine se pinça pour ne pas s'endormir. Le travail devait avancer, coûte que coûte.

Une brume légère, vaporeuse comme un voile de mariée, s'élevait au-dessus de la rivière qui creusait son lit dans l'herbe grasse.

« Brume de beau temps ! » avait annoncé Catherine d'une voix joyeuse.

Exceptionnellement, le jour de la foire, elle ne s'approcherait pas du métier à tisser. Elle n'avait pas l'intention de chômer pour autant puisque, aidée de Joséphine et de Suzon, les deux aînées, elle avait astiqué la maison du haut en bas, frotté le pavé de la chambre, ciré les meubles de hêtre et préparé des galettes au sucre.

Tout le pays s'était rassemblé sur la place du village, devant les halles au toit couvert d'ardoises.

Celles-ci, vieilles de quatre cents ans, étaient distribuées suivant un rituel immuable. Chacun avait sa place, et gare à celui qui tenterait d'en changer !

Les enfants couraient un peu partout, ravis de pouvoir se dégourdir les jambes à leur aise, eux dont l'espace vital était souvent plus que réduit.

La porte des Tortel claqua. Joséphine, rouge, échevelée, sortit de la maison en courant. Sentant les regards converger vers elle, elle se redressa, remit de l'ordre dans ses cheveux fauves.

— Jo !

Une seule personne au monde l'appelait ainsi, « Jo », avec beaucoup d'affection dans la voix. Il s'agissait de Georges, son meilleur ami, marchand ambulant de son état.

Il se tenait devant la halle et lui adressait de grands signes de la main. Elle s'élança vers lui.

De taille moyenne, râblé, la casquette posée légèrement de travers sur ses cheveux bruns, il paraissait plus que ses vingt-six ans.

Joséphine l'avait toujours connu. Il n'avait pas dix ans qu'il sillonnait déjà les chemins d'Ardenne dans les pas de son père, colporteur venu d'Auvergne au début des années cinquante. Tous deux excellents marcheurs, leur hotte sur le dos, ils proposaient à la vente du fil, des aiguilles, du cirage, des blagues à tabac, des paniers et de longues allumettes de tremble, les fameuses « togeardes ». À la mort de son père, Georges avait investi dans un « quatre-roues », tiré par deux chevaux. La voiture, dénommée Vaillante, qui s'ouvrait des deux côtés et de l'arrière, était connue dans tout le canton. Il vendait aussi bien du savon de Marseille que du savon noir, du tabac en poudre, des lacets, des brosses, des boîtes d'amidon, et proposait même du pétrole qu'il transportait sous la voiture dans un coffre en fer-blanc doté d'un robinet.

Georges écarta un peu Joséphine afin de la contempler tout à son aise. Il leva la main, tenta de la recoiffer. Elle secoua la tête.

— Laisse donc ! Seigneur ! Ça fait du bien de te revoir. Je croyais que tu m'avais oubliée...

Georges haussa les épaules.

— T'oublier, toi ? Non, c'est simplement que j'ai dû aider ma mère pour les livraisons. Elle a beaucoup de travail à Sedan...

Joséphine soupira.

— Elle est couturière, n'est-ce pas ? Quelle chance elle a ! Je me demande souvent ce que devient le tissu qui sort de chez nous...

— Je t'emmènerai la voir un jour, si tu veux.

— Vrai ?

Joséphine se suspendit à son bras.

— Tu le feras, dis, Georges ? Moi, ici, je meurs à petit feu. Oh là ! cache-moi. J'aperçois le père, là-bas, sous la halle...

Au vu de son allure, Guy Tortel avait déjà largement fait honneur aux boissons alcoolisées. Plusieurs personnes s'écartèrent sur son passage, en lui jetant un regard chargé de reproche.

Il bouscula par mégarde une pile de paniers d'osier, trébucha devant les tréteaux chargés de tissus, avant de décocher un coup de pied à un goret échappé de sa caisse qui courait sous la halle.

Le marchand de cochons rattrapa la bête par la

patte arrière tout en insultant copieusement le père de Joséphine :

— Dis donc, le Tortel ! Tu n'as rien à foutre près de mes gorets ! Sors de là, feignant !

Les murmures enflèrent sous la halle. Le goret, effrayé, poussait des cris perçants.

Joséphine se précipita au-devant de son père dans le but de lui venir en aide. Il la repoussa violemment avant de la gifler.

— Tu n'as rien à faire ici, sale garce ! lui jeta-t-il. File travailler avec ta tante. Tu n'es même pas capable d'abattre de la bonne besogne !

Révoltée, la jeune fille lui fit face. Elle tremblait, la marque rouge sur sa joue la brûlait, mais elle refusait de baisser les yeux.

— Parce que toi, sac à bière, tu travailles, peut-être ? ironisa-t-elle.

De nouveau, Guy Tortel leva la main. Georges s'interposa promptement.

— Doucement, Guy, intervint-il. Tu n'es pas dans ton état normal.

— J'suis encore capable de corriger cette gueuse, bredouilla l'ivrogne.

Georges ne bougea pas d'un pouce. On le savait costaud, et Tortel hésita à s'en prendre à lui.

— Un pas de plus, et je t'assomme, l'avertit le marchand ambulant.

Guy ricana.

— J'voudrais bien voir ça !

Il chercha des yeux Joséphine, que Georges protégeait de sa large carrure.

— Viens-t'en là, garce ! glapit-il, en faisant mine d'écarter le colporteur.

Il ne vit pas venir le poing, lancé avec force. En revanche, il eut l'impression que sa tête éclatait. Il s'effondra sur une pile de cageots, sous les applaudissements des villageois, qui ne l'aimaient guère.

Georges entraîna son amie.

— Nous n'avons pas de temps à perdre, ma belle ! Il vaut mieux pour toi être partie quand ton père retrouvera ses esprits.

Elle leva vers lui son regard vert, qui virait au bronze dans le soleil.

— Partie ? Pour où ?

Il lui releva le menton et lui dédia un large sourire.

— Pour où ? Pour Sedan, pardi ! Depuis le temps que tu veux vivre et travailler en ville…

Il coupa court à ses effusions enthousiastes. Il s'agissait de ne pas traîner.

Tout en jetant à la hâte ses quelques hardes dans un baluchon, elle raconta à Catherine ce qui venait de se passer sous la halle. Sa tante se signa.

— Cet homme est le diable, murmura-t-elle. Georges a raison, bien sûr, tu dois partir, sinon il te rendra la vie infernale ici, à Saint-Blaise. Mais tu vas me manquer, petite… Oh oui ! ce que tu vas me manquer !

Joséphine se blottit contre sa tante.

— Serre-moi fort, Catouche, et pense bien à moi. Tu diras aux petits…

— File ! coupa Catherine. Le temps presse. Quand il est dans cet état, ton père ne se contrôle plus.

— Justement ! Je ne veux pas qu'il te fasse du mal.

Catherine éclata de rire.

— Il n'y a pas de danger ! Je déteste Tortel et je n'ai pas peur de lui. Il ne peut rien contre moi.

Joséphine ne se retourna pas après avoir franchi le seuil de sa maison. Elle emportait tous ses souvenirs avec elle. De toute manière, elle détestait le village depuis la mort d'Aurélie.

Catherine, qui les avait suivis dans la rue, lui caressa les cheveux.

— Prends bien soin d'elle ! recommanda-t-elle à Georges.

Il émit un claquement de langue. Les chevaux s'ébranlèrent. Assise à côté du conducteur, Joséphine eut le sentiment d'avoir basculé d'un coup dans le camp des grandes personnes. Georges parlait, parlait, de sa mère, Eugénie, chez qui il avait l'intention de conduire la jeune fille, de Sedan, une ville en pleine expansion… Il parlait et, au fur et à mesure qu'ils s'éloignaient de Saint-Blaise, Joséphine se sentait revivre.

2

Debout sur le siège du conducteur, malgré les mises en garde de Georges, Joséphine contemplait la masse imposante du château fort de Sedan, dominant la cité aux toits d'ardoise. Curieusement, la ville tournait le dos au château, comme si elle avait voulu signifier ainsi son désir d'aller de l'avant. Tout émerveillait la jeune fille, à commencer par les rues larges, se coupant à angle droit, à l'abri de la ceinture des remparts. Au loin, elle apercevait les tours jumelles d'une église, et une sorte de beffroi ajouré, celui du Dijonval, la manufacture royale de draps.

— Regarde bien ! lui recommanda Georges. C'est la ville des plus beaux draps de France. Tu as des fabriques un peu partout. Elles ont poussé pire que des champignons.

Il lui désigna au passage des immeubles de trois ou quatre étages, aux murs percés de nombreuses fenêtres, pour mieux bénéficier de la lumière du jour, et les hautes cheminées attestant de l'activité textile.

Il était fier comme un enfant. Parce qu'il habitait en ville, tout lui paraissait plus grand, plus beau.

Après lui avoir fait admirer la place Crussy et le collège Saint-Louis des jésuites, bâti sur la terrasse du bastion de Bourbon, il arrêta la voiture le long d'une rue étroite, jeta un sou à un gamin vêtu de loques qui s'avançait vers eux.

— Charlot, tu surveilles le chargement.

Le gamin cligna de l'œil.

— Oui, patron.

— Patron ? répéta Joséphine, étonnée.

Georges ne se troubla pas.

— Je suis mon propre maître, pas vrai ? Et je n'ai pas l'intention de m'arrêter en si bon chemin !

Le connaissait-elle vraiment ? se demanda-t-elle en le suivant à l'intérieur d'une maison aux murs recouverts d'un enduit blanchâtre.

Le couloir, lépreux, était peint d'une sinistre couleur brune qui s'écaillait. Joséphine sursauta en entendant un couinement.

— Encore un rat ! bougonna Georges. Ils remontent de la Meuse toute proche. Tu verras... quand je serai riche...

Il débordait de projets. Il voulait gagner de l'argent, toujours plus d'argent, pour installer sa mère ailleurs, « dans une vraie maison ».

Sur le seuil de la porte, la jeune fille éprouva le désir irraisonné de s'enfuir. Elle n'avait jamais rencontré la mère de Georges. C'était pure folie d'être ainsi partie sur un coup de tête de son village.

Son vieil ami posa la main sur son bras.

— N'aie pas peur.

Il la poussa doucement vers une grande pièce haute et étroite.

Joséphine, mal à l'aise, aperçut une personne d'une cinquantaine d'années, toute ronde, qui la dévisageait en fronçant les sourcils. Coiffée d'un drôle de toupet grisonnant, vêtue d'une blouse lâche, elle ne semblait pas accorder grande importance à son apparence. En revanche, elle se montra tout de suite critique vis-à-vis de Joséphine, reprochant à son fils de lui avoir amené une visiteuse à l'improviste, sans la prévenir. Le feu aux joues, la jeune fille s'empressa de faire demi-tour. Georges la rattrapa alors qu'elle allait franchir le seuil.

— Attends, Jo ! Ne fais pas attention, elle ne te connaît pas. Et toi, mère, tu peux être un peu plus aimable, non ?

De mauvaise grâce, Joséphine se laissa entraîner de nouveau dans la pièce qui servait d'atelier à la couturière.

Deux mannequins d'osier, portant des vêtements en cours de fabrication, montaient la garde devant la fenêtre. Un poêle alvéolé recevait toute une série de fers adaptés aux différents travaux. Joséphine ne savait pas qu'il en existait autant et ne chercha pas à dissimuler son étonnement.

Eugénie Faure, la mère de Georges, ricana.

— Tu viens bien de la campagne, toi, tu rouettes[1] partout comme si tu n'avais jamais rien vu !

Une sacrée belle fille, pensa-t-elle, malgré ses guenilles de paysanne. Une silhouette mince, la taille fine, bien marquée, une cascade de boucles fauves, des yeux de pécheresse... À coup sûr, le Georges en était amoureux, ce qui l'irritait fort.

1. « Tu regardes. »

Eugénie coula un regard incisif en direction de son fils.

— Un p'tit café ? proposa-t-elle d'une voix radoucie.

Il était maintenu sur le poêle, bien au chaud dans sa cafetière de terre brune.

Chez elle, Joséphine ne goûtait que du café au goût prononcé de chicorée, qui coûtait moins cher.

Aussi savoura-t-elle le délicieux breuvage servi par Eugénie dans des bols en faïence blanche.

— C'est du bon, pas vrai ? lança Eugénie en faisant claquer sa langue.

Elle n'était pas mécontente de faire étalage de leur aisance. C'était pour elle une sorte de revanche sur les années de misère connues dans sa jeunesse.

Quand elle s'était retrouvée veuve, Georges n'était pas encore sevré. Elle effectuait deux journées, allant rapiécer, tailler dans les villages avant de revenir travailler la nuit dans sa cuisine. Elle se souvenait encore d'une minuscule tache de sang sur un manchon. Elle s'était piqué le bout du doigt, ne s'en était pas aperçue tout de suite. La cliente avait fait un scandale, refusé de payer le travail commandé. Eugénie, après avoir sangloté tout son saoul, s'était endurcie. Il le fallait bien, avec un enfant à charge.

Elle considéra froidement Joséphine après avoir bu son café.

— C'est pas tout ça… mon ouvrage n'attend pas. Bien le bonsoir, ma fille.

Georges eut beau insister, sa mère ne céda pas. Non, elle n'hébergerait pas cette quasi-inconnue. D'abord, elle n'avait pas la place, il le savait bien. Et puis, Georges n'avait qu'à se débrouiller.

Joséphine, très droite, avait posé la main sur la manche de son vieil ami.

— Laisse donc.

Dans l'escalier, elle écouta sans les entendre vraiment les excuses de Georges. Le soir tombait, elle prit peur à la perspective de devoir dormir dans la rue.

Le colporteur, bien embarrassé, tortillait les bords de son chapeau. Rien ne s'était passé comme il l'avait prévu. Il aurait dû se douter, pourtant, que sa mère se montrerait aussi peu aimable. Elle n'avait pas le caractère facile, c'était certain. Si elle avait été prévenue, peut-être aurait-il pu...

De plus en plus mal à l'aise, il proposa à la jeune fille de la ramener à Saint-Blaise. Elle secoua la tête, farouche. Revenir la tête basse, subir les moqueries du père, ses coups ? Merci bien !

— Ne t'inquiète pas pour moi, je me débrouillerai ! lança-t-elle avec une assurance qu'elle était loin d'éprouver.

Elle remonta la rue à grands pas sans vouloir écouter les appels de Georges. Elle s'essuya les yeux d'une main rageuse. Pas question de reconnaître qu'elle avait peur et qu'elle se sentait perdue.

Une brume poisseuse enveloppait la ville. De quel côté étaient-ils arrivés ? Joséphine avait l'impression déprimante de tourner en rond.

Lorsqu'elle aperçut les tours d'une église émergeant du brouillard, elle éprouva un soulagement si intense qu'elle dut s'appuyer contre un mur. Elle se reprit, marcha d'un pas plus assuré jusqu'à l'édifice. Elle poussa la porte qui grinça, se réfugia sur un banc. L'intérieur de l'édifice religieux était très clair grâce à ses murs enduits à la chaux et à ses baies fermées de vitraux blancs. Là, elle devrait être en sécurité pour la nuit. Elle aviserait le lendemain, se dit-elle, épuisée, en s'allongeant sur un banc devant le tableau de saint Charles Borromée secourant les pestiférés de Milan.

Joséphine aurait certainement dormi douze heures d'affilée si les cloches ne l'avaient pas réveillée. La tête sonnante, elle se redressa sur le banc. Une ombre noire la considérait avec défiance.

— Tu as dormi ici ?

La voix du prêtre était à la fois incrédule et offusquée. À ses côtés, le sacristain, un bonhomme cassé en deux, aux dents jaunes, marmonna en écho :

— L'église Saint-Charles n'est pas un hospice !

Ils commençaient à l'agacer, tous les deux ! À deux mains, Joséphine rejeta ses cheveux en arrière. Elle bâilla. Elle mourait de faim.

— Les fidèles vont arriver, reprit le prêtre. Tu dois partir.

— Pourquoi ? Je ne suis pas assez bien pour votre église ?

Joséphine la rebelle gardait un souvenir mitigé de ses années d'école dans la classe unique tenue par les religieuses de Saint-Blaise. Elle avait le sang vif, ne supportait pas l'injustice, et s'était retrouvée plus d'une fois punie, contrainte de s'agenouiller sur une bûche destinée à alimenter le poêle, les mains derrière la tête. Position particulièrement inconfortable, qui lui valait les sarcasmes de ses camarades. Face au prêtre, les humiliations subies lui revenaient en mémoire.

Le sacristain se pencha, la saisit par le bras.

— Tu décampes, et sans faire d'histoires, si tu ne veux pas être embarquée au poste.

Elle rougit en croisant leurs regards. Pour qui la prenaient-ils ? Pour une fille à soldats ?

Haussant les épaules, elle remonta l'allée centrale vers la place d'armes.

Ne pas pleurer, se répéta-t-elle avec force. Au village, tout était plus facile, d'une certaine manière. Tout le monde la connaissait, on ne lui aurait jamais fait subir une telle humiliation.

Sur le parvis de l'église Saint-Charles, à la lumière blafarde du petit matin, Joséphine se promit de se faire une place à Sedan. Elle serait respectée. Parole de fille de Saint-Blaise !

3

Félicité Desprez considéra d'un air satisfait les pièces de réception, redécorées depuis peu, et tapota les coussins de son salon, recouverts de velours, soutachés de passementerie.

Tout, autour d'elle, proclamait la réussite d'une famille qui fabriquait des draps depuis près de deux siècles.

Fille et petite-fille de drapier, Félicité connaissait les différentes étapes qui conduisaient à la production des plus beaux draps fins du monde.

Nul, dans Sedan, n'ignorait ses compétences. Son époux, Charles, se réservant les activités commerciales, depuis la commande des laines en Espagne jusqu'à la vente sur les différentes places européennes, Félicité, assistée de son fils Jérôme, dirigeait la fabrique de la Licorne, sise Grande-Rue.

Conformément à la tradition sedanaise, la maison d'habitation et les ateliers faisaient partie du même bâtiment, datant du XVIIe siècle. L'étage noble donnait sur la rue tandis que les ateliers, celliers et greniers se trouvaient de l'autre côté de la cour, ouvrant sur le promenoir des prêtres.

Chaque fois qu'elle contemplait la façade d'une beauté sobre, en pierres dorées de Dom-le-Mesnil, Félicité se sentait emplie de fierté.

La grande porte cochère, suffisamment large pour laisser passer des voitures à quatre chevaux, s'ornait d'un heurtoir en forme de licorne, qui avait donné son nom à la fabrique. Les Desprez étaient connus dans toute l'Europe pour la qualité de leurs draps. Charles avait effectué un jour le voyage jusqu'à Burgos afin de faire connaissance avec les fournisseurs de laines. Il avait assisté à la tonte des moutons espagnols, au printemps, appris qu'il fallait se défier des laines de la région d'Alcazar, lavées dans une eau sableuse, et donc trop durcies pour être travaillées de façon optimale. Il avait aussi compris, en suivant la mise en balles, que les fournisseurs n'étaient pas toujours très consciencieux. Certains, en effet, mélangeaient allègrement des laines de première et de seconde qualité, d'autres n'hésitaient pas à augmenter le poids des déchets autorisés, ce qui entraînait une perte importante.

En homme avisé, Charles Desprez avait profité de ce voyage pour passer un contrat avec Juan Luis Sortiz. Ce dernier lui garantissait l'envoi de laines de qualité tandis que Charles Desprez s'engageait à s'approvisionner exclusivement chez lui pour une durée de cinq ans. Depuis plus de vingt années, ce contrat avait été régulièrement reconduit, à la grande satisfaction des deux parties.

Il fallait se battre sans cesse contre la concurrence. Non seulement celle de Hollande, mais aussi celle d'Elbeuf ou de Louviers.

Félicité jeta un coup d'œil distrait au miroir encadré de bois doré afin de vérifier sa coiffure. Elle n'avait jamais été belle, sa force était de le savoir et de s'en être accommodée. De toute manière, Charles et elle n'avaient pas fait un mariage d'inclination mais plutôt une association.

Petite-fille de drapiers, Félicité Ozennes avait apporté une dot conséquente qui avait permis de moderniser l'équipement de la fabrique.

À quarante-sept ans, madame Desprez n'avait que deux ambitions. Développer l'entreprise familiale et assurer un beau mariage à son fils Jérôme.

Si son union avec Charles l'avait déçue, elle n'en avait jamais rien dit. Son confesseur lui-même, le père Vallot, ignorait tout de son âme tourmentée.

Félicité se détourna du miroir avec un petit soupir. Ses cheveux châtains strictement coiffés en bandeaux serrés commençaient à grisonner. Toujours vêtue de noir, car les deuils se succédaient dans une famille comme la leur, elle avait un maintien rigide, qui en imposait. C'était une maîtresse femme, et elle en jouait, prenant un réel plaisir à impressionner ses interlocuteurs. C'était elle qui établissait le calendrier des travaux et vérifiait la production des tisserands.

Elle savait exactement le temps qui était nécessaire pour produire une pièce. Il lui arrivait de conduire elle-même le tilbury et de faire la tournée des villages où l'on tissait le drap.

Jérôme l'accompagnait, lorsqu'il était plus jeune. Désormais, il prenait quelque distance avec la fabrique. Il avait des délicatesses de jeune fille, pinçait le nez lorsqu'on faisait allusion à l'utilisation traditionnelle de l'urine pour dégraisser et fouler les laines. Celle-ci était en effet réputée avoir les mêmes propriétés que le savon.

Son attitude faisait sourire Charles.

« Laissez-le dire, mon amie, conseillait-il à son épouse. De toute manière, sa voie est toute tracée. Depuis plus de cent cinquante ans, les Desprez sont drapiers de père en fils. »

Malgré ces bonnes paroles, Félicité demeurait soucieuse. Elle savait Jérôme entêté, et redoutait quelque foucade de sa part.

C'était pour cette raison qu'elle avait un peu précipité les choses en menant des négociations avec maître Blanchard. Le notaire, qui avait pignon sur rue place Turenne, avait la réputation d'être le plus au fait des fortunes de l'ancienne principauté.

Il avait recommandé à Félicité la famille Coquerel.

Venus de Hollande au XVIIe siècle, ses membres s'étaient spécialisés dans la fabrication de draps militaires. On racontait que le père Coquerel avait fait fortune sous le Premier Empire. Discrets, ils étaient peu reçus dans la bourgeoisie sedanaise, mais maître Blanchard affirmait que leur fille, Léonie, serait richement dotée. Le reste importait peu à Félicité.

Elle avait choisi avec soin les personnes qu'elle invitait pour son goûter de la Saint-Michel. C'était une institution chez les Desprez, le fondateur de la fabrique se nommant ainsi, et la maîtresse de maison n'y avait jamais failli.

Marinette, la servante attachée à leur service depuis près de trente ans, avait dressé des tables volantes, juponnées de dentelle, dans le salon.

Sacrifiant à la mode, Félicité avait fait livrer des petites chaises dorées, qui avaient suscité les railleries de son mari.

« Nous allons faire s'écrouler ces babioles sous notre poids ! » s'était-il esclaffé.

Charles Desprez était un bon vivant et appréciait la bonne chère. Avec sa chaîne de montre portée en sautoir, son teint couperosé et son ventre proéminent, il incarnait le bourgeois d'un certain âge tel que la plupart des caricaturistes le représentaient. Félicité et lui formaient un couple plutôt mal assorti qui s'entendait sur l'essentiel, la fabrique.

« Notre attelage fonctionne bien », commentait-il à l'intention de ses camarades, lors de leurs réunions d'après chasse.

La pendule ornée d'un couple éploré censé représenter Paul et Virginie égrena cinq coups.

— Mon Dieu ! Déjà ! s'écria Marinette, qui apportait les brioches et les gâteaux mollets.

À cinquante ans passés, elle n'avait jamais servi ailleurs que chez les Desprez. Dans sa famille, on l'enviait. Elle avait une bonne place, même si « Madame » n'était pas toujours commode.

« Il faut la connaître, plaidait Marinette. Ça n'est pas une mauvaise femme, au fond. Elle veut juste que les choses se fassent à sa manière. »

Les jambes gonflées de Marinette lui faisaient mal. Elle s'empressa de regagner l'office, où Angélie s'affairait devant une énorme cuisinière.

Les premières voitures s'arrêtaient sous le porche. Marinette rajusta son tablier blanc et alla ouvrir. Elle avait hâte que la journée soit terminée.

Le premier jour, Joséphine, fascinée, avait pensé que la fabrique montait à l'assaut du ciel. Cinq étages, pas moins, et une activité fébrile, de la cour pavée aux greniers. Lorsqu'elle aidait Catherine à tisser, elle n'imaginait pas le nombre et la diversité des opérations que nécessitait la production des draps de Sedan.

Entrée timidement par la porte de service un matin de septembre, Joséphine, après avoir expliqué qu'elle venait de Saint-Blaise, s'était retrouvée embauchée comme nopeuse. L'ambiance dans l'atelier, situé au troisième étage et bien éclairé, était chaleureuse. Même si la plupart des ouvrières étaient nées en ville, elles avaient accueilli Joséphine avec gentillesse, lui avaient expliqué en quoi consistait leur travail. La laine venue d'Espagne, après avoir été triée, pesée, lavée, dégraissée, partait à destination des villages du pays sedanais pour y être tissée. Elle en revenait sous forme de draps, qui étaient à leur tour pesés, contrôlés, brossés et tondus par les seigneurs des fabriques, les maîtres tondeurs.

Ensuite intervenaient les rentrayeuses et les nopeuses, qui enlevaient les nœuds et grosseurs formés au cours des différentes opérations de tissage. Les draps seraient alors soumis à la foulonnerie avant de passer à la teinture.

Dans l'atelier, largement éclairé par de grandes baies, Joséphine ne pouvait s'empêcher de trouver les journées longues. Elle ne songeait pas à se plaindre, cependant, trop heureuse d'avoir trouvé ce travail.

Elle avait erré deux jours et deux nuits dans

Sedan, se dissimulant sous des portes cochères, pour ne pas risquer d'être prise pour une fille à soldats. La deuxième nuit, elle avait trouvé abri dans le parc du Dijonval, la manufacture royale. Elle s'était blottie dans le cellier d'un des deux pavillons bâtis en bord de Meuse, se demandant s'il ne valait pas mieux rentrer à Saint-Blaise. Au point du jour, elle s'était débarbouillée dans le fleuve, avait arrangé ses vêtements du mieux possible avant de se glisser dans la rue.

Un charpentier l'avait hélée en la complimentant sur sa tournure. Réconfortée, Joséphine avait redressé la tête. Ce matin-là, elle s'était présentée à plusieurs fabriques. Celle de la Licorne lui avait offert sa chance. Elle ne l'avait pas laissée passer.

Alice, sa voisine d'atelier, avait aussitôt sympathisé avec elle. Avec sa bouille toute ronde piquetée de taches de rousseur, sa gouaille et son sourire, la jeune femme était le boute-en-train des nopeuses.

« Si tu veux, je peux te loger », avait-elle proposé à Joséphine.

Sedan, ceinturée de remparts, n'était pas assez vaste pour abriter tous les ouvriers du textile. Ils s'entassaient dans de minuscules logements, alors que les fabriques avaient besoin de toujours plus de place pour augmenter leurs activités.

Alice habitait une ruelle ombreuse étroite et humide, qui sentait l'urine, puisque nombre de drapiers restaient attachés à ce moyen de dégraisser la laine. Elle vivait avec Gauthier, un laineur jovial. Tous deux avaient accueilli Joséphine de bon cœur, disant en riant : « On se serrera un peu plus, voilà tout ! »

Joséphine dormait dans un cagibi, sur un matelas creusé en son milieu, déniché par Gauthier. Chaque nuit, elle pensait à la maison. Les petits lui manquaient, et Catherine, surtout Catherine, rivée à son métier. Pourtant, Joséphine ne regrettait pas d'être partie aussi vite, sur un coup de tête.

Depuis qu'elle avait franchi la porte de Balan et découvert cette ville et son animation, elle pressentait que là était la vraie vie.

Alice souriait.

« Trouve-toi seulement un gentil mari, et tu oublieras tes rêves de grandeur ! »

Alice ne pouvait pas comprendre. Gauthier et elle s'aimaient depuis plus de six ans. Pour sa part, Joséphine se défiait de l'amour. Était-ce cc sentiment qui avait uni la belle Aurélie à Guy Tortel, l'ivrogne paresseux ? Elle avait peine à le croire.

Elle essaya de redresser ses épaules douloureuses. Nombre de nopeuses finissaient à demi bossues à cause de leur position de travail.

Cela lui faisait peur, parfois. Comme une fatalité à laquelle elle n'aurait pu se soustraire.

Le vertige la prit au moment où elle se penchait à nouveau sur la pièce qu'elle devait étudier attentivement.

— Ça va ? s'inquiéta Alice. Tu es toute blanche.

Joséphine fit oui de la tête, en se cramponnant à la table. Une sueur malsaine coulait le long de son dos, ses oreilles tintaient.

Alice, affolée, courut prévenir la surveillante d'atelier malgré les protestations de Joséphine affirmant que ça allait passer.

D'un coup d'œil, madame Pélagie jaugea la jeune fille.

— Toi, tu dois avoir fait Quasimodo avant Pâques ! lança-t-elle bien fort afin que toutes les filles l'entendent.

Les ouvrières risquèrent un sourire poli. Elles connaissaient trop bien les misères de la grossesse. La plupart d'entre elles avaient d'ailleurs régulièrement recours à des moyens empiriques afin de se protéger. Éponges imprégnées de sulfate de quinine, solution astringente d'alun, tampons confectionnés avec les feuilles du saule, un arbre qui ne donne pas de fruits... autant de contraceptifs locaux dont les résultats étaient tout sauf garantis.

Joséphine n'eut pas la force de chercher à se disculper. Elle se sentait de plus en plus mal à l'aise et l'atelier tout entier tournait autour d'elle.

— Descends te rafraîchir au puits, lui ordonna madame Pélagie. Et... tu as tout intérêt à revenir vite si tu ne veux pas écoper d'une amende !

La jeune fille se leva avec peine sous les regards inquiets de ses camarades, marcha en titubant jusqu'à l'escalier de service. Elle descendit tant bien que mal dans la cour, aspira une longue goulée d'air frais. Les bâtiments de la fabrique comportaient deux ailes en quart de cercle qui donnaient pour l'heure à Joséphine l'impression d'osciller et de basculer vers elle.

Le puits, situé au fond de la cour pavée, lui parut inaccessible. Trempée de sueur, elle fit un pas, puis deux, en tentant de respirer calmement.

Ouvriers, laineurs, coursiers lourdement chargés se livraient ici à un va-et-vient incessant, au point que, le premier jour, Joséphine avait eu l'impression de pénétrer dans une fourmilière.

Elle ne vit pas le cavalier qui s'était engouffré sous le porche à trop vive allure. Le cheval s'effraya de trouver la jeune fille sur son chemin et se cabra.

— Attention ! cria-t-on.

Joséphine voulut s'écarter, glissa sur le pavé mouillé. Elle s'effondra, juste sous les sabots du cheval.

4

Le visage défait, Jérôme Desprez sauta à terre et contempla l'inconnue gisant sur le sol. Ses cheveux s'étaient dénoués dans sa chute. Il n'en avait jamais vu de semblables, se dit-il, d'un blond chaud, aux reflets fauves.

Une dizaine d'ouvriers entouraient la jeune fille.

— Le cheval l'a-t-y touchée ? questionna Firmin, le concierge, en ôtant sa casquette.

Entre elles, les ouvrières l'avaient surnommé « la fouine ». Toujours à fureter là où l'on n'avait pas besoin de lui, il était réputé moucharder auprès de la patronne.

— Écartez-vous, voyons !

Jérôme Desprez se pencha, tâta le cou blanc de la jeune fille, là où le pouls battait faiblement. Il se retourna pour donner un ordre. Un cocher attela le landau, un palefrenier emmena son cheval qui roulait toujours des yeux effrayés.

Firmin jouant la mouche du coche, le fils Desprez héla un coursier pour l'aider à installer Joséphine toujours inconsciente à l'intérieur de la voiture.

Il glissa un coussin sous sa tête, grimpa sur le siège.

Le landau franchit la porte cochère de la fabrique de la Licorne beaucoup trop rapidement au goût de l'équipage qui s'engageait en sens inverse.

À la fenêtre du salon de l'« étage noble », Félicité Desprez écarquilla les yeux. Quelle mouche avait donc piqué Jérôme ? Furieuse, elle se prépara à accueillir seule ses invitées.

Le docteur Martin habitait une petite maison située près de la porte du Ménil et de la manufacture des Gros-Chiens. C'était un homme d'une cinquantaine d'années qui, contrairement à la plupart de ses confrères, n'hésitait pas à se déplacer lorsqu'on faisait appel à lui.

Jérôme Desprez porta la jeune blessée à l'intérieur de la maison après avoir jeté les rênes à un gamin. Il était mortellement inquiet. Il n'oublierait pas de sitôt l'instant où l'inconnue avait glissé juste sous les sabots de sa monture. Du sang maculait le coussin. Il savait que les blessures à la tête étaient particulièrement dangereuses. « Tout ou rien », affirmait sa grand-mère.

Madame Martin le fit pénétrer dans le cabinet de son époux, à l'ameublement spartiate.

— Le docteur ne va pas tarder à revenir de l'hôpital, lui indiqua-t-elle.

Elle apporta une cuvette et des linges propres afin de nettoyer les plaies de la jeune fille. Elle était discrète, efficace, sa présence rassura un peu Jérôme.

Enfin, le médecin apparut. C'était un homme au crâne dégarni, portant bésicles et paraissant toujours un peu dans la lune.

Il fallut lui expliquer les circonstances de l'accident. Jérôme ignorait tout de la jeune fille, jusqu'à son prénom.

Le docteur Martin l'aida à l'allonger sur la table d'examen et l'ausculta attentivement avant de s'intéresser à sa blessure à la tête.

— Rien de bien grave de ce côté, elle a le crâne solide, conclut-il. C'est essentiellement une blessure du cuir chevelu. Je vais lui faire quelques points de suture. En revanche…

Il la trouvait trop maigre, comme tant d'ouvriers. La mortalité chez les tisseurs était importante. Des journées de travail beaucoup trop longues, dans des pièces insuffisamment aérées, une atmosphère viciée par les poussières de laine, une nourriture trop pauvre en viande et en produits frais… Martin avait régulièrement des discussions plus qu'animées avec les chefs de fabrique. Ceux-ci l'accusaient d'être un « rouge », tout simplement parce qu'il n'abondait pas dans leur sens.

Avec des gestes précis et doux, il coupa plusieurs mèches de cheveux, sutura la plaie. Joséphine poussa un gémissement assourdi. L'inconnu qui la considérait d'un air inquiet était grand, bien bâti, vêtu en bourgeois. Il avait un visage ouvert, des cheveux châtains et des yeux bleu foncé. Qui était-il ? Sa tête battait. La voix du médecin lui parvenait de très loin.

— … la garder sous surveillance cette nuit et la matinée de demain, disait-il. Si elle vomit, ou bien se met à délirer, vous me rappelez.

Jérôme eut une hésitation. Il savait que sa mère pousserait les hauts cris s'il ramenait une ouvrière à la Licorne. Le docteur Martin lui sourit.

— Vous avez bien un ami qui peut vous rendre ce service. Il faut la garder allongée, la tête maintenue par des coussins...

Jérôme hocha la tête. Jean-Philippe avait une profusion de coussins dans son appartement-studio de la rue des Francs-Bourgeois.

Il remercia le médecin avec effusion. Ce dernier refusa d'être payé sur-le-champ. Il enverrait sa facture d'honoraires à madame Desprez, qu'il visitait assez régulièrement, elle réglerait le tout.

Il suivit d'un regard pensif Jérôme qui emmenait de nouveau la jeune fille dans ses bras. Ils forment un beau couple, se dit-il, avec un pincement au cœur. Il pressentait en effet que rien ne serait facile pour les deux jeunes gens.

Jean-Philippe Amiot contempla avec admiration la jeune fille allongée sur le sofa de son atelier. Elle était belle, plus que belle, même, avec quelque chose d'indéfinissable. Elle ne ressemblait à personne.

Quand Jérôme Desprez avait frappé à sa porte, il avait compris, en voyant l'inconnue, que sa vie allait basculer.

« Il faut que tu m'aides », lui avait dit Jérôme d'une voix pressante, et Jean-Philippe s'était retrouvé plus de quinze ans en arrière quand, au collège des jésuites, il avait pris sous sa protection le jeune Desprez.

Il avait accepté, bien sûr, à cause de la beauté de la jeune blessée et aussi par amitié pour Jérôme.

« Je ne connais même pas son nom, lui avait avoué son ami.

— Fichtre ! Une belle fille comme ça ! Je ne lui

donne pas une heure pour avoir tout Paris à ses pieds. »

Jérôme avait pâli.

« Qui te parle de Paris ? »

Les deux amis avaient échangé un regard indéfinissable.

« Tu es donc mordu à ce point ? » avait demandé Jean-Philippe, avec précaution.

Il n'avait pas insisté face au visage défait de l'héritier de la Licorne.

Jérôme était un homme à bonnes fortunes, comme la plupart des fils de famille. Il allait assez souvent s'encanailler à Charleville, cité moins austère que Sedan. Il s'amusait, sans pour autant se dire épris.

Sans insister, Jean-Philippe avait tiré une chaise près du sofa.

« Installe-toi, mon vieux. Tu m'excuseras si je ne partage pas ta veille. J'ai du travail. »

Après avoir tâté de la peinture, Amiot avait travaillé à Paris auprès de Niépce de Saint-Victor, puis de Charles Nadar, et appris l'art photographique. Il avait ouvert boutique à Sedan un an auparavant et, déjà, il était considéré comme le photographe incontournable. Il aimait ses modèles, et cela se sentait.

Retiré dans sa chambre noire installée au fond d'un couloir, il éprouvait parfois le sentiment grisant d'exercer le même genre de métier que les alchimistes du Moyen Âge. Il avait discuté à plusieurs reprises avec Nadar des vertus du collodion humide, ce mélange de coton, d'éther et d'alcool sensibilisé avec de l'iodure d'argent et fixé au cyanure de potassium. Passionné, Jean-Philippe s'était plongé dans un traité récemment paru évoquant la photographie en couleurs. L'auteur, Louis Ducos du Hauron, mentionnait l'utilisation d'une émulsion noir et blanc au collodion couchée sur une plaque de verre. Il avait gravé sur celle-ci un réseau de trois couleurs, bleu, vert et rouge.

D'ordinaire, le simple fait de s'enfermer dans sa chambre noire l'empêchait de penser. Cette fois, pourtant, il se demanda à plusieurs reprises si la jeune inconnue avait repris conscience.

Lorsqu'il en eut terminé avec ses plaques, il retourna dans son atelier.

Il éprouva brusquement la sensation d'être devenu un intrus dans son propre appartement. La jeune fille et Jérôme se contemplaient avec une sorte d'avidité, comme si le monde autour d'eux n'avait plus existé.

Sans pouvoir expliquer pourquoi, Jean-Philippe eut mal.

Le photographe retint Joséphine par le bras alors qu'elle venait de lui serrer la main, un peu gauchement.

— Promettez-moi de revenir.

Elle haussa un sourcil. Elle avait les yeux couleur d'absinthe, remarqua-t-il soudain. Était-elle aussi dangereuse que « la déesse aux yeux verts », cette boisson redoutable qui causait des dommages irréversibles au cerveau si l'on en abusait ?

Il avait éprouvé la tentation de la photographier, le temps que Jérôme fasse acte de présence à la Licorne et revienne la chercher. Il avait même sorti une tunique bronze de son coffre, souvenir d'un voyage en Orient effectué quelques années auparavant.

Elle se reposait, les yeux mi-clos. Il avait tourné autour du sofa, cherchant le meilleur angle, avant de renoncer à son projet. Il ne voulait pas tricher, la photographier à son insu. Il aurait eu l'impression de lui voler son âme.

— Revenir ? répéta-t-elle. J'ignore où Jérôme m'emmène.

L'héritier de la Licorne l'avait serrée contre lui avant de sortir.

« Nous ne nous quitterons plus, désormais », avait-il déclaré, et elle avait acquiescé. Sans même prendre conscience, sur le moment, du fossé qui les séparait.

Elle y songeait, maintenant, tout en faisant quelques pas dans l'appartement de Jean-Philippe. Une petite pluie fine s'obstinait à tomber sur la ville. Des femmes en cheveux se hâtaient vers la fabrique où elles travaillaient, leur châle rabattu sur la tête. Hier encore, Joséphine avançait parmi elles. Elle aperçut un élégant tilbury à la capote baissée.

— Deux mondes qui se côtoient sans se connaître vraiment, commenta Jean-Philippe en la rejoignant à la fenêtre.

Elle tourna légèrement la tête vers lui. Il était grand, se tenait un peu voûté, portait un collier de barbe noire qui accentuait son teint mat et ses yeux sombres. Joséphine se sentait en confiance avec lui.

— Que va-t-il nous arriver ? questionna-t-elle d'une voix tendue.

Jean-Philippe ne s'y trompa pas. Elle parlait de Jérôme et d'elle, naturellement.

« Je reviens vous chercher le plus vite possible », lui avait-il promis. Elle l'attendait. Le photographe soupira.

— Ma chère, vous êtes, Jérôme et vous, les artisans de votre destin. Rien ne sera facile pour vous, vous vous en doutez.

Elle s'était toujours promis de ne pas dépendre d'un homme, de se défier de l'amour. Elle avait observé, pleine de rage impuissante, le comportement de son père et n'accordait aucune confiance aux hommes. Avec Jérôme, c'était différent.

Il revint en coup de vent, en fin de matinée.

— Je vous emmène, annonça-t-il.

Joséphine se sentait encore faible. Des élancements sourds lui martelaient le crâne. Elle ne songea pas, cependant, à protester.

Jean-Philippe l'enveloppa d'un regard soucieux.

— Fais attention à elle, recommanda-t-il à son ami. Elle est fragile.

Jérôme lui tapota l'épaule.

— Ne t'inquiète pas. Et… merci pour tout, mon vieux.

Il rayonnait. Un grand gamin, pensa Jean-Philippe avec une lucidité critique qui le surprit. Que lui importait ? Ce n'était pas parce qu'il avait hébergé cette petite une soirée et une nuit qu'il en était responsable !

Il ne put s'empêcher, cependant, d'assister à son départ, le cœur serré. Au lieu de lui serrer la main, elle posa un baiser léger sur sa joue. Il reconnut sur elle son propre parfum, une eau de Cologne aux accents citronnés qu'il faisait venir spécialement d'Allemagne, et il en fut bizarrement ému.

Elle se retourna une fois pour contempler l'atelier de Jean-Philippe. Leurs regards se croisèrent. Le photographe lui adressa un signe de la main.

Joséphine se détourna. Elle avait le sentiment étrange de laisser une partie d'elle-même derrière elle.

5

Une pluie fine ne parvenait pas à atténuer le charme mélancolique de Bonne-Fontaine. Le hameau, perdu dans la brume, occupait une situation privilégiée à côté de Bazeilles. Bouleaux et chênes bordaient la route sinueuse qui y menait, sous un ciel happé par un brouillard tenace.

Jérôme, bien que né à Sedan, se considérait avant tout comme un homme de la campagne. Sa grand-mère Desprez, qui habitait Bonne-Fontaine toute l'année, l'y avait accueilli avec bonheur. Ne s'entendant guère avec sa bru Félicité, Adélaïde Desprez s'était réjouie de la préférence de son petit-fils pour sa propriété champêtre.

Conçue à l'origine comme une folie destinée à témoigner de la puissance de cette famille de drapiers, « La Roseraie » s'était transformée au fil des ans en un domaine paisible où l'on se réunissait pour jouer et écouter de la musique.

Elle-même pianiste de talent, Adélaïde recevait musiciens et mélomanes dès les premiers beaux jours.

Quand Jérôme avait évoqué la maison des champs familiale, Joséphine avait pris peur. Elle était une simple fille de tisserands, elle n'avait rien à faire dans un château. De plus, Jérôme et elle ne se connaissaient pas vraiment. Qu'allait-il leur arriver ?

Il l'avait regardée. Gravement.

« Je sais que je t'aime, Joséphine. Si par bonheur tu m'aimes aussi, le reste n'a aucune importance. »

Comment aurait-elle pu lui résister ? Catherine lui avait assez souvent répété qu'il existait un seul moyen de se faire respecter des hommes. Leur tenir la dragée haute. Oui, mais Catherine était restée fille. Elle n'avait pas éprouvé cet appel douloureux du cœur et du ventre chaque fois que Jérôme se tournait vers elle, la regardait. Joséphine avait beau se dire qu'elle ne devait pas céder, qu'il risquait fort de l'abandonner sitôt qu'il l'aurait troussée, elle n'avait pas détourné les yeux quand Jérôme, l'ayant emmenée dans le pavillon situé au fond du parc, en bordure de Givonne, lui avait dit, d'une drôle de voix rauque :

« Ton nouveau domaine, chérie. »

C'était elle, ensuite, qui avait choisi de se donner, en femme libre.

Il l'avait lu dans ses yeux et sa main avait tremblé pour délacer son caraco de coton. Ils étaient montés dans la chambre enlacés, hanche contre hanche, tout en s'embrassant avec fièvre. Le lit était trop loin, trop haut, à demi caché derrière des courtines de velours. Jérôme avait étalé sa veste sur le parquet de chêne, devant la cheminée. Joséphine avait voulu l'en empêcher, se reprochant aussitôt après ce réflexe de pauvre.

Il avait murmuré des mots tendres et fous à son

oreille. Du premier instant où il l'avait vue, il avait su qu'elle serait son amour.

« Moi, je n'ai pas eu le temps de vous apercevoir ! » avait-elle répliqué, rieuse.

Toujours riant, elle avait roulé sur elle-même, s'était relevée.

À demi nue, elle avait couru jusqu'au lit, arraché les draps, des draps portant le chiffre *D*, des draps comme elle n'aurait jamais rêvé en toucher, les avait jetés sur le plancher. Elle était si belle avec ses seins hauts, sa chevelure fauve coulant jusqu'au bas des reins, que Jérôme, la bouche sèche, l'avait attirée contre lui.

« Aime-moi, avait-elle alors prié, en soutenant son regard durci par le désir. Pour cette nuit ou pour la vie, peu m'importe, du moment que tu m'aimes. »

Penché sur elle, il avait entouré son visage de ses mains.

« Je ne t'abandonnerai jamais, Joséphine. »

Elle avait secoué la tête.

« Viens… »

Il avait bu sur ses lèvres le gémissement qu'elle n'avait pu retenir lorsqu'il s'était enfoncé en elle. Lentement, il avait continué de la caresser, attentif à la montée du plaisir de son amante.

Éperdue de désir, elle l'appela de nouveau, l'étreignit avec force.

Le plaisir les submergea en même temps. Le regard soudé, ils dérivèrent ensemble jusqu'à se laisser retomber sur les draps, en sueur.

Lentement, délicatement, Jérôme recouvrit Joséphine de sa chemise.

« Ne prends pas froid », murmura-t-il d'une voix enrouée.

L'instant d'après, il la serrait contre lui avec emportement.

« Je t'aime, chérie, je t'aime comme un fou. »

Les yeux pleins de larmes, Joséphine avait soufflé, à son tour : « Je t'aime. »

Ce qu'elle éprouvait pour Jérôme était si fort, si intense, que cela lui faisait presque peur. Comme si, fatalement, un bonheur pareil devait se payer un jour ou l'autre.

Adélaïde Desprez avait écouté d'un air amusé le rapport de celui qu'elle surnommait « l'éminence grise ». Barthélemy, son jardinier, l'accompagnait le jour où elle avait quitté sa Belgique natale pour venir épouser Jean-Martial Desprez. Cela avait beaucoup amusé les bourgeoises de Sedan. Quelle idée, en vérité, de débarquer avec son jardinier plutôt qu'avec sa femme de chambre ! Adélaïde s'en moquait bien. Orpheline de mère, dotée d'une forte personnalité, elle avait appris dès l'enfance à ne pas se soucier de l'opinion d'autrui.

Contrairement à ce que prédisaient les mauvaises langues, son union mal assortie avec Jean-Martial, maître drapier, avait été harmonieuse. Adélaïde avait eu l'intelligence de ne pas s'occuper de la fabrique. Femme cultivée, elle avait fait de « la maison des champs » un havre de paix où son époux aimait à recevoir aussi bien ses clients que des célébrités de passage dans la région.

Barthélemy avait modifié les jardins à la française, trop ordonnés au goût d'Adélaïde. Il avait multiplié les plantations de pins et de sapins afin que le parc demeure boisé toute l'année, détourné un bras de la Givonne pour alimenter un étang fleuri de nymphéas.

À soixante-douze ans, le jardinier se tenait toujours bien droit et ne laissait à personne le soin de veiller sur la roseraie, qui avait donné son nom à la propriété.

Il avait vu arriver Jérôme et son amie, comme il disait pudiquement.

« Une bien belle personne », avait-il précisé d'un air gourmand.

Le sourire d'Adélaïde s'accentua. Elle n'imaginait que trop bien la colère de sa bru quand celle-ci serait informée de la liaison de Jérôme. Félicité ne tarderait pas à l'apprendre, tout se savait si vite.

On chuchotait depuis quelque temps que « la patronne de la Licorne » ambitionnait pour son fils le plus beau des mariages.

Pour sa part, Adélaïde avait seulement envie que Jérôme soit heureux.

— Il faudra que nous rencontrions cette petite un jour prochain, dit-elle à Barthélemy.

Elle prit appui sur sa canne à pommeau de nacre pour se lever. Ses rhumatismes la faisaient beaucoup souffrir, encore plus à chaque changement de temps.

Son médecin, le docteur Ponsinet, exerçant à Bazeilles, avait beau lui affirmer que c'était un brevet de longue vie, elle supportait mal de voir son activité réduite. Comme elle ne faisait guère confiance à ses bonnes paroles et à ses tisanes de reine-des-prés, elle préférait recourir à des remèdes ancestraux qui avaient fait leurs preuves. Ainsi, elle portait dans la poche de ses jupons un marron. Annette, sa vieille servante, lui préparait chaque jour sa médication personnelle. Elle faisait griller des feuilles d'aulne qu'elle glissait, encore chaudes, dans un petit sac de toile. Il suffisait ensuite de placer ce sac dans la région lombaire douloureuse. Dans son lit bassiné avec une brique chaude, bien calée par des oreillers de plume, Adélaïde parvenait à trouver le sommeil. Elle n'avait tout de même pu se résoudre à essayer le remède préconisé par la sœur d'Annette : absorber du café dans lequel un nombre impair de crottes de brebis desséchées avaient été dissoutes. Elle n'imaginait que trop bien la réaction de son époux si par chance il avait été encore vivant.

« Ma pauvre femme… tu déraisonnes ! » lui aurait-il dit en se moquant de sa crédulité.

Cartésien dans l'âme, Jean-Martial n'accordait aucun crédit à ces pratiques d'un autre âge. Seize ans après sa mort, il manquait toujours autant à Adélaïde…

La vieille dame marcha jusqu'à la fenêtre. Elle se tenait plus volontiers dans son petit salon au plafond plus bas, ce qui lui permettait de bénéficier d'une douce chaleur en toutes saisons.

Elle souleva le rideau, scruta le parc. Le jour déclinait. Elle avait hâte de voir revenir le printemps.

Là-bas, de l'autre côté des pins, elle distinguait le toit d'ardoises du pavillon. Elle allait se débrouiller pour croiser le chemin de « la petite », comme disait Barthélemy. Si elle était présentable, elle l'inviterait peut-être même à la Roseraie. Dans l'espoir que Félicité en crève de jalousie.

DEUXIÈME PARTIE

1870

6

Le colporteur hésita avant de héler l'élégante jeune femme qui, relevant légèrement le bas de sa jupe afin de ne pas la salir, passait devant le Palais des Princes, à l'élégance classique, situé au pied du château fort de Sedan.

Le ciel, couleur d'étain, et les nuages bas annonçaient une averse imminente.

— Joséphine ! C'est bien toi ? cria Georges.

Les nuages crevèrent d'un coup et une pluie drue, violente, s'abattit sur la ville.

— Monte vite ! ajouta-t-il, en arrêtant la voiture à sa hauteur.

Ce fut elle, cette fois, qui marqua une hésitation avant d'obéir à l'injonction de son vieil ami.

— Peste ! tu embaumes ! Faut-y te faire le baisemain ? ironisa-t-il.

Sous la gouaille perçait le malaise du colporteur. Il avait gardé le souvenir d'une gamine à la beauté certes prometteuse, mais qui manquait d'assurance. La Joséphine qu'il avait aidée à quitter son village de Saint-Blaise était tout en bras et en jambes, mal fagotée, encore timide.

La jeune femme se tenant à ses côtés, vêtue avec

une élégante simplicité, s'exprimait d'une voix harmonieuse, qui avait perdu toute trace d'accent.

Elle portait une robe à crinoline vert absinthe assortie à ses yeux, réchauffée d'une veste en drap noir.

— Si ma mère te voyait… ne put s'empêcher de faire remarquer Georges.

Il savait bien, pourtant, qu'il aurait mieux fait de ne pas évoquer Eugénie. Les deux femmes ne s'étaient jamais revues depuis que la couturière avait refusé d'héberger la jeune fille. Sa mère le regrettait fort, à présent, d'autant plus que la bonne amie du fils Desprez avait choisi une couturière de Charleville pour se constituer une garde-robe digne de ce nom.

Joséphine soutint le regard de Georges.

— Ne parlons plus du passé.

Il haussa les épaules.

— C'est toi qui décides. N'empêche que ta tante Catherine m'a chargé d'un message pour toi. Tu lui manques, elle aimerait bien te voir plus souvent. Quand elle vient à la fabrique, par exemple.

Joséphine baissa la tête. Comment aurait-elle pu expliquer au colporteur les sentiments complexes qu'elle éprouvait ? Ce n'était pas faute d'avoir envie d'aller embrasser Catherine, et ses frères et sœurs, mais elle se sentait prisonnière de sa relation avec Jérôme. Étant la maîtresse du fils Desprez, elle ne voulait pas compromettre sa famille.

Le jour où elle avait suivi Jérôme jusqu'à la Roseraie, elle avait fait son choix.

La pluie continuait de tomber, comme si elle ne devait jamais cesser.

— Dis-lui... commença la jeune femme.

À plusieurs reprises, elle s'était engagée sur le chemin de Saint-Blaise, pour finir par faire demi-tour. Non pas qu'elle ait eu honte de sa tante. Dieu juste ! Catherine était certainement la femme qu'elle admirait le plus au monde. Mais elle pressentait que sa visite provoquerait de la gêne, de part et d'autre.

Elle savait bien qu'elle avait changé. D'abord à cause de tout cet amour dont Jérôme l'entourait, mais aussi grâce à « madame Adélaïde ».

Joséphine avait pris le pli de la nommer ainsi, comme le faisaient aussi bien ses amis que ses serviteurs. Après quelques minutes d'observation, la vieille dame et elle s'étaient tout de suite bien entendues.

« Il paraît que ma bru a fait une jaunisse », avait-elle annoncé à Joséphine avec un clin d'œil complice.

Cette idée l'amusait beaucoup. Au début, c'était certainement pour empoisonner Félicité qu'Adélaïde avait proposé de prendre en main l'éducation de Joséphine. Par la suite, elle s'était piquée au jeu. La jeune femme, vive et intelligente, comprenait à demi-mot ce qu'on attendait d'elle. Adélaïde se retrouvait en elle. Et son caractère affirmé ne l'avait pas empêchée d'être heureuse en ménage avec Jean-Martial !

Elle lui confiait des livres à lire, elles en discutaient ensuite, comme deux amies qu'elles étaient en train de devenir. Adélaïde avouait une préférence pour George Sand. D'ailleurs, elle admirait autant l'écrivain que la femme libre, qui avait osé se séparer d'un mari qu'elle n'aimait plus.

Joséphine, rêveuse, confiait que sa tante Catherine, elle aussi, était attachée à son indépendance, et Adélaïde tranchait, péremptoire :

« Ne s'agit-il pas d'un leurre ? Nous restons des mineures pour la loi, petite. Sans ces messieurs, nous n'existons pas vraiment. »

Mutine, elle baissait la voix :

« En fait, nous tirons les ficelles en coulisse. Peu importe, du moment que les hommes n'en ont pas conscience. »

Ce n'était pas vraiment le genre de confidences qu'elle pouvait faire à Georges, pensa Joséphine. Il la regardait avec un sourire attentif et, brusquement, face à lui, elle prit conscience du chemin parcouru.

— Non, ne lui dis rien, ajouta-t-elle précipitamment, je ferai mon possible pour aller la voir.

La pluie avait diminué d'intensité.

— Tu attends quelqu'un ? questionna Georges, voyant que son amie tendait le cou en tous sens.

Elle fit oui de la tête, en rougissant. Ému malgré lui, le colporteur lui glissa entre les mains un grand parapluie noir.

— Cadeau ! Ça me fait plaisir…

— Le voici ! s'écria-t-elle, toute joyeuse.

Elle plaqua deux baisers sur les joues de Georges avant de sauter du siège et de s'élancer vers le boghei de Jérôme. En la regardant s'éloigner sans même se retourner, son vieil ami éprouva comme un pincement au cœur.

Elle n'avait jamais été à lui, mais il savait qu'il l'avait perdue. Définitivement.

Derrière le rideau de pluie, la brume barrait l'horizon, contribuant à donner une sensation d'enfermement, accentuée par les collines qui entouraient Sedan.

— Je me suis langui de toi, chérie.

Jérôme, se penchant, planta un baiser hardi sur les lèvres offertes de sa maîtresse. Parfois, il se demandait ce qu'il serait devenu s'il n'avait pas rencontré Joséphine, et il chassait bien vite cette idée.

Le jeune homme dilettante prenait désormais son travail au sérieux. Son père l'encourageait à poursuivre dans ce sens. Sa mère, en revanche, ne se privait pas de fustiger son « comportement amoral ». Adélaïde avait quelque peu exagéré en parlant de jaunisse. Félicité, néanmoins, avait suffisamment souffert de coliques hépatiques pour devoir suivre un régime très sévère et boire une macération à base de « gui d'aubépine ». Apparemment, son caractère ne s'était pas amélioré pour autant !

La patronne de la fabrique n'acceptait pas de voir anéantis ses projets de beau mariage et faisait le siège de son fils pour qu'il se débarrasse de cette « créature ». Savoir que la créature en question était reçue à la Roseraie la mettait hors d'elle. Elle prédisait à Jérôme les pires catastrophes, lui répétant que les filles de ce genre n'étaient attirées que par l'argent.

Jérôme pressa la main de son amante. Il ne supportait pas que sa mère tente de salir leur amour.

— Si nous allions à la Sente aux Geais ? suggéra-t-il.

Il s'agissait d'une maison forestière, de l'autre côté de la frontière, entre Sedan et Bouillon. Adélaïde l'avait apportée en dot et en avait fait don à son petit-fils. Sans domestiques, Joséphine et Jérôme s'y sentaient vraiment chez eux.

La pluie redoubla d'intensité alors qu'ils franchissaient la porte du Ménil.

Joséphine se blottit contre la silhouette rassurante de Jérôme.

— Je suis allée voir Alice, tantôt. Elle a été malade. Cette mauvaise toux, toujours…

— Invite-les donc, Gauthier et elle, à la Sente aux Geais un prochain dimanche, proposa Jérôme. Nous serons entre nous.

Elle ne répondit pas tout de suite. Sa précision l'avait blessée. Malgré tous ses efforts, en effet, son amant ne l'avait jamais présentée à ses amis et relations. Elle ne connaissait que Jean-Philippe Amiot, le photographe. Elle restait la femme de l'ombre, et elle en souffrait, même si elle n'éprouvait pas le besoin de le lui dire. N'aurait-il pas dû le comprendre de lui-même ?

Le silence s'éternisant, Jérôme lui jeta un regard inquiet.

— Joséphine ? Quelque chose ne va pas ?

Elle soupira.

« Le bonheur… ce n'est qu'un rêve, une illusion », disait Catherine.

Tout en ayant changé de vie, Joséphine savait que, pour les Sedanais et pour Jérôme, elle était restée une fille de tisserands, une ouvrière.

Le cœur lourd, elle ne put cependant retenir une exclamation joyeuse en constatant que la pluie avait cessé. La voiture s'enfonçait dans l'épaisse forêt d'Ardenne, et une odeur forte d'humus, puissante, chassait toutes les autres sensations. Le nez dehors, Joséphine se grisait de tout ce vert – sapins, épicéas, mélèzes – qui narguait l'hiver finissant. À Saint-Blaise, elle avait manqué d'espace et d'air. La Sente aux Geais, solidement adossée à la forêt, robuste avec ses murs épais sous le toit d'ardoises, la ravissait.

Demain, si le temps le permettait, ils iraient pêcher la truite dans la Semois, guetteraient le passage dans le ciel des vanneaux huppés et des pluviers dorés, marcheraient jusqu'à Bouillon, protégée par son château médiéval, en reviendraient avec du tabac belge plein leurs poches.

L'espace d'une nuit et d'une journée, Joséphine pourrait oublier que Jérôme et elle n'appartenaient pas au même monde.

La vieille maison forestière sentait l'humidité et le renfermé.

— Il y a trop longtemps que nous ne sommes pas venus ! s'écria Joséphine, en faisant claquer les lourds volets de bois.

Pendant ce temps, Jérôme battait le briquet. Il lui fallut deux fagots de petit bois et plusieurs feuilles de papier journal froissées avant que le feu prenne dans la cheminée surmontée d'un trophée de chasse.

Il tendit la main à sa maîtresse.

— Viens...

La lueur changeante des flammes rendait encore

plus désirable le corps de Joséphine. Jérôme enfouit les mains dans la chevelure de la jeune femme, parfumée à la poudre d'iris.

Parfois, les mots lui manquaient pour lui exprimer son amour.

Il avait tenu tête à sa redoutable mère pour ne pas perdre Joséphine. Il croyait comprendre qu'elle attendait encore plus de lui, et ne parvenait pas à lui conseiller de patienter. S'il l'épousait, le scandale serait épouvantable et rejaillirait forcément sur la fabrique. On pardonnait beaucoup à un jeune homme qui jetait sa gourme avant de se ranger. Un jour ou l'autre, cependant, il serait bien obligé d'en passer par les volontés de « Madame Mère » et de faire un mariage d'argent. Ce jour-là, il le savait, il perdrait Joséphine.

— J'ai tant besoin de toi, murmura-t-il, en pesant sur elle.

La peau de mouton destinée à réchauffer le plancher exaltait la couleur d'or bruni des cheveux de Joséphine. Les yeux mi-clos, elle savourait son plaisir.

Il eut peur, soudain, de la perdre.

Au-dehors, un nocturne hulula, de façon lugubre.

Et la peur de Jérôme s'accentua.

7

Ce ne pouvait être un hasard… Alors que Jérôme franchissait la porte cochère de la fabrique, sa mère, toute vêtue de noir, s'apprêtait à monter dans sa voiture fermée, conduite par Hyacinthe, le cocher. Ils se saluèrent avec plus de politesse que de réelle chaleur.

Félicité plissa les yeux.

— Je ne pouvais espérer mieux que cette rencontre. Il est grand temps que tu t'intéresses au dégraissage. Ton père s'est rendu à Brême afin de commander les laines destinées aux lisières, venues d'Autriche. Comment nous débrouillerions-nous si j'étais encore alitée ?

— Voyons, mère, vous êtes un roc, protesta Jérôme, avec une pointe d'ironie.

Félicité Desprez fronça les sourcils.

— Quelle sottise ! Je suis mortelle, comme nous tous. D'ailleurs, à mon avis, tu serais bien avisé de te soucier un peu plus de ton salut !

L'angoisse familière noua l'estomac de Jérôme. Il eut envie de hausser les épaules. À vingt-quatre ans, on ne songeait pas encore à la mort, voyons !

Hyacinthe, légèrement penché sur son siège, ne

perdait pas une miette de leur conversation. Ce soir, celle-ci serait longuement commentée à l'office. Même s'il ne doutait pas du soutien des domestiques, Jérôme en éprouvait comme une gêne.

— Viens-tu ? s'impatienta sa mère, en tapotant le siège.

Pour se rendre en bord de Meuse, elle avait renoncé à la crinoline et portait une « robe plate », mise à la mode à Paris par monsieur Worth, le couturier de l'impératrice. En drap de serge noire, dont la coupe sobre ne parvenait pas à dissimuler la qualité, la patronne de la fabrique était chaussée de bottines robustes et n'arborait pas d'autres bijoux qu'une bague et une chaîne de montre d'or torsadé.

— Nous n'avons pas de temps à perdre, précisa-t-elle, l'été sera chaud cette année. Tu te rappelles, j'espère, que durant cette période les grandes chaleurs risquent de faire échouer le dégraissage car les orages salissent les eaux.

Jérôme s'esclaffa.

— L'été sera chaud... vous m'en baillez de belles, ma mère ! Auriez-vous par hasard tiré vos informations de la lecture de l'almanach *Le Bavard de Troyes* ?

Félicité, vexée, car il avait vu juste, se rencogna sur son siège avec son expression la plus pincée.

La ville, taillée au cordeau depuis le début du XVIIe siècle, défilait sous ses yeux. La voiture passa devant la sous-préfecture, un bel hôtel particulier à la façade trop chargée, avant de prendre la direction du quartier de la Sorille, qu'on nommait aussi la Petite Venise.

Hyacinthe s'arrêta en bordure de Meuse. Là,

à l'ombre des saules pleureurs, on apercevait le beffroi du Dijonval, la manufacture royale et, à l'arrière, les fortifications.

Félicité descendit sur la berge avec la souplesse d'une longue habitude. Jérôme l'imita, en réprimant une furieuse envie de se boucher le nez. L'odeur, assurément, était particulièrement difficile à supporter. La dégraisserie, installée près du fleuve, utilisait en effet de l'eau et de la vieille urine fermentée, dans les proportions de trois quarts pour un quart, qui chauffaient dans des chaudières rondes hautes d'environ un mètre trente.

— Il faut avoir la main, expliqua Félicité, qui ne paraissait pas le moins du monde gênée.

De fait, tout était question de dosage et de temps de trempage. Les bourres de laine, plongées dans le bain et remuées à l'aide d'un bâton, étaient vite retirées. Avant de jeter d'autres laines dans les chaudières, il fallait remplacer dans les mêmes proportions l'eau et l'urine perdues.

— Les dégraisseurs doivent mettre la laine à l'aise, poursuivit Félicité, comme si cela allait de soi.

De nouveau, Jérôme eut envie de rire.

— À l'aise ? répéta-t-il.

Cette fois, sa mère s'impatienta :

— Aussi, si tu t'étais intéressé un peu plus souvent au dégraissage, tu ne me contemplerais pas avec cet air niais ! Le métier de drapier n'a pas que des bons côtés, tu peux me croire ! Si tu ne veux pas te faire piéger, tu dois connaître toutes les étapes de la production. Les ouvriers n'ont jamais respecté les patrons négligents. Ceux-ci ne savent pas reconnaître les laines de qualité.

Piqué, Jérôme se redressa.

— Vous entendez-vous parler, mère ? À vous écouter, on pourrait presque croire qu'il n'est rien de plus important...

Félicité Desprez foudroya son fils du regard.

— La laine et le drap font partie de notre vie, Jérôme. Tu dois le ressentir ainsi, comme le font les tondeurs, qui sont fiers de leur métier. Sinon, il n'y a pas de place pour toi à la fabrique !

Il se mordit les lèvres pour ne pas répliquer vertement. Il savait trop bien en effet que, s'il le faisait, Félicité s'empresserait de mentionner le nom de Joséphine. Cela, il ne le supporterait pas.

La drapière comprit qu'elle était allée trop loin en voyant le visage défait de son fils. Incapable de s'excuser mais soucieuse de ne pas laisser la conversation s'envenimer, elle enchaîna, comme si de rien n'était :

— Regarde ! Te souviens-tu du moyen de reconnaître l'âge des laines ?

Jérôme prit une longue inspiration. Il se rappelait certaines explications de son père.

— Il me semble que tout dépend de l'aspect du bain de dégraissage, répondit-il avec prudence. S'il est noir, sans graisse apparente, la laine est vieille et sera donc plus résistante. En revanche, si le bain est de couleur jaune à la surface, la laine est jeune et sera plus facile à travailler.

— Pas mal, approuva Félicité. N'oublie pas qu'il importe de séparer les jeunes laines des vieilles.

Elle surveillait d'un regard perçant les gestes des dégraisseurs. Ceux-ci se hâtaient à présent de jeter dans la Meuse la laine encore chaude, dans une sorte de hotte en osier. Ensuite, la laine serait remuée dans trois eaux différentes vingt-quatre fois, pas une de plus, pas une de moins, à coups de râteau.

Un petit vent frisquet se leva. Félicité se contenta de relever le col de son mantelet mais continua d'observer les différentes opérations effectuées par les dégraisseurs. Lorsque le temps fut venu de vérifier que la laine était prête à repartir vers la fabrique, elle se tourna vers son fils.

— À toi l'honneur... Tu sais ce que tu as à faire.

Pour la première fois depuis le début de la journée, un véritable sourire détendit le visage de Jérôme.

— Ne vous inquiétez pas, j'ai bien appris ma leçon. Je dois m'assurer, au toucher, à l'œil et à l'odorat, que les laines sont bel et bien dégraissées et lavées.

À cet instant, tandis que le fils s'acquittait de sa tâche, une véritable complicité l'unit à sa mère. Respect de la laine, amour du travail bien fait... des valeurs qu'il portait en lui sans même en avoir conscience, en tant qu'héritier de la fabrique de la Licorne. Ce n'était pas un hasard si Félicité l'avait emmené précisément ce matin-là en bord de Meuse. La réussite du dégraissage et du lavage de la laine déterminait la qualité du drap. Malgré sa réticence, il devait admettre qu'il s'était pris au jeu.

Félicité eut l'intelligence de ne pas triompher. Elle se contenta de s'appuyer un peu sur le bras de son fils tandis que tous deux regagnaient la voiture. La laine repartait dans des charrettes vers la fabrique. Là, elle y serait séchée dans les greniers, immenses, secs et aérés, sur des perches. L'erreur à ne pas commettre étant précisément de faire sécher la laine au soleil, trop brutal, qui la durcirait.

— Nos clients savent que la Licorne fournit des draps de la meilleure qualité, commenta Félicité d'un ton satisfait.

Elle se tourna vers Jérôme.

— Tu es né dans une dynastie de drapiers. C'est le moment de t'en souvenir, mon fils.

Au fond de lui, il devait reconnaître qu'elle avait raison. Mais, en même temps, il se sentait pris au piège.

Une douleur lancinante à l'épaule droite handicapait Gauthier, rendant ses coups de chardon moins précis. Son compère, Matthias, lui en fit la remarque. Gauthier prit la mouche :

— Je voudrais bien t'y voir ! Tu sais bien que je ne suis pas homme à faire de la mauvaise ouvrage.

Le métier de laineur ne supportait pas la médiocrité. Lainage et tondage étaient des opérations de finition, destinées à donner du moelleux au drap.

Au travail depuis cinq heures et demie du matin, Gauthier, Matthias et les dizaines d'autres paires de « planquets » mouillaient leurs draps, c'est-à-dire les faisaient tremper dans des bacs, les vaisseaux, avant de les placer sur deux perches à six pieds de hauteur.

Ils travaillaient au rez-de-chaussée de la fabrique, dans des pièces pavées, situées à l'abri du nord et des gelées. À la Licorne, on n'utilisait pas l'eau du puits de la cour, trop dure, mais celle de la Meuse, que les planquets allaient chercher par seilles entières.

Quand le drap était tendu sur sa perche, il était temps de passer aux choses sérieuses. Le travail du laineur, en effet, était sévèrement réglementé. Il devait « chardonner » sa pièce sur toute son étendue dans un temps et suivant un sens donnés.

Pour ce faire, il utilisait des chardons, bien séchés dans les greniers sur des râteliers où ils s'exposaient au choix des planquets. Il y en avait dix catégories, classées de un à dix, par rang d'ancienneté, qui devaient être changées toutes les cinq minutes et rangées sur les râteliers.

Gauthier se redressa au prix d'un effort douloureux. Travaillant en équipe avec Matthias depuis plus de deux ans, il connaissait l'importance des gestes coordonnés. Le père du patron de la fabrique avait d'ailleurs récapitulé, au début du siècle, la cadence à respecter. Cadence qui était toujours d'actualité, près de soixante ans plus tard : trente-six coups à donner tous les cinq pouces, cent quarante-quatre « chardonnées » appliquées de haut en bas sur quatre-vingts centimètres de drap.

Les planquets n'étant pas forcément de la même taille, ni de la même force, ils devaient impérativement changer de place toutes les heures et demie, afin que le drap soit lainé de façon uniforme.

Alcide, le contremaître, se posta derrière Gauthier.

— Tu ralentis la cadence, lui fit-il remarquer sévèrement. Gare à l'amende !

Le laineur se retourna.

— Je n'ai jamais gâché l'ouvrage.

— Continue.

Gauthier savait ce qu'il risquait. Une amende, qui devrait être partagée avec Matthias, ou bien la colère des tondeurs, qui verraient arriver dans leur atelier du drap mal lainé. Il détestait l'idée d'être accusé à tort et, malgré la fatigue et la douleur, il redoubla d'efforts.

Matthias et lui, concentrés sur leur travail, ne parlaient pas. Changer de croisée de chardons toutes les cinq minutes, frapper la laine au même rythme, descendre la partie la plus haute du drap, forcément moins bien travaillée que le milieu, et lui infliger des chardonnées supplémentaires...

Il songea à Alice, là-haut, dans son atelier de nopage, et se demanda si elle aussi, parfois, ressentait cette impression d'épuisement dans tout son corps.

Rentrés chez eux, ils ne parlaient jamais du travail, ou alors seulement à propos de la paie, toujours trop juste.

En entendant sonner la cloche, il éprouva une sensation de soulagement si intense que ses jambes se dérobèrent sous lui.

Matthias le considéra d'un œil critique.

— Toi, mon vieux, tu devrais aller voir le père Anselme !

C'était un rebouteux qui habitait la plaine de Torcy. On venait le consulter de loin car il avait bonne renommée. Gauthier savait qu'il ne devait pas attendre, sous peine de se voir infliger une amende dès le lendemain. Alcide, le contremaître, n'était pas un gars commode.

Ouvriers et ouvrières se dirigèrent vers la cour de la fabrique dans un brouhaha empreint de soulagement. La journée était terminée. Durant quelques heures, on allait pouvoir vivre, enfin, pour soi.

Gauthier, attendant Alice près du puits, aperçut Jérôme qui descendait du boghei sous la porte cochère. L'ami de Joséphine lui parut soucieux. Il ne le vit même pas, et Gauthier pensa, de façon fugitive, que le fossé séparant les amants prenait tout son sens dans l'enceinte de la fabrique. Même s'ils refusaient de le reconnaître, Jérôme et Joséphine appartenaient à deux mondes que tout opposait.

8

Chaque fois qu'il rentrait de voyage, Charles Desprez se carrait dans son fauteuil en cuir, commandé en Grande-Bretagne et installé devant la porte-fenêtre qui ouvrait sur la cour. De là, il observait le va-et-vient incessant des ouvriers et des livreurs, tout en poussant un soupir d'aise. Il avait en effet besoin de la fabrique, de façon viscérale.

À son retour de Brême, cependant, Félicité le trouva changé. Le visage fermé, le regard soucieux, Charles n'était plus ce bon vivant amateur de gibier et de châteauneuf-du-pape. Il garda le silence durant deux jours et deux nuits, avant de consentir à confier ses inquiétudes.

Félicité attendait leurs invités. Le sous-préfet, le commandant de la place de Sedan et leurs épouses, Jean-Philippe Amiot, un peintre qui avait ouvert un atelier de photographe, l'évêque de Reims, en déplacement dans les Ardennes, et enfin, pour parachever son plan de table, Marie-Aglaé, une cousine de son mari, veuve, et sa fille Lucienne.

« Vous auriez pu inviter ma mère », venait de lui suggérer Charles, avec un brin d'ironie. Félicité avait vivement sursauté.

« Pour qu'elle nous impose cette traînée qu'elle reçoit à la Roseraie ? Merci bien ! Il m'est déjà assez pénible de supporter la défection de notre fils ! »

Jérôme, en effet, s'était décommandé en début d'après-midi. Le billet qu'un coursier avait apporté mentionnait simplement une indisposition subite.

« Il préfère rester à la Roseraie avec sa gourgandine ! » avait explosé Félicité.

Elle avait profité de l'incident pour sommer Charles de faire montre de son autorité paternelle. Après tout, cela faisait près d'un an que Jérôme « s'amusait » avec cette fille. Il était grand temps de le placer en face de ses responsabilités.

Charles soupira tout en ouvrant sa boîte à cigares.

— Nous nous préoccuperons plus tard de l'établissement de notre fils, ma bonne amie, déclara-t-il. Pour l'heure, j'ai d'autres soucis en tête.

Félicité se récria. D'autres soucis ? Alors qu'il était urgent de dénicher une fiancée à Jérôme ? Que…

Charles arrêta d'un geste impérieux le flot de paroles de sa femme.

— La guerre nous menace.

La guerre ? Dieu juste ! Saisie, Félicité écarquilla les yeux. Après Sébastopol, Solferino et Sadowa, elle espérait que l'empereur avait eu son compte de campagnes. Et encore… elle ne citait pas l'expédition catastrophique du Mexique !

— Le chancelier Bismarck veut réaliser à tout prix l'unification de l'Allemagne, lui expliqua son époux d'un ton las. Or, il est bien connu qu'une guerre favorise la cohésion d'un peuple.

Félicité ne s'était jamais intéressée à la politique. Elle avait déjà fort à faire entre le travail à la fabrique, le suivi des commandes, la tenue de la maison et ses activités sociales.

Lors des dîners qu'elle donnait Grande-Rue, elle prêtait plus d'attention au service, qui se devait d'être impeccable, qu'aux discussions de ces messieurs.

Elle se laissa tomber sur un siège, joignit les mains.

— La guerre… comme vous y allez, mon ami ! Nous sommes entre personnes civilisées. D'abord, votre Bismarck n'est pas le souverain de Prusse, que je sache !

Charles Desprez soupira. Comment aurait-il pu expliquer à son épouse ce qu'il redoutait, sans lui infliger un cours de politique internationale ?

— Personne n'est prêt, en France, déclara-t-il enfin d'une voix empreinte de lassitude.

Félicité haussa les épaules. La belle affaire ! On aurait tôt fait de rabaisser les exigences de la Prusse. Ce petit pays n'allait tout de même pas imposer sa loi à la France ? Et l'empereur… c'était un Bonaparte, non ?

— Napoléon III n'a pratiquement pas d'expérience militaire, répondit enfin Charles. Lisez d'autres journaux que *Le Moniteur*, qui encense le régime, et vous comprendrez peut-être la situation. *L'Indépendance belge*, par exemple, qui, elle, n'est pas soumise à la censure…

— Comprendre quoi ? explosa Félicité. La fabrique tourne à plein régime, nos clients sont plus nombreux d'année en année ! Que voulez-vous qu'il nous arrive ?

L'égoïsme dont son épouse pouvait faire preuve confondrait toujours Charles Desprez. De nouveau, il haussa les épaules.

— Gardez vos illusions, ma chère, tant que c'est encore possible. Vous ne m'ôterez pas de l'idée que nous sommes au bord du gouffre.

Au bord du gouffre… comme il y va ! songeait Félicité, deux heures plus tard, tout en veillant à ce que Monseigneur reçoive les meilleurs morceaux du gigot.

Elle n'avait pu s'empêcher de ruminer les propos de Charles. D'ordinaire, son époux ne s'emportait que rarement. Il devait vraiment être inquiet pour lui avoir tenu un tel discours.

Elle avait orienté la conversation sur un éventuel conflit avec la Prusse. Le sous-préfet l'avait considérée d'un air bizarre avant d'évoquer le voyage de l'impératrice en Égypte pour inaugurer le canal de Suez.

Le commandant de la place, lui, avait souri.

« N'ayez aucune crainte, madame Desprez. La place forte de Sedan est imprenable. Et, d'ailleurs, pour quelle raison, je vous le demande, la Prusse nous attaquerait-elle ? Nous serions forcément les vainqueurs. »

— Vous voyez ! triompha Félicité, alors que leurs invités étaient enfin repartis, après avoir fait honneur à la cave à liqueurs de leur hôte.

Elle se sentait rompue. Marinette, qui souffrait de rhumatismes, avait manqué renverser la saucière sur l'épaule de Monseigneur. Le jeune Amiot l'avait rattrapée de justesse. Félicité avait cru mourir de honte.

Charles sourit.

— J'espère me tromper, mon amie. Je l'espère sincèrement.

Elle voyait bien qu'il n'était pas tout à fait convaincu. Elle n'avait plus envie de discuter, cependant. Elle était rassurée.

Dès le lendemain, elle soumettrait Jérôme à une attaque en règle. Il devait se marier.

Charles Desprez repoussa les documents éparpillés sur son bureau et se leva pour aller à la rencontre de son fils. Jérôme avait les traits tirés.

— C'est de la folie, murmura-t-il. Bismarck a obtenu ce qu'il désirait en agitant un chiffon rouge devant le Conseil des ministres.

Son père lui tapota l'épaule. L'un et l'autre n'avaient pas besoin de grandes phrases pour savoir qu'ils se comprenaient. Après plusieurs jours de tension, la France avait déclaré la guerre à la Prusse, le 19 juillet. Or, Charles était loin de partager l'enthousiasme de ceux qui s'étaient jetés dans les rues en hurlant « A bas la Prusse ! » ou « Vive l'armée ! ». De toute manière, une guerre, quelle qu'elle soit, n'était jamais bonne pour le négoce. De plus, ceux qui, à longueur d'articles, prétendaient que la France aurait le soutien de l'Autriche, de l'Italie ou de la Russie, se trompaient lourdement. En déclarant la guerre, la France assumait le mauvais rôle. Ses alliés ne la suivraient pas.

— L'empereur risque son trône, laissa tomber Jérôme.

Il ne savait pas s'il était réellement bonapartiste. Sa mère lui avait souvent répété que le meilleur régime politique était celui qui favorisait le plus les fabricants de draps. Félicité était ainsi faite, partiale et opportuniste.

Charles considéra son fils avec inquiétude. Il avait peur qu'il ne s'engage. Non, se reprit-il, il ne le fera pas, de peur de perdre sa maîtresse. Il avait grande envie de rencontrer cette fille de tisserands dont sa mère faisait grand cas.

Le respect obligatoire des convenances l'ennuyait fort. Quelle importance, désormais, alors que la guerre était imminente ?

— Nous allons attendre encore quelques jours, déclara-t-il. Le temps de voir comment évolue la situation.

Jérôme fronça les sourcils.

— Vous pensez que Sedan serait menacée ?

— Je ne sais que penser ! explosa Charles, marchant de long en large dans la pièce. Pourquoi sommes-nous entraînés dans cette histoire de fous, je te le demande ! Pour une querelle au sujet d'élections dont tout le monde se moque éperdument ! De plus, il ne faut pas oublier que le Bade, la Bavière, la Hesse et le Wurtemberg se sont ralliés à la Prusse.

Des centaines d'ouvriers travaillaient pour la fabrique de la Licorne. Qu'allait-il advenir d'eux ? Pourraient-ils continuer à assurer la production ? Autant de questions qui le tourmentaient. Il ne partageait pas l'aveuglement de son épouse qui croyait tout ce qu'imprimaient les journaux. Malgré les discours rassurants des militaires, il avait compris, au cours de ses récents voyages à l'étranger, que la France n'était pas vraiment prête. De surcroît, l'empereur, malade, épuisé, n'avait rien d'un chef de guerre stimulant le moral de ses troupes. Ces éléments allaient jouer un rôle déterminant au cours des prochaines semaines.

Charles Desprez se retourna vers son fils.

— Même si je fais preuve de pessimisme, j'aimerais que nous assurions nos arrières. Il y a toujours un coffre-fort, à la Sente aux Geais ?

Jérôme fut tenté de protester, de répondre que la maison forestière constituait leur refuge, à Joséphine et à lui.

Il n'osa pas le faire, devant le visage crispé de son père.

Il avait peur, soudain, des bouleversements que cette guerre risquait de provoquer dans leurs vies.

9

Les oiseaux avaient cessé de chanter. Une chaleur torride s'était abattue sur la campagne depuis plusieurs jours. Vite, il fallait terminer les moissons, avant que les choses sérieuses ne commencent, avant que la guerre ne rattrape les paysans.

Joséphine, la tête à demi renversée vers le ciel presque blanc, s'étonnait de ne pas ressentir de réelle émotion devant le paysage familier. Elle reconnaissait tout, pourtant. L'abbaye, dont on apercevait le toit au bout de l'allée bordée de hêtres. Le vallon, au creux duquel le village s'était niché, autour de son église.

Elle secoua les rênes. Elle n'avait pas le temps de s'attarder, ayant promis à Jérôme de rentrer avant la nuit. Il avait voulu l'accompagner jusqu'à Saint-Blaise, elle avait su l'en dissuader. Elle préférait être seule pour revoir sa famille.

C'était à chaque visite un moment de joie profonde et une épreuve. Fatalement, Joséphine se sentait en décalage avec les siens, même si elle prenait soin de s'habiller très simplement. Au contact de Jérôme et d'Adélaïde, la jeune villageoise s'était policée. Elle avait perdu son accent traînant, acquis une certaine aisance dans le maintien et la parole.

Elle était… différente. Cela suffisait d'ailleurs pour que, dans Saint-Blaise, on l'appelle « la bourgeoise ».

La maison parut comme rétrécie à la jeune femme. Elle se souvenait encore de toutes ces journées passées à travailler sur l'imposant métier à tisser, ou à aider Catherine à « monter la chaîne », quand elle commençait une nouvelle pièce.

Baptiste, le plus jeune de ses frères, s'élança vers elle.

— Que fais-tu là ? s'enquit-elle après l'avoir embrassé. Tu devrais être en train de travailler aux champs avec ton frère et tes sœurs…

— Il étudie avec notre curé, expliqua Catherine. Lui aussi veut partir.

Le père avait piqué une sacrée colère le jour où il l'avait appris. Un de ses fils voulait devenir cureton ? Parole ! Ces choses-là n'arrivaient qu'à lui ! Si Catherine ne s'était pas interposée, il aurait flanqué une bonne raclée au gamin.

— J'y vais, c'est l'heure de ma leçon, annonça son frère alors que onze heures venaient de sonner au clocher de l'église.

Catherine et Joséphine le suivirent des yeux tandis qu'il remontait la rue à grandes enjambées.

— Il a changé, pas vrai ? fit Catherine.

Elle se dirigea vers l'arrière-cuisine, au sol de terre battue.

— Je te fais un bon café.

Joséphine la suivit sans mot dire. Elle cherchait à se souvenir de sa mère, et c'étaient des gestes ou des paroles de Catherine qui lui revenaient en mémoire. La tête lui tourna, soudain. La faute au passé, se dit-elle. À moins que ce ne soit l'arôme puissant du café.

Sa tante eut tôt fait de la rattraper alors que, toute blanche, Joséphine venait de se cramponner à l'auge en pierre.

— Doucement, ma fille ! s'écria-t-elle. C'est de vivre comme les bourgeois qui te met les jambes en coton ?

Déjà, la jeune femme s'était ressaisie. Elle refusa le petit verre de goutte que lui proposait Catherine, consentit à s'asseoir tandis que le café passait lentement dans le « pied de chaussette », accentuant à chaque goutte son sentiment de malaise.

Elle ne put se résoudre à vider son bol en terre de café. Submergée de nausées, elle courut se soulager dans le jardinet situé à l'arrière de la maison.

Lorsqu'elle revint dans l'arrière-cuisine, Catherine leva vers elle un regard sévère.

— Qu'est-ce qu'on fait, maintenant ? questionna-t-elle.

Joséphine secoua la tête. Elle se sentait toujours vaguement nauséeuse mais, en même temps, soulagée de pouvoir partager son secret.

— On croit toujours que ça ne vous arrivera pas, poursuivit Catherine, en lavant les tasses. Ta mère était comme toi, malade comme une bête les deux premiers mois. Ensuite, tout rentrait dans l'ordre. Il est au courant ?

Elle n'avait jamais nommé Jérôme autrement qu'« il », avec une pointe de défiance dans la voix. Elle redoutait en effet qu'il n'abandonnât Joséphine dès lors qu'il se serait lassé d'elle. Elle en avait tant vu, des filles séduites, dont les gars ne se souciaient plus dès que la grossesse devenait apparente ! La vie de ces pauvres filles était irrémédiablement gâchée.

Les jeunes gens, eux, s'en moquaient bien. Ils ne trouvaient pas une branche de sapin à leur porte le premier jour de mai, et ce n'était pas leur enfant qu'on appelait « le bâtard », aussi bien au village qu'à l'école, en lui jetant des cailloux ! Catherine ne voulait pas de ce destin pour sa préférée, celle qu'elle considérait comme sa fille.

Joséphine soutint le regard inquiet de sa tante. Elle n'avait pas encore prévenu Jérôme. Non qu'elle redoutât sa réaction, mais il avait tant de soucis, ces derniers jours, avec la fabrique…

— Tu n'es pas mariée avec la Licorne, coupa Catherine. Tu n'es pas mariée du tout, d'ailleurs, c'est bien ce qui m'ennuie. Je savais bien…

Elle s'interrompit parce qu'elle n'avait pas cherché à retenir Joséphine à Saint-Blaise, un an auparavant. Pourtant, les tisserands travaillant en campagne, dans leur maison, avaient le sentiment d'être protégés par rapport à ceux qui étaient employés à la fabrique. On disait aussi que vivre en ville menait les belles filles à la perdition. Certaines ne se prostituaient-elles pas pour améliorer leur salaire ?

Joséphine sourit à sa tante.

— Tu m'as appris qu'il fallait toujours se battre. Même si Jérôme et moi ne sommes pas mariés, je tiens à garder cet enfant.

— À ta guise, ma fille.

Catherine se remit à appuyer sur la pédale en faisant beaucoup de bruit. Le sourire de la jeune femme s'accentua. Catherine se réfugiait toujours derrière son métier quand elle était émue. Ces deux-là étaient inséparables.

« Il faudra l'enterrer avec », avait dit une fois

Georges, en plaisantant. Ce à quoi Catherine avait répondu, superbe : « Et pourquoi pas ? Au moins, je serai sûre d'avoir un beau monument ! »

— Ne dis rien, surtout, recommanda la jeune femme à sa tante.

Celle-ci haussa les épaules.

— Comme si c'était mon genre d'aller claquer du bec ! Mes jours et mes nuits, je les passe ici, avec mon compagnon muet. À qui veux-tu que je parle ? À ton père, qui ne dessoûle pratiquement plus, sûrement pour oublier que la veuve est un vrai laideron ? Au curé, qui vous menacera, le petit et toi, de l'enfer ? Merci bien !

Elle se pencha, étudiant d'un œil critique les deux roulettes en bois sur lesquelles glissait la navette métallique.

Fascinée, Joséphine suivait chacun de ses mouvements.

— La guerre inquiète Jérôme, déclara-t-elle enfin. Il veut que j'aille en Belgique.

Catherine ne s'arrêta pas pour répondre :

— La guerre... Viendra-t-elle seulement jusqu'ici ?

Joséphine garda le silence plusieurs secondes. Jérôme lui avait donné à lire le journal *L'Indépendance belge*.

On y parlait de la supériorité de l'artillerie allemande, beaucoup plus puissante que la française. On mentionnait, aussi, le fait que la France n'était pas vraiment prête.

— J'ai peur, moi aussi, déclara-t-elle enfin.

Cela faisait près d'un an qu'elle vivait dans un cocon, aux côtés de son amant. En elle, une voix intérieure, la voix de la petite fille qui avait vu mourir sa mère, répétait de temps à autre : « C'est trop beau, ça ne peut pas durer. » La plupart du temps, elle parvenait à ne pas l'écouter. Cette fois, pourtant, c'était beaucoup plus difficile.

Catherine fit claquer sa langue.

— La peur ne sert à rien, crois-moi. De toute façon, si la guerre doit passer par chez nous, nous n'y pouvons rien, ni toi ni moi.

Joséphine secoua la tête. Elle n'avait jamais réussi à supporter cette résignation teintée de fatalisme. C'était pour cette raison, aussi, qu'elle avait quitté Saint-Blaise. Pour vivre une autre vie.

— Ça ne te ressemble pas, laissa-t-elle tomber, comme un jugement.

Cette fois, le métier de Catherine s'immobilisa. Il se fit un grand silence dans la salle.

— Sais-tu vraiment qui je suis, petite ? murmura la tisserande d'une voix changée. L'an prochain, j'aurai quarante-cinq ans. La belle affaire ! Une vie... toute une vie passée derrière ce métier, à tisser de la laine que je ne porterai jamais. Tout comme j'ai élevé les enfants de ma sœur, qui n'ont pas poussé dans mon ventre. Il a bien fallu que je m'en accommode, tu ne crois pas ?

Saisie, Joséphine s'avança d'un pas.

— Tante Catherine...

Comme pour établir une distance, se garder d'effusions qui lui faisaient peur, Catherine remit en route son métier d'un coup de pédale.

— Ne fais pas attention, va, reprit-elle d'un ton bourru. Ces histoires de guerre, ça me donne le tournis.

Elle s'était disputée, un jour, avec Aimé, son

voisin. Comme elle, comme la plupart des habitants de Saint-Blaise, il était tisserand de père en fils. À l'entendre, les « plôqueux » ne devaient pas se préoccuper d'autre chose que de leur métier.

On n'a pas de vie, nous, alors ? s'était interrogée Catherine.

Elle avait rêvé, à quinze ans, de fonder une famille et de devenir cuisinière. Au lieu de quoi, elle était restée vieille fille et avait passé ses jours et une partie de ses nuits devant cette mécanique qui, peu à peu, lui mangeait l'espace vital et la vie.

Après tout, se dit-elle, comment aurait-elle pu reprocher à sa nièce de chercher à s'évader de cet univers ?

— Fais bien attention à toi, surtout, recommanda-t-elle à Joséphine, en lui pressant l'épaule.

Elle découvrit le panier après le départ de la jeune femme. Elle l'avait déposé dans la pièce du fond, là où Catherine se laissait tomber, épuisée, chaque nuit. Elle sourit en sortant le jambon enveloppé dans un torchon, le fromage de Brie, les légumes frais du jardin.

Quoi qu'elle fasse, Joséphine n'oublierait jamais ses racines.

Cette certitude rassurait Catherine.

10

La pluie, qui s'était mise à tomber sans discontinuer après le 15 août, avait transformé les sentiers et les chemins en cloaques boueux dans lesquels les voitures s'enlisaient régulièrement. Le ciel était plombé, couleur de désespérance.

Des nappes d'un brouillard tenace dissimulaient les versants des collines, pourtant si familiers. Ils progressaient à l'aveuglette, s'en remettant au cheval, dont le sabot était sûr.

Joséphine frissonna et remonta le col de son casaquin de velours bordeaux. Jérôme, sans lâcher les rênes, tourna la tête vers elle.

— Tu n'as pas trop froid ?

Elle fit non de la tête, sans parvenir à prononcer un son.

Les événements des dernières semaines l'avaient tétanisée. La guerre, cette entité abstraite, se rapprochait dangereusement des Ardennes. Partout, le désordre et la confusion régnaient. Le temps précieux perdu à Metz fin juillet à attendre l'arrivée des réservistes puis la réception des armes et de l'habillement n'avait pu être rattrapé. Une nouvelle fois, les caricaturistes s'en étaient donné à cœur joie.

On citait ce colonel qui avait demandé des souliers pour ses soldats et s'était vu livrer de la farine... On attendait à Metz que l'empereur se décide à lancer les premières offensives. Et puis, début août, la double tragédie de Forbach et de Woerth avait semé la panique. Les journaux avaient tous repris le texte du télégramme de Mac-Mahon : « J'ai été attaqué ce matin par des forces considérables. J'ai perdu la bataille. Grandes pertes en hommes et en matériel. »

Après nombre d'hésitations, Napoléon III s'était résolu à se replier sur Châlons-sur-Marne afin de défendre à tout prix l'accès à Paris. Ce faisant, il livrait aux Prussiens une bonne dizaine de départements situés à l'est et au nord-est de la France.

Depuis le 20 août, Jérôme bataillait pour convaincre Joséphine de suivre l'exemple de nombre d'épouses de notables qui étaient parties se réfugier de l'autre côté de la frontière belge avec leurs enfants.

« Je ne suis pas ta femme », répétait Joséphine avec obstination.

Elle n'avait encore pu se résoudre à faire part de sa grossesse à son amant. Elle ne savait même pas pourquoi... il lui semblait qu'il était encore trop tôt, elle ne voulait pas le lui annoncer dans l'urgence, alors que le pays tout entier semblait en proie au désordre et à la panique. C'était compter sans Adélaïde, qui avait l'œil vif.

« Dites-moi, ma chère, j'ai l'impression que vous vous trouvez dans une situation intéressante », avait-elle fait remarquer à Joséphine.

La jeune femme s'était troublée, n'avait pu s'empêcher de rougir.

« C’est une excellente nouvelle, avait repris Adélaïde en levant sa flûte de champagne. Nous allons la fêter comme il se doit. »

La vieille dame affirmait volontiers que le champagne était son remède préféré. La première fois que Joséphine y avait goûté, elle avait eu l’impression de devenir aussi légère que les bulles de ce vin magique, dont on ignorait jusqu’à l’existence à Saint-Blaise.

« Ne dites rien pour l’instant à Jérôme », avait-elle prié.

Adélaïde l’avait observée avec attention.

« Vous ne voulez pas que cet enfant à naître influe sur sa décision, n’est-ce pas ? »

Joséphine avait abaissé les paupières en signe d’acquiescement. Depuis plusieurs semaines, elle sentait bien que son amant était troublé. Sa mère lui faisait subir des pressions, plus ou moins discrètes. Elle l’initiait à toutes les étapes de la fabrique, lui répétait qu’il était le seul à pouvoir leur succéder, à Charles et à elle. Parfois, lorsqu’il rentrait, il entraînait Joséphine dans leur chambre, comme pour se perdre en elle, et tout oublier. C’était au cours d’une de ces soirées que leur enfant avait été conçu. Joséphine ne regrettait rien. Elle aimait Jérôme.

— Que va-t-il se passer ? osa-t-elle lui demander, alors qu’ils approchaient de la Sente aux Geais.

Il lui pressa la main comme pour se rassurer à son contact.

— Je ne sais pas, chérie. Vraiment pas. Pouvons-nous encore arrêter les Prussiens ? J’en doute.

De nouveau, elle eut peur. Tout avait basculé trop vite. À quoi rimait cette guerre, à laquelle Adélaïde elle-même ne comprenait rien ? La grand-mère de Jérôme avait reçu à plusieurs reprises des musiciens allemands pour ses matinées musicales à la Roseraie. Elle les imaginait mal revenant en ennemis.

La forêt se refermait sur eux au fur et à mesure de leur progression. Le silence s'épaississait. La pluie avait cessé. Le brouillard s'effilochait en longues nappes dévoilant un ciel opaque, laiteux.

Depuis qu'elle avait franchi pour la première fois le seuil de la Sente aux Geais, Joséphine s'y était sentie chez elle. L'humidité de l'automne s'était déjà infiltrée à l'intérieur. Jérôme s'empressa d'allumer un bon feu dans les cheminées de la salle et de la chambre. La fenêtre de celle-ci ouvrait sur le parc.

Joséphine aimait les meubles robustes, sobrement décorés de quelques fleurs sculptées dans le bois de chêne. Un gros édredon rouge recouvrait le lit, au matelas de laine – un luxe – si épais qu'elle avait l'impression de s'y enfoncer.

Dès qu'ils arrivaient à la Sente aux Geais, Joséphine disparaissait en direction de la cuisine. Une femme du village venait faire le ménage chaque semaine, mais la jeune femme ne laissait à personne le soin de préparer leurs repas. Elle cuisinait des plats simples, avec des provisions achetées sur les marchés.

Des omelettes aux champignons, du lapin longuement mijoté avec des herbes, des gaufres en forme de cœur, saupoudrées de cassonade… Elle avait apporté des nobertes et s'empressa de confectionner de la pâte suivant la recette de sa tante Catherine. Cinq cents grammes de farine mêlés à cent vingt-cinq grammes de saindoux, deux œufs, une pincée de sel et du levain délayé dans de l'eau.

Elle eut juste le temps de placer sa pâte au chaud, à côté de la cheminée, et de la recouvrir d'un torchon. Jérôme vint la chercher.

— J'ai faim de toi, lui souffla-t-il.

D'un geste familier, elle noua les bras autour de son cou. Il l'entraîna devant la cheminée de la salle, là où, au fil des semaines, ils s'étaient constitué un refuge douillet, avec un sofa et des coussins recouverts de velours bronze. Prestement, il lui ôta sa robe de faille rouge, ses bas, son corset.

Il recula d'un pas pour mieux admirer le corps nu de son amante. À la lumière des flammes, il prenait des reflets délicats, couleur de nacre et d'ivoire.

Jérôme caressa le buste de Joséphine d'une main infiniment douce, descendit jusqu'au ventre légèrement renflé.

— Pourquoi ne m'as-tu rien dit ? questionna-t-il d'une voix que le désir enrouait. J'adore l'idée d'avoir un enfant de toi.

Il sourit de la voir tressaillir. Non, ce n'était pas sa grand-mère qui avait vendu la mèche. Il avait remarqué ses seins plus épanouis, sa pâleur, le matin, et ses nausées, qu'elle s'efforçait de lui dissimuler.

— Quand la guerre sera finie, nous nous marierons, lui dit-il.

Il haussa les épaules tandis qu'elle énumérait tout ce qui ferait obstacle à son projet. L'opposition farouche de sa mère, d'abord, puis les convenances, ces maudites convenances, qui réglaient la vie de la bourgeoisie drapière.

— Ma grand-mère nous soutiendra, affirma-t-il.

Elle voulut le croire. Après tout, ils s'aimaient, elle avait pour seul tort d'être une fille de tisserands et non pas une héritière richement dotée.

— Je tiens à vous protéger, l'enfant et toi, reprit Jérôme, les sourcils froncés. Il peut arriver n'importe quoi…

— Tais-toi !

Elle venait de plaquer la main sur sa bouche. Il la trouva plus que belle, avec ses yeux agrandis par l'angoisse, les frissons qui couraient sous sa peau nue.

Il la fit basculer sur le sofa. Une bûche tomba. Les flammes vacillèrent quelques instants avant de s'élancer de plus belle, dans un crépitement d'étincelles. Ils n'y prêtèrent pas attention. À cet instant, ils étaient seuls au monde.

Adélaïde Desprez s'appuya au bras de son jardinier pour faire le tour des massifs de roses qui avaient donné son nom à la propriété. Il y en avait exactement trois cent soixante-cinq, disposés en demi-cercle au bout de l'allée centrale. La pluie en avait mis plusieurs à mal mais, sous l'éclaircie, ils se redressaient déjà.

— Entends-tu ? murmura la vieille dame.

Au loin, le canon tonnait. Elle frissonna, rajusta son châle de cachemire avec des mains tremblantes.

Barthélemy se mordit les lèvres.

— Ils ne viendront pas jusqu'ici. C'est Sedan qui les intéressera.

— Hé ! Qu'en sais-tu ?

Les journaux se faisaient l'écho de nouvelles

contradictoires. On ignorait si Bazaine se trouvait toujours à Metz ou bien s'il s'était dirigé vers Montmédy. L'armée de Châlons, quant à elle, remontait vers le nord. À coup sûr, les Ardennais se trouvaient pris au piège.

Adélaïde ne pardonnait pas à Napoléon III de n'avoir pas su éviter la guerre. Quelle idée, en vérité, alors que le régime avait connu son apogée !

Son fils était venu la prier de se réfugier en Belgique. Elle avait refusé. L'imaginait-il abandonnant la Roseraie ? Et lui, quittait-il la fabrique ? Non, bien entendu, un Desprez ne fuyait pas. Félicité restait auprès de son époux.

— Tu dis qu'ils ne viendront pas jusqu'ici, répéta Adélaïde, comme pour mieux s'en convaincre. Et quand bien même… que feraient-ils d'une vieille femme comme moi ?

Barthélemy garda un silence prudent. Il savait qu'il valait mieux ne pas chercher à contrarier madame Adélaïde lorsqu'elle s'énervait.

— Rentrons, enchaîna la vieille dame.

Elle avait des ordres à donner. Elle tenait à ce que la table soit dressée, avec la plus belle vaisselle, de la porcelaine de Limoges, ornée de roses roses, des verres en cristal, l'argenterie, le surtout en vermeil. Elle-même allait soigner sa toilette et sa coiffure.

Si les Prussiens poussaient jusqu'à la Roseraie, ils la trouveraient prête à les recevoir.

11

Le ciel s'était éclairci, après plusieurs jours d'intempéries. Une trouée lumineuse égayait le fond du parc, là-bas où, lui avait raconté Jérôme, on avait dû faire abattre un vieux chêne cinq ans auparavant.

Joséphine jeta une cape sur ses épaules et marcha jusqu'à la clairière, comme pour happer un fragment de cette lumière et s'y réchauffer.

L'angoisse lui taraudait le cœur.

Elle avait fini par s'endormir, à peine une heure, en remontant les draps sur sa tête, comme au temps de son enfance. Elle se le reprochait amèrement. Si elle était restée éveillée, elle aurait empêché Jérôme de partir.

Elle avait trouvé son mot griffonné à la hâte posé sur l'édredon.

Je pars chercher ma grand-mère, lui avait-il écrit. Il avait ajouté : *Je t'aime. Ne bouge pas d'ici.*

Elle frissonna. La peur ne la quittait pas. Tout était allé trop vite, depuis la déclaration de guerre. Les lourdes défaites subies par l'armée française avaient sapé le moral du pays.

Que faire ? se demanda-t-elle une nouvelle fois,

ne pouvant pas supporter l'inaction à laquelle le départ de Jérôme la contraignait. Elle fit le tour de la maison forestière, comme pour puiser quelque réconfort dans le cadre familier.

Brusquement, n'y tenant plus, elle se décida. Elle enfila de solides bottines de marche, jeta une pèlerine sur ses épaules et, claquant derrière elle la porte de la Sente aux Geais, coupa à travers les bois pour gagner au plus vite la France.

Les échos de la canonnade la guidaient.

Lorsqu'il était petit, Jérôme avait couru les bois entourant la Roseraie en compagnie de Barthélemy. Le jardinier avait beau venir de Belgique, c'était toujours la même forêt, avec ses sapins presque noirs sous le ciel couleur d'ardoise, ses buissons de mûres et ses fougères royales.

Il n'avait pas besoin de boussole pour s'orienter. Il lui suffisait de plonger dans ses souvenirs d'enfance.

Tout en se hâtant vers Bonne-Fontaine, il s'affolait en entendant les tirs nourris en provenance des hauteurs. L'état-major français avait-il perdu la tête ? Sedan, située dans une sorte de cuvette, constituait un piège idéal.

Apparemment, les différents corps d'armée ennemis s'étaient placés en tenaille, tout autour de la cité drapière.

Jérôme avait horriblement peur pour sa grand-mère. Ce n'étaient pas Barthélemy, Annette ou Césarine, la femme de journée, qui seraient capables de la défendre ! Et lui... il n'avait même pas d'arme.

Il éprouva un choc en s'approchant de Bazeilles.

Des barricades avaient été édifiées à la hâte à l'entrée du village. Le brouillard s'était levé, mais la fusillade dégageait une fumée telle qu'on n'y voyait pas à plus de deux mètres. Il aperçut des monceaux de cadavres de soldats ennemis gisant sur la chaussée. À bout de souffle, il s'appuya à une porte. Elle s'ouvrit derrière lui.

— Ne reste pas dehors, mon garçon, c'est malsain, déclara une voix bourrue, vaguement familière.

Jérôme, longtemps auparavant, avait chassé en compagnie de Gilbert, le braconnier. Celui-ci habitait d'ordinaire une cahute en lisière de forêt. Il expliqua au fils Desprez qu'il était venu à Bazeilles pour secourir sa sœur dès qu'il avait repéré les mouvements ennemis. À partir de quatre heures du matin, les habitants du village, terrorisés, avaient assisté, impuissants, à des combats d'une violence inouïe entre soldats français et bavarois. Le village, pris puis repris, ouvrait l'accès au pont de chemin de fer sur la Meuse, du côté de Pont-Maugis. Malgré plusieurs tentatives, les Français n'avaient pu le faire sauter, ce qui laissait à l'ennemi la voie libre sur Bazeilles puis sur la partie nord de Sedan.

Cependant, on se battait toujours dans Bazeilles. Le commandant Lambert, de l'infanterie de marine, avait la ferme intention de remplir sa mission.

— De fiers gaillards, ces soldats, tu peux me croire, commenta Gilbert.

Ils avaient pris les choses en main et résolu, puisque ordre leur avait été donné de tenir coûte que coûte, de transformer Bazeilles en camp retranché.

Ils s'étaient regroupés à l'intérieur de la maison

Bourgerie, à la sortie du village, en direction de Sedan. Les soldats, en toute hâte, avaient barricadé portes et fenêtres à l'aide de matelas, de couvertures et d'oreillers, et même d'établis et d'enclumes. Les meilleurs tireurs entreprirent alors d'abattre les Bavarois qui tentaient de s'approcher de leur bastion.

Malgré leurs efforts, l'afflux de troupes ennemies était tel que la maison Bourgerie se retrouva bientôt complètement encerclée par les Prussiens. Ceux-ci firent amener une batterie d'artillerie. Depuis le grenier de la maison où ils étaient réfugiés, Jérôme et Gilbert virent les servants bavarois tomber, l'un après l'autre, jusqu'à ce qu'un officier ordonne de mettre la pièce à l'abri. Un obus, tombé sur la toiture de la maison Bourgerie, l'éventra dans un terrible fracas. Pendant ce temps, des sapeurs creusaient des trous de mine au pied de la maison.

— Les salauds, les charognards ! s'emporta Gilbert.

Les cadavres des Bavarois recouvraient l'herbe des jardins. Vision tragique qui, mêlée au vacarme, à l'odeur de la poudre, conférait à la scène une étrange impression d'irréalité.

Cependant, on tirait toujours depuis ce qu'il restait de la maison Bourgerie, avec une redoutable précision mais de façon plus sporadique.

— Ils doivent arriver au bout de leurs munitions, commenta le braconnier. Ah, tu peux me croire, les Bavarois ont pris une sacrée claque ! Mais les nôtres risquent de le payer cher…

En effet, l'ennemi lançait de vigoureux « Hourra ! » tout en faisant sonner les clairons de la victoire.

Depuis leur poste d'observation, Jérôme et Gilbert guettaient avec une angoisse croissante les derniers tirs français en provenance de la maison Bourgerie. Un coup partit, après quelques minutes de silence. Et puis, de nouveau, le silence, chargé d'angoisse.

Gilbert se signa.

— Tu peux être sûr qu'ils ont tiré jusqu'à leur dernière cartouche, marmonna-t-il. Ah, les braves garçons ! Si seulement je pouvais les aider…

Il tenait à la main son fusil.

— Donnez-moi une arme, père Gilbert, pria Jérôme.

Tout le village attendait, guettant une nouvelle salve de tirs. Espoir anéanti lorsque les Bavarois se ruèrent sur la demeure désormais muette.

Contrairement à ce qu'ils redoutaient, les soldats survivants du commandant Lambert ne furent pas exécutés. Jérôme et Gilbert les virent traverser le village, encadrés par les Bavarois. Ils paraissaient épuisés, avaient le visage et les mains noircis de poudre.

De nouveau, Gilbert se signa, lentement.

— Des héros, des vrais, ces gars-là, murmura-t-il avec conviction.

Les corps des Bavarois, tombés par dizaines, s'amoncelaient tout autour de la maison Bourgerie. Rendus fous furieux par la vaillance de la résistance française, les Allemands s'élancèrent vers les maisons encore debout.

Gilbert échangea un regard navré avec Jérôme.

— M'est idée qu'on aurait mieux fait de rester par chez nous, toi et moi. Pourquoi qu't'es venu à Bazeilles, d'abord ?

— Je voulais arriver plus vite à la Roseraie. De toute façon, les Prussiens bloquaient le raccourci par la forêt. À croire qu'ils connaissent notre pays mieux que l'état-major.

Jérôme arma le fusil prêté par le contrebandier.

— On ne peut pas faire moins que les nôtres, reprit Gilbert. Jusqu'à la dernière cartouche.

Le cœur de Jérôme se serra d'un coup. Un sentiment de révolte le submergea. Il n'allait tout de même pas mourir, là, à vingt-cinq ans, loin de la femme qu'il aimait ?

— Les monstres, les sauvages ! s'écria Gilbert, qui venait d'ouvrir largement les volets.

Les Bavarois se livraient à un véritable carnage. L'église, la mairie et les maisons voisines étaient ravagées par les flammes. Jérôme entrevit une vieille femme, qu'on traînait hors de chez elle à coups de baïonnette. Il tira. Un Bavarois s'effondra, le front étoilé d'une tache de sang. Ses compagnons se ruèrent sur la maison où Gilbert et lui étaient réfugiés.

— Tiens bon, mon gars, on va en descendre quèq's'uns ! s'écria le braconnier, faisant mouche à chaque coup.

Une horrible odeur de chair brûlée se répandait dans Bazeilles. Le ciel était noir. Jérôme visa un grand gaillard à moustaches qui poussait des vociférations vengeresses. Il l'atteignit à la tête, mais les Bavarois avançaient toujours.

Il ferma les yeux, pensa si fort à Joséphine que, durant un instant, il la sentit à ses côtés. Un frisson le parcourut. La porte barricadée vola en éclats dans un vacarme assourdissant. Il épaula, n'eut pas le temps de tirer. La baïonnette d'un Bavarois le transperça.

La Roseraie était en flammes quand Joséphine déboucha du chemin. Elle poussa un gémissement sourd, marqua une hésitation avant de s'élancer dans le parc. Elle ne sentait plus son épuisement. La peur, une peur nue qui lui nouait le ventre, la poussait en avant, vite, vite, encore plus vite.

Elle remonta la grande allée en courant, se retrouva nez à nez avec une demi-douzaine de Prussiens qui faisaient la chaîne pour tenter d'arrêter la propagation de l'incendie.

Il était trop tard pour s'enfuir. Haletante, Joséphine fit front. Le chef du petit groupe s'avança vers elle. Il avait une cinquantaine d'années, paraissait plus embarrassé qu'hostile.

— Je veux parler à madame Desprez, lâcha-t-elle d'un trait.

Devant son silence gêné, Joséphine s'affola.

— Que s'est-il passé ?

L'officier prussien se lança dans une suite d'explications embarrassées. Il connaissait madame Desprez, il avait fréquenté la Roseraie avant la guerre, et ces trois petits mots – « avant la guerre » – faisaient référence à un monde aujourd'hui révolu.

— Je veux la voir, répéta Joséphine.

Haussant les épaules, il jeta un ordre à un soldat. Ce dernier entraîna la jeune femme à l'intérieur de la folie, vers le petit salon.

Bouleversée, Joséphine découvrit le couvert dressé devant la cheminée, le bouquet de roses jaunes placé au centre de la table.

— Madame Adélaïde ! s'écria-t-elle en se précipitant vers la vieille dame qui semblait prendre un peu de repos dans son fauteuil à oreillettes installé près de la fenêtre. De là, elle pouvait admirer le parc et ses rosiers.

Le soldat dit quelque chose qu'elle ne comprit pas. Joséphine s'agenouilla près du fauteuil. Adélaïde portait une robe bleu nuit assortie à ses yeux. Elle était coiffée. En revanche, elle n'arborait pas son collier de perles grises, ni son solitaire, dont elle ne se séparait pourtant jamais. Elle, l'insomniaque qui pouvait passer des nuits entières à relire son cher Voltaire, dormait paisiblement. C'était si inattendu que Joséphine se pencha vers elle pour la réveiller.

Elle hurla. Elle venait de découvrir deux trous, au côté droit, qui avaient cloué la grand-mère de Jérôme sur son fauteuil. Son cou et sa main portaient des marques rouges. De toute évidence, celui ou ceux qui l'avaient assassinée lui avaient arraché ses bijoux. Elle se retourna vers son guide.

— Pourquoi ? cria-t-elle, hors d'elle, les joues baignées de larmes.

Le Prussien fit un signe d'incompréhension.

— Ce ne sont pas ceux-là, fit une voix familière dans le dos de Joséphine.

Vivement, elle se retourna, pour se retrouver face à face avec Barthélemy.

Le vieux jardinier était très pâle. Il s'avança, cependant, aida Joséphine à se relever.

— Venez, madame Jérôme.

C'était la première fois qu'on l'appelait ainsi. Elle frissonna et se mit à trembler. Les larmes continuaient de ruisseler sur ses joues sans qu'elle songeât à les essuyer.

— Avez-vous vu Jérôme, Barthélemy ?

Il secoua la tête. Le temps qu'il se rende avec Annette dans le pavillon au fond du parc dissimuler les bijoux de Madame, des Bavarois ivres de sang avaient fait leur œuvre de mort. Césarine, la petite bonne, s'était tapie derrière l'écran de cheminée. Ils étaient deux, elle les avait vus faire feu sur Adélaïde Desprez avant de lui arracher son collier et sa bague.

Le Prussien resté derrière Joséphine hocha la tête.

— Guerre tue aussi civils, déclara-t-il, avec un horrible accent.

Barthélemy se signa.

— Madame Jérôme… vous voulez bien assister Annette, pour la toilette de Madame ?

Il l'aida à porter la vieille dame jusqu'à sa chambre, dans laquelle la jeune femme n'avait encore jamais pénétré.

La tête comme serrée dans un étau, Joséphine aperçut un lit appuyé au mur, coiffé d'un baldaquin à structure semi-circulaire, drapé de tentures pastel.

Barthélemy s'éclipsa après une dernière prière. Joséphine s'approcha de la fenêtre. L'horizon était en flammes. Bazeilles brûlait toujours. Le ciel n'était plus que nuages noirs. Les tirs s'étaient faits sporadiques.

Annette rejoignit Joséphine sur la pointe des pieds.

— Quel malheur ! souffla-t-elle.

La jeune femme la laissa faire la toilette d'Adélaïde, se bornant à lui tendre le mouchoir, les linges blancs et la chemise de nuit que la servante avait apportés.

— Pauvre madame, répéta Annette à deux ou trois reprises.

Joséphine ne parvenait pas à croire qu'elle n'entendrait plus le rire gentiment moqueur de la vieille dame résonner dans le petit salon, où elle se tenait de préférence. Elle n'imaginait que trop bien le chagrin de Jérôme.

— Pourquoi n'est-il pas arrivé ? s'interrogea-t-elle à voix haute.

Annette soupira.

— A-t-il seulement pu passer ? Ces maudits Prussiens sont partout.

Elle entendait encore Adélaïde la rassurer en affirmant que l'armée ennemie éviterait le domaine. « En quoi pourrions-nous les intéresser, ma bonne ? Ils fileront droit sur Mézières », certifiait-elle.

— Je ne comprends pas, répéta Joséphine.

Elle se pencha pour poser un baiser sur le front d'Adélaïde. Elle se revoyait, enfant, poussée dans le dos par son père.

« Embrasse donc ta mère avant qu'on referme le cercueil », lui avait-il enjoint. Et, devant son refus terrorisé, il lui avait allongé une gifle qui l'avait envoyée rebondir contre le mur. Elle se mordit les lèvres. Certains souvenirs étaient encore si douloureux qu'ils parvenaient presque à occulter la situation présente.

— Jérôme est peut-être blessé, risqua Annette.

Joséphine eut si peur qu'elle se mit de nouveau à pleurer. Rageuse, elle s'essuya les yeux.

— Je vais le retrouver. Annette... vous vous occupez de tout ?

Les deux femmes échangèrent un regard perdu. Il s'écoulerait certainement plusieurs jours avant qu'Adélaïde soit enterrée. Le prêtre, le menuisier étaient on ne savait où. La guerre, cette maudite guerre, qui devait s'achever en un temps record, avait bouleversé la vie quotidienne. Les batteries tonnaient, plus seulement du côté de Bazeilles, mais bien au-delà, du côté de Donchery.

Annette posa la main sur l'épaule de la jeune femme.

— Jérôme va vous chercher à la Sente aux Geais. Retournez vite là-bas, petite, pendant qu'il en est encore temps. Quand je vois ce qu'ils ont fait à la pauvre madame... Seigneur ! Ce sont des barbares.

Retourner à la maison forestière, retrouver le calme... c'était comme un rêve. Têtue, Joséphine secoua la tête.

— Jérôme n'abandonnerait jamais madame Adélaïde. S'il n'est pas encore là, c'est qu'il s'est passé quelque chose.

Quelque chose... ce pouvait être n'importe quoi. Un mouvement de troupes ou, même, une blessure. Annette l'enveloppa d'un regard chargé de compassion qui la fit frissonner.

— Restez là, au moins.

— Merci, Annette. Je veux retrouver Jérôme.

La servante la suivit des yeux tandis qu'elle remontait l'allée. Elle l'aimait bien, cette petite, et l'idée qu'elle risquait de se faire tuer la glaçait.

— Maudite guerre, répéta-t-elle en se signant.

Le canon tonnait de partout.

Annette posa un mouchoir blanc sur le visage d'Adélaïde pour le protéger des mouches. Après seulement, elle se mit à pleurer. Son univers s'effondrait, elle se sentait perdue.

12

Durant plusieurs jours, Jean-Philippe s'était efforcé de ne pas s'intéresser au chambardement bousculant la vie tranquille de Sedan. Il l'avait assez dit, que cette guerre était pure folie, que la France n'était pas prête, et que Bismarck, en stratège accompli, avait tout manigancé ! Il se souvenait de ce dîner, fin juin, à la Licorne. Félicité Desprez et le sous-préfet se berçaient encore d'illusions… Un seul regard échangé avec le maître drapier leur avait suffi pour comprendre qu'ils partageaient les mêmes convictions.

Quand le Conseil des ministres s'était emballé et avait décidé de déclarer la guerre à la Prusse, Jean-Philippe avait pensé : Tant pis pour eux ! Après tout, cela ne me concerne pas.

Il se voulait spectateur. Surtout pas acteur.

Il avait donc assisté, avec un étonnement amusé, puis consterné, à la gigantesque pagaïe ayant suivi la déclaration de guerre. À vrai dire, ce n'étaient pas les hommes qui étaient en cause mais plutôt les hésitations, les tergiversations en haut lieu. Les Français n'avaient pas de réel plan de bataille, l'armement et l'équipement n'étaient pas prêts.

Pendant ce temps, l'ennemi traçait sa route. Une légion en marche, avait pensé Jean-Philippe.

Il en avait discuté à plusieurs reprises avec son ami Jérôme, avant que celui-ci ne se décide à conduire Joséphine en Belgique. Jérôme était soucieux, et la guerre ne constituait pas son principal tourment. Sa mère faisait pression sur lui, lui rappelant qu'il était l'unique héritier de la Licorne. Il ne voulait pas perdre Joséphine.

« J'attends un miracle, avait-il confié à Jean-Philippe. Tout en sachant que c'est illusoire, que je serai bien obligé un jour ou l'autre de choisir… »

Jean-Philippe se gardait bien de lui donner un conseil. De quel droit l'aurait-il fait ? À la place de son ami, il aurait claqué la porte de la fabrique depuis longtemps ! Mais Félicité savait culpabiliser son fils. Elle glissait de temps à autre dans la conversation que Léon, le frère jumeau de Jérôme, mort à la naissance, se serait certainement passionné, *lui*, pour la Licorne.

Ce qui avait chaque fois pour effet d'annihiler toute velléité de révolte chez Jérôme.

« Bats-toi ! » avait envie de lui conseiller son ami. « Joséphine vaut toutes les fabriques du monde. »

Il ne l'avait pas fait, par pudeur, et pour ne pas s'immiscer dans sa vie.

Malgré sa volonté, à compter du 1er septembre, il ne put continuer à ignorer la guerre. Le canon tonnait sans interruption tout autour de Sedan, du côté de Bazeilles, de Pont-Maugis, de Floing, de Givonne. Une confusion extrême régnait dans la ville. Des femmes, des enfants se dirigeaient vers la porte de Bouillon afin de se réfugier certainement de l'autre côté de la frontière. Des officiers aux abois, jetant des ordres contradictoires, semblant même ignorer ce qu'ils devaient faire, se heurtaient aux blessés qu'on amenait par charrettes et aux voitures transformées en ambulances.

N'y tenant plus, Jean-Philippe passa un paletot, ferma boutique et se jeta à son tour dans les rues. Il ne reconnaissait plus sa ville. Seule la silhouette écrasante du château fort demeurait familière, avec ses énormes murs qui n'avaient su défendre la ville.

Des enfants galopaient dans les rues, en direction de l'hôtel de ville et de la sous-préfecture. Des soldats harassés, le visage et les mains noircis de poudre, se laissaient tomber au hasard, devant les maisons aux volets clos, et racontaient d'une voix atone le cauchemar qu'ils venaient de vivre. Personne, apparemment, ne savait où étaient les Prussiens, jusqu'à ce que ceux-ci déferlent sur les Français. Il y en avait partout, aussi bien sur les hauteurs de la Marfée que sur le plateau de Floing, à Donchery, Givonne, Saint-Menges, Fleigneux…

À croire qu'ils connaissaient mieux la région que l'état-major français !

Une rumeur enflait. « On nous a trahis. »

— Et l'empereur ? questionna une femme en cheveux.

Un ricanement amer courut le long des rangs. L'empereur ? Un vieil homme malade qui n'avait pas su éviter le désastre et avait accumulé les erreurs.

Le discours belliciste n'avait pas résisté longtemps à la tragique réalité. Jean-Philippe voyait ses craintes hélas confirmées.

Il marcha, se frayant péniblement un passage dans les rues encombrées, jusqu'à la fabrique de la Licorne. Charles Desprez, tête nue, faisait les cent pas devant la porte cochère.

— Amiot ! Vous êtes donc resté, vous aussi ! s'écria-t-il en serrant la main du photographe. Auriez-vous par hasard des nouvelles de mon fils ?

Comme Jean-Philippe fronçait les sourcils, le drapier s'expliqua. Mortellement inquiet devant la tournure des événements, Desprez avait envoyé l'un de ses commissionnaires jusqu'à la Sente aux Geais. Celui-ci était revenu en affirmant que la maison forestière était vide.

Jean-Philippe pâlit.

— Vide ? Et Joséphine ?

En temps normal, il n'aurait jamais prononcé le prénom de la jeune fille devant le père de Jérôme. En ce 1er septembre chaotique, plus rien n'avait d'importance, et surtout pas les convenances.

Charles Desprez haussa les épaules en signe d'impuissance.

— Mon épouse est en prières, soupira-t-il. Comme si cela pouvait servir à quelque chose ! Je n'ai qu'une crainte, que Jérôme ne se soit rendu chez ma mère. Bonne-Fontaine se trouve tout près de Bazeilles. Or la bataille y a été terrible, à ce qu'on raconte.

La décision de Jean-Philippe était déjà prise. Ayant salué le drapier, il se perdit dans la foule, vers la porte de Balan.

Il l'aperçut alors que, portée par le flot de réfugiés,

elle se laissait ballotter, le regard vague, le visage atrocement pâle. Il comprit tout de suite et n'hésita pas. Fendant la foule, il se fraya un chemin jusqu'à la jeune femme.

— Joséphine. Je suis là, dit-il simplement, posant la main sur son épaule.

Elle frémit. Il sentit le tremblement qui parcourait tout son corps et voulut l'attirer contre lui. Il n'osa pas le faire, cependant. Elle n'était que désespoir, et révolte.

— D'où venez-vous ? se borna-t-il à demander.

Elle esquissa un geste vague, du côté de Balan.

— Là-bas. C'est Barthélemy, le jardinier de madame Adélaïde, qui m'a empêchée d'aller jusqu'à Bazeilles. Le village brûle toujours.

Sa voix se brisa.

— Jérôme y était. Une réfugiée m'a dit l'avoir aperçu.

— Il est peut-être blessé, s'entendit dire Jean-Philippe.

La jeune femme secoua la tête d'un air buté. Comment aurait-elle pu lui faire partager sa conviction ? Elle *savait* que Jérôme était mort. Parce qu'elle se sentait quasiment morte, elle aussi.

D'un geste instinctif de protection, elle posa la main sur son ventre. Le mouvement, pourtant discret, n'échappa pas au regard aigu du photographe. Sans plus hésiter, il la saisit par le bras.

— Ne restons pas là. Nous risquons tout bonnement de nous faire piétiner. Regardez… l'empereur lui-même a renoncé à passer, la route est trop encombrée.

Il parlait, parlait, pour ramener un peu de vie dans

le regard morne qu'elle posait sur lui. Napoléon III avait la même expression, hébétée et incrédule. Des soldats et des civils l'avaient hué, le matin même. Malade, montant son cheval Phoebus, il était sorti de Sedan et s'était rendu au cimetière de Balan, où il avait manié une mitrailleuse, au mépris du danger.

Il avait manqué être tué à deux reprises. À croire, prétendait un vieil artilleur, qu'il cherchait à mourir. Comment l'en blâmer ? La déroute de l'armée française était accablante.

Un chapelet d'obus s'écrasa sur la place. Joséphine ne réagit même pas.

— Venez.

Jean-Philippe l'entraîna à sa suite par un dédale de ruelles. Elle se laissa faire sans protester, le regard vide.

Un détachement de cavaliers remontait la rue des Francs-Bourgeois au galop. Ils se dirigeaient vers la sous-préfecture.

— De toute façon, c'est trop tard, à présent, remarqua Joséphine d'une voix lointaine.

Il aurait préféré l'entendre pleurer, crier. Tout, plutôt que cette attitude résignée, détachée, qui ne lui ressemblait pas.

Elle s'adossa à la porte de l'atelier, ouvrit les mains.

— Je n'ai rien de lui, pas même une photographie, gémit-elle. Rien que mes souvenirs.

De nouveau, elle posa la main sur son ventre. Jean-Philippe crispa les mâchoires.

— Reposez-vous un peu, Joséphine.

Depuis combien de temps n'avait-elle pas dormi,

ou mangé ? Elle était d'une pâleur effrayante et il eut peur, soudain, pour elle.

Il la fit rentrer, s'empressa de lui avancer un fauteuil. Marcel, son aide-opérateur, tournait autour d'eux d'un air curieux. Jean-Philippe le renvoya sèchement chez lui.

— Tu ne crois tout de même pas que des gens seraient assez fous pour venir se faire photographier aujourd'hui ? lui lança-t-il, narquois.

Joséphine ne réagissait toujours pas.

Au-dehors, le canon tonnait toujours. Brusquement, la jeune fille se boucha les oreilles.

— Ça n'en finira donc jamais ? se récria-t-elle.

Le canon, partout, obsédant. Si elle fermait les yeux, elle imaginait les monceaux de cadavres. Elle revit Adélaïde, assise dans son fauteuil. Elle hurla. Ce long cri, révolte et désespoir mêlés, fit frissonner Jean-Philippe.

Un soleil radieux faisait paraître, par contraste, plus tragique encore le spectacle de Sedan, enserrée dans ses remparts, prisonnière des tirs ennemis. Partout se bousculaient des charrettes chargées de morts et de blessés. Des soldats qui n'avaient pu franchir les portes erraient, mortellement inquiets, tentant de glaner quelques informations.

Le drapeau blanc avait beau avoir été hissé au sommet de la forteresse, les tirs n'avaient pas cessé.

Félicité Desprez resserra son châle autour de ses épaules.

— Avez-vous enfin des nouvelles ? demanda-t-elle à son époux.

Charles Desprez soupira.

— Le chaos est général. Quand je songe qu'il y a encore deux mois, vous refusiez d'envisager la guerre…

— Rien ne sert d'épiloguer sur le passé, coupa Félicité.

Elle avait dû se résoudre à fermer la fabrique, trois jours auparavant. De toute manière, il était impossible de continuer à travailler dans ces conditions.

— Pourquoi nous a-t-il entraînés dans cette catastrophe ? grommela-t-elle.

« Il », c'était l'empereur, qui focalisait la haine des Français. Devant l'afflux de blessés, il était impossible de croire encore en la victoire.

Depuis le matin, la ville avait appris, effarée, que le commandement de l'armée française avait changé trois fois en l'espace de quelques heures. Les soldats, épuisés, ne se gênaient pas pour critiquer l'incompétence de leurs chefs.

— Cessez de vous tourmenter ainsi, recommanda Félicité à son époux. Jérôme n'est point sot. Il se sera réfugié en lieu sûr…

Charles soupira sans répondre. La Sente aux Geais, de l'autre côté de la frontière, constituait le seul endroit où leur fils aurait pu se rendre. Or, Jérôme ne s'y trouvait pas.

— J'ai peur qu'il n'ait cherché à gagner la Roseraie, déclara-t-il enfin.

Félicité se retourna d'un bloc.

— Quelle idée !

Il vit bien cependant, à son visage défait, qu'elle y avait songé, elle aussi.

Elle réagit aussitôt en femme de tête. Qu'attendait-il

donc pour se rendre à la sous-préfecture, tenter de recueillir quelques informations ? C'était dans ces moments-là que leurs relations devaient servir.

Elle parlait, parlait, comme pour conjurer l'angoisse qui lui nouait l'estomac.

Quand elle vit son mari partir d'un pas lourd, elle comprit qu'il avait au moins aussi peur qu'elle.

Au-dehors, les tirs avaient enfin cessé.

Désormais, un silence hébété planait sur la ville fortifiée.

13

Jean-Philippe, piétinant jusqu'à mi-mollet dans un fumier innommable, contemplait la ville accablée.

L'empereur avait quitté Sedan à l'aube. Il se murmurait qu'il discutait âprement des conditions de la capitulation française avec Bismarck, mais Jean-Philippe ne se faisait guère d'illusions. La défaite de l'armée française était si écrasante que Napoléon III n'était pas en mesure d'imposer ses vues.

Bismarck exigeait une reddition totale, sans conditions, et revendiquait les canons, les chevaux, les munitions, l'armée française tout entière.

Le régime était perdu mais, à la limite, ce n'était rien au regard de tous ces hommes tombés à Floing, au calvaire d'Illy, à Beaumont ou à Bazeilles.

Il serra les poings. On commençait à en savoir un peu plus sur ce qui s'était passé réellement dans le village.

La résistance héroïque des hommes du commandant Lambert avait provoqué la fureur vengeresse des Bavarois face aux centaines de leurs camarades abattus par les Français. Ils avaient incendié les maisons de Bazeilles au préalable arrosées de pétrole, tué, jusqu'à l'épuisement, les civils qu'à présent ils nommaient « francs-tireurs », comme pour chercher à se dédouaner de ce massacre inutile.

Jean-Philippe avait compris, mais il n'avait pas osé en discuter avec Joséphine. Il avait hébergé la jeune femme, insistant pour lui donner sa chambre. Têtue, elle avait refusé, était restée longtemps dans l'atelier avant de finir par s'endormir, assise toute raide sur le sofa. Il l'avait allongée, très doucement, avant de la recouvrir d'une cape. Il l'avait contemplée longuement. Malgré son visage blême, elle restait belle, d'une beauté blessée, tragique.

Il avait veillé sur son sommeil toute la nuit. Elle s'était redressée à deux reprises en gémissant. Il lui avait caressé les cheveux, l'avait apaisée, comme il l'eût fait pour une enfant. Au matin, alors qu'un jour blême se levait sur Sedan, il était sorti quérir des nouvelles. Et avait eu le sentiment de basculer en plein cauchemar.

Partout, des morts, des blessés, dont on ne savait que faire, avaient transformé la cité drapière en ville d'apocalypse. Une odeur douceâtre de sang flottait dans l'air. Débordés, les médecins opéraient partout, dans des « ambulances » improvisées dans les grandes salles des fabriques et jusque sur le billard du café de la place Turenne. On jetait pêle-mêle dans des charniers creusés à la hâte cadavres et membres amputés. Il n'y avait plus rien d'humain, songeait Jean-Philippe, accablé. Plus rien que la mort, victorieuse, dans Sedan dont les fortifications impressionnantes s'étaient révélées inutiles.

Il se sentait impuissant, et enrageait. Il continua à marcher, cependant, d'un pas rapide, jusqu'à la fabrique Desprez. La licorne sculptée sur la porte cochère lui parut singulièrement hors du temps.

Le concierge jaillit de sa loge alors que Jean-Philippe s'engageait sous le porche.

— Monsieur Amiot… c'est terrible, marmonna-t-il en triturant sa casquette. Monsieur et madame Desprez ne reçoivent pas, ajouta-t-il précipitamment, voyant que le photographe tournait à droite, vers le grand escalier menant à « l'étage noble ».

Jean-Philippe balança un instant. Devait-il insister et, ce faisant, se montrer importun ? Il n'appartenait pas au premier cercle des intimes des drapiers et, du coup, ne se sentait pas le droit de s'imposer chez eux alors qu'ils venaient d'apprendre la mort de Jérôme.

Il se décidait à rebrousser chemin lorsqu'il croisa Charles Desprez sous le porche. La cravate nouée de travers, l'habit déboutonné, le fabricant ne ressemblait pas à l'homme maître de lui dont la silhouette était familière aux Sedanais.

— C'est vous, Amiot ?

Il lui serra la main, gauchement, et Jean-Philippe eut le sentiment qu'il essayait de se raccrocher à lui.

— Mon fils unique… reprit-il d'une voix cassée. Assassiné à Bazeilles, comme un chien. Ma mère, tuée dans sa maison… Croyez-vous encore que Dieu existe ?

En d'autres circonstances, Jean-Philippe aurait esquissé un sourire. Agnostique, il n'avait guère de préoccupations théologiques. Depuis la veille, cependant, lui aussi se posait nombre de questions.

— Je ne sais que vous dire, répondit-il enfin.

— Ma femme est couchée. Ses crises hépatiques... J'ai cru qu'elle allait perdre la raison.

Il cherchait un réconfort que Jean-Philippe était bien incapable de lui apporter.

— Qu'allons-nous faire, à présent ? reprit le drapier.

Jean-Philippe soupira. Il lui fallait parler de choses concrètes afin de lutter contre la résignation éprouvée, qui ne lui ressemblait guère. Il demanda, avec des mots prudents, s'il serait possible de se rendre jusqu'à Bazeilles.

— Est-ce qu'on sait ? se lamenta Charles Desprez. La ville est comme folle, tout le monde hue l'empereur. Le pauvre homme ! Je ne sais même pas si c'est lui le véritable responsable de cette tragédie !

Quelle importance ? pensa Jean-Philippe.

Chaque fois qu'il songeait à Jérôme, c'était le visage de Joséphine qui s'imposait. Qu'allait-il advenir de la jeune femme ? Devait-il parler d'elle au père de son ami ?

— Venez, reprit le drapier, vous n'allez pas me laisser boire seul mon café.

L'appartement était silencieux comme un mausolée. On avait l'impression que les servantes elles-mêmes marchaient sur la pointe des pieds afin de ne pas troubler la maîtresse de maison. De plus, il manquait le bruit familier des machines, le va-et-vient incessant des coursiers, l'allure de seigneurs des tondeurs... la fabrique de la Licorne avait perdu son âme.

Ils remontèrent ensemble le couloir, s'installèrent dans le petit salon où l'atmosphère était plus conviviale. Angélie servit le café dans des tasses en porcelaine de Limoges. Tout en le buvant à petites gorgées, Jean-Philippe écouta Charles Desprez évoquer Jérôme. Il se reprochait de ne pas avoir su le retenir à Sedan, répétait sans cesse : « Comment aurions-nous pu imaginer… ? »

À un moment, n'y pouvant plus, Jean-Philippe se leva et prit congé. On l'attendait à son atelier, il devait y prendre son matériel pour immortaliser les proclamations de la capitulation.

— Allez, mon ami, murmura Desprez.

Pour qui tout ce luxe, à présent ? se demandait Jean-Philippe en descendant le grand escalier aux marches de marbre. Il revit Joséphine posant la main sur son ventre et se demanda s'il ne s'était pas trompé. Le savait-elle ? Il ne pouvait s'empêcher de songer à elle.

Il découvrit à deux pas de la fabrique une affiche annonçant la reddition de l'armée française. Des civils et des soldats la contemplaient d'un air incrédule.

— C'était bien la peine ! marmonna un vétéran tout en chiquant.

Il pouvait avoir quarante-cinq ans et s'appuyait lourdement sur son barda. Il ne savait pas encore comment, mais il avait survécu à l'assaut meurtrier des Prussiens. Et à cet instant, il se demandait s'il n'aurait pas préféré mourir avec ses camarades plutôt que d'assister à cette abomination.

Jean-Philippe rentra chez lui par un dédale de rues encombrées. Soldats assommés par la capitulation, ouvriers effrayés par la situation, tisserands venus à Sedan apporter leur production et se retrouvant plongés dans un véritable chaos… la ville était trop petite pour contenir toutes ces femmes et tous ces hommes qui se sentaient trahis, qui avaient peur.

Le photographe s'était promis de rester neutre, de ne pas se laisser entraîner dans quelque spirale de haine, mais il ne put s'empêcher d'éprouver un pincement au cœur en voyant les premiers militaires, le visage défait, briser leur fusil contre les murs des maisons. Quand il y songeait... toute l'armée française prisonnière, avec ses armes... C'était à se demander quel engrenage fatal avait provoqué cette tragédie.

Il sut tout de suite en poussant la porte de l'atelier que Joséphine était partie. Le léger parfum de poudre d'iris qui l'enveloppait s'atténuait. Il trouva la cape sur le sofa. Elle n'avait rien laissé d'autre, par même un mot, et il en éprouva une déception fugace.

Il savait bien, pourtant, qu'il n'était rien pour elle. À peine un ami.

Sans Georges et sa voiture, elle n'aurait jamais pu mettre son projet à exécution. Elle avait eu beaucoup de chance de l'apercevoir place Turenne, alors qu'un officier prussien aboyait des ordres. Elle avait couru jusqu'à lui, sans se soucier du bourbier infâme dans lequel tout le monde était bien obligé de patauger.

« Bon sang, Jo, un sale pétrin », avait-il commenté, toujours économe de paroles.

Elle n'avait pas eu besoin de lui parler. Il avait lu le drame sur son visage livide, dans ses yeux désespérés.

« Emmène-moi là-bas », avait-elle prié.

Là-bas, c'était Bazeilles, dont plus personne, à Sedan, n'osait prononcer le nom. Georges aurait dû lui répondre que c'était impossible, que la plupart des voies d'accès étaient encombrées de matériel désormais inutile, de réfugiés et de soldats. Il aurait dû le faire, mais il ne s'en sentait pas le courage. Il s'était contenté de soupirer.

« Monte ! »

Tout comme Jean-Philippe, il songea qu'elle était toujours belle, malgré ce grand malheur qui la frappait. Le visage tendu, faisant ressortir les pommettes hautes, les yeux fiévreux… Il posa une main apaisante sur son bras. Il aurait voulu la questionner, la réconforter, et il n'osait pas le faire.

— Tu vas pouvoir passer ? s'inquiéta-t-elle devant l'enchevêtrement de voitures, de tombereaux et de pièces d'artillerie.

— Fais-moi confiance. L'autre jour, Vaillante et moi, on s'est retrouvés à Beaumont juste avant la bataille. Je te prie de croire qu'on n'a pas traîné !

Ils se frayèrent un chemin par les faubourgs. L'afflux de blessés était tel qu'il semblait en venir de partout. De Floing, d'Illy, de Daigny, de Donchery.

Joséphine ne songeait même plus à se signer chaque fois qu'ils croisaient une carriole chargée de pauvres diables. Beaucoup avaient été touchés à la tête.

Ils durent descendre de la voiture et poursuivre leur chemin à pied avant de pénétrer dans Bazeilles.

— Pas question de lâcher mon cheval et mon chargement, fit Georges, cramponné à la bride.

— Oh non ! gémit Joséphine.

Elle tomba à genoux. Depuis le haut du pays, elle mesurait l'ampleur de la tragédie. La rue principale n'était plus qu'un amoncellement de pierres et de gravats. Les squelettes des maisons, le silence de mort qui régnait, la pluie, les équipements jonchant le sol, les chevaux à demi calcinés, tout ici ne pouvait que renforcer le sentiment d'épouvante des rescapés.

Une odeur de cendres, de pétrole, de sang et de mort flottait dans le village. Ils n'étaient pas les seuls à avoir forcé le passage. Des femmes, des vieillards erraient parmi les décombres. Ils avaient l'air hagard de ceux qui ont perdu tout espoir.

Joséphine se redressa, lentement. Elle s'avança à son tour, droite, vers l'église qui brûlait encore, sans regarder à droite ou à gauche. De toute manière, qu'aurait-elle vu ? Des pans de murs noircis qui tenaient encore debout par on ne savait quel miracle, des Bavarois au visage fermé montant la garde devant les ruines, un ciel couleur de suie, lui aussi, qui pleurait des larmes de cendres sur le village sacrifié. Un gémissement sourd lui échappa.

— Qu'ont-ils fait des corps ? murmura-t-elle.

Il lui semblait qu'elle devait *voir* Jérôme mort. À ce moment-là seulement, elle cesserait d'espérer.

Georges lui effleura l'épaule.

— Là-bas…

Il lui désigna le boghei arrêté devant l'hôtel de ville, dont la toiture avait été détruite. Un couple entièrement vêtu de noir parlementait avec un officier bavarois.

— Les Desprez, souffla Georges.

Il aurait dû se taire, mais cela n'avait pas de

sens. D'ailleurs, Joséphine connaissait les drapiers comme tout le monde à Sedan, même si elle ne leur avait jamais été présentée.

La jeune femme resta figée quelques instants avant de se diriger vers les parents de Jérôme. Charles Desprez, qui discutait pied à pied en allemand avec l'officier ennemi, ne la vit pas tout de suite. Son épouse, en revanche, remarqua la jeune femme au visage blême. Imposante dans ses vêtements de deuil, elle se dirigea vers Joséphine.

— Votre place n'est pas ici, lui dit-elle, glaciale.

Joséphine refusa de se laisser intimider. Qu'avait-elle à perdre, désormais ?

— Je demande simplement à voir Jérôme, répondit-elle.

Les deux femmes se mesurèrent du regard.

Un grincement de roues, résonnant sur les pavés disjoints, les fit tressaillir. Charles Desprez se rapprocha de son épouse, lui murmura quelques mots à l'oreille. Elle porta son mouchoir à sa bouche en étouffant un gémissement. Le cœur étreint d'une horrible certitude, Joséphine se retourna, lentement.

Un grand tombereau chargé de cadavres remontait la rue. Georges voulut retenir son amie mais elle s'était déjà élancée, sans même prendre garde à la boue noircie dans laquelle elle pataugeait, risquant à tout moment de tomber.

L'officier bavarois jeta un ordre. Joséphine ne l'entendit pas.

Bon sang ! elle va se faire tuer ! pensa Georges, voyant deux soldats en faction lever leur fusil. Comme dans un brouillard, il vit Joséphine se ruer sur le tombereau, écarter de la main plusieurs corps avant de se jeter sur un cadavre en sanglotant. Un homme à cheval, surgi de derrière l'hôtel de ville, s'interposa devant les Bavarois. Les Desprez, médusés, n'avaient pas bougé.

Le cavalier, donnant du genou, s'avança jusqu'au tombereau.

— Mademoiselle… relevez-vous, je vous en prie, dit-il en français à Joséphine.

Il dut répéter sa phrase. Quand la jeune femme se retourna vers lui, elle était défigurée par les larmes.

— Je ne partirai pas tant que vous ne m'aurez pas rendu son corps, déclara-t-elle.

Jérôme était là et pourtant, elle le reconnaissait à peine. Son pantalon de gros velours portait des traînées de boue. Sa chemise blanche, maculée de sang, était trouée par un coup de baïonnette. Il avait les yeux clos, le teint livide sous la pluie qui continuait de tomber. Elle se pencha pour l'embrasser. Une poigne solide la repoussa en arrière.

— Qui êtes-vous donc pour réclamer le corps de mon fils ?

La voix de Félicité Desprez ne tremblait pas. Joséphine lui fit face.

— Sa femme ? reprit la drapière, impitoyable. Sa fiancée ? Non, que je sache. Vous n'avez rien à faire ici, ma fille.

Le cœur brûlé par tant de mépris, Joséphine oublia toute prudence.

— Je porte l'enfant de Jérôme, répliqua-t-elle.

Charles Desprez tiqua. Son épouse, cependant, ne manifesta pas la moindre émotion.

— Son enfant ? Quel joli conte ! Mon fils n'est

plus là pour se défendre de pareilles accusations. Vous ne me ferez jamais accroire ça. On connaît les filles comme vous... Elles ont plusieurs amants pour arrondir leur pelote. Vous élèverez votre bâtard sans notre argent, ma fille.

Joséphine, bouleversée, révoltée, recula d'un pas. Elle se sentait profondément humiliée, comme souillée, et Jérôme avec elle.

— Vous n'avez pas le droit de dire ça, répondit-elle d'une voix blanche.

Elle savait bien, pourtant, qu'elle n'existait pas au regard de la loi.

Les yeux pleins de larmes, elle contempla le visage de Jérôme. Ce n'était déjà plus lui. Elle l'entendait lui dire : « N'oublie jamais que je t'aime. »

Elle le voyait caresser son ventre, évoquant d'une voix chargée d'émotion l'enfant à naître – leur enfant.

Un gémissement lui échappa.

— Mademoiselle, écartez-vous, je vous en prie, lui dit l'officier, dans un français parfait.

Il tendit la main vers elle. Elle se rejeta en arrière d'un air horrifié.

— Nous ne vous retenons pas, fit madame Desprez, impériale.

Leurs regards se croisèrent. Joséphine, dans un geste ultime d'amour et de défi, envoya un baiser du bout des doigts à Jérôme, son amour.

Georges s'avança vers elle.

— Viens, Jo, je te ramène.

Elle s'éloigna, bien droite, au bras de son vieil ami le marchand ambulant.

Il pleuvait toujours sur Bazeilles, le village martyr.

L'officier les rattrapa alors qu'ils remontaient la rue principale. Il donna à Georges deux laissez-passer.

— C'est la guerre, je suis désolé, déclara-t-il avec embarras.

Joséphine ne répondit pas. Qu'aurait-elle pu lui dire ? Que ces maudits Bavarois avaient tué l'homme qu'elle aimait ?

L'officier la regarda encore deux, trois secondes avant de tourner bride.

Georges lui serra gauchement le bras.

— Il faut continuer à vivre, Jo. Pour le petit.

Elle fit oui de la tête, de façon mécanique.

Vivre ? À quoi bon, désormais ?

14

Sedan sentait la mort. Partout, dans la ville, on butait sur des ambulances, des cadavres de chevaux, des charrettes débordantes de corps. Lorsqu'elle les apercevait, Alice se signait, promptement. Joséphine, elle, ne bougeait pas. Elle regardait, sans mot dire. Elle avait tant pleuré qu'elle n'avait plus de larmes. Elle agissait comme un automate, assistant, en compagnie d'Alice et de plusieurs dames de la bourgeoisie sedanaise, le docteur Martin, qui s'était installé dans la fabrique Sénéchal.

Le premier jour, Joséphine avait murmuré à Alice qui l'entraînait : « Je ne saurai pas. » Et puis, elle n'avait pu résister aux gémissements des blessés, aux cris d'agonie s'élevant des matelas jetés à la hâte sur le sol, au rez-de-chaussée de la fabrique. Elle sentait bien qu'Alice la surveillait du coin de l'œil et elle avait envie de lui dire : « N'aie pas peur. Je tiendrai bon. »

Elle gardait le silence, cependant, car si elle parlait, sa voix se brisait, elle s'effondrait. Or, elle estimait ne pas en avoir le droit. En chaque blessé qu'elle secourait, elle croyait revoir un peu de Jérôme.

Ils venaient de Floing, du calvaire d'Illy, ou

de Beaumont. Tous évoquaient le brouillard, ce maudit brouillard qui avait dissimulé l'avancée des Prussiens. Ils parlaient aussi de la succession d'ordres et de contrordres qui avait semé la confusion dans les rangs de l'armée française. Le général Wimpffen, arrivé de Paris, n'avait-il pas annulé les ordres du général Ducrot et provoqué une incroyable bousculade ? Pendant ce temps, les sept cents canons prussiens tenaient les régiments français sous leur feu et massacraient les héroïques chasseurs d'Afrique du général Margueritte. Certains pleuraient en apprenant la capitulation, d'autres vouaient aux gémonies les généraux et l'empereur.

Quand, le 4 septembre, le docteur Martin avait annoncé à la cantonade que l'empire avait vécu, que la France était redevenue une république, la plupart des rescapés étaient restés hébétés, incapables de comprendre ce qui s'était réellement passé. Comment ? Napoléon III, qui les avait entraînés dans ce piège mortel, était prisonnier de son « bon frère », le roi Guillaume ? On racontait que l'empereur, qui souffrait mille morts, avait évité Sedan de crainte d'être assassiné par les Français. Il avait passé sa première nuit hors de France à l'hôtel de la Poste, à Bouillon, avant de prendre la route de Wilhelmshöhe, près de Kassel.

Il ne se trouvait personne pour le plaindre, et surtout pas Joséphine. Sans lui, sans cette guerre absurde, Jérôme serait encore vivant.

Elle avait parfois envie de hurler devant tant de morts, tant de souffrances. Elle travaillait sans relâche, tenant la lampe à pétrole pour éclairer le docteur Martin qui sondait les blessures, amputait sans états d'âme, maintenant le tampon de chloroforme sur le visage des patients, vidant les pots et les haricots au fond du parc…

La fabrique Sénéchal, bâtie en forme de U, n'était pas en aussi bon état que la maison Desprez. Elle disposait cependant d'un grand jardin ombragé qui descendait en pente douce jusqu'à la Meuse.

Au soir, épuisées, Alice et elle marchèrent jusqu'au fleuve. Elles avaient côtoyé trop d'horreurs dans leur journée, il leur fallait prendre un peu de temps avant de rentrer. Elles avaient lavé leurs mains dans l'eau, comme si celle-ci avait eu le pouvoir de chasser les images tragiques qui les poursuivaient.

— Qu'est-ce que tu vas faire ? osa alors demander Alice.

Deux jours auparavant, Joséphine, trempée, était venue frapper à leur porte.

« Eh bien, eh bien… on dirait un chat mouillé », avait commenté Gauthier, en la serrant contre lui.

Elle avait éclaté en sanglots avant de raconter le drame de Bazeilles. Gauthier avait lâché une suite de jurons. Alice s'était contentée de prendre la main de son amie. Le lendemain, après une nuit blanche passée à boire du café et à guetter les bruits de la ville, les deux jeunes femmes étaient allées proposer leurs services à l'ambulance la plus proche.

Le docteur Martin avait tant besoin d'aide qu'il ne leur avait pas demandé quelles étaient leurs compétences. Il leur avait seulement intimé l'ordre de passer des blouses, d'attacher leurs cheveux et de se laver les mains.

Joséphine avait travaillé sans relâche pour tenter

d'oublier. La mort de Jérôme, leur enfant qui poussait dans son ventre, le rejet de Félicité Desprez... tout cela se bousculait dans sa tête.

— Il vaudrait peut-être mieux que tu retournes à Saint-Blaise, risqua Alice.

L'heure était douce. Le soir tombait, le parc sentait bon l'humus, et c'était comme un présent inattendu.

Sans mot dire, Joséphine arracha une touffe d'herbe, la respira, pour mieux s'en imprégner. À une centaine de mètres de l'endroit où elles se trouvaient, des ouvriers de la fabrique avaient creusé une fosse dans laquelle on jetait, pêle-mêle, les cadavres et les membres amputés des blessés. Si le vent tournait, l'odeur serait insupportable.

Joséphine ne voulait pas y penser. Pas pour le moment.

— Je n'irai pas à Saint-Blaise, répondit-elle enfin fermement.

Elle imaginait déjà les railleries dont son père la gratifierait. Retourner au village avec son ventre qui allait grossir ? Non merci !

— Tu veux le garder ? insista Alice.

Elle-même avait déjà eu recours aux services d'une faiseuse d'anges. Elle était rentrée chez elle, pliée en deux à chaque pas, avait failli mourir. Jamais plus, s'était-elle promis.

L'avorteuse, une vieille habitant faubourg du Ménil, avait trop bien accompli son œuvre de mort. Depuis cinq ans qu'ils se fréquentaient, Alice et Gauthier n'étaient pas parvenus à avoir d'enfant.

Joséphine posa la main sur son ventre. Elle revoyait Jérôme esquissant ce même geste.

Ses yeux s'emplirent de larmes. Cet enfant, c'était tout ce qui lui restait de son amant. Elle était partie de la Sente aux Geais avec ce qu'elle portait sur le dos, laissant là-bas ses vêtements, les livres que Jérôme lui avait fait découvrir, jusqu'aux bijoux qu'il lui avait offerts. Elle n'avait ni le courage ni le désir de les réclamer aux Desprez. L'attitude de la mère de Jérôme, à Bazeilles, avait été trop chargée de mépris pour que la jeune femme nourrisse encore quelques illusions.

— Je le garde et je l'élève, déclara-t-elle.

Alice eut une moue dubitative. Elle ne savait comment exprimer ce qu'elle ressentait. Son amie, désormais, se trouvait entre deux mondes. Jérôme Desprez lui avait ouvert les portes de la bourgeoisie. Sa mort renvoyait brutalement Joséphine à la condition ouvrière, mais elle n'en avait plus ni l'allure ni le langage. Était-elle prête à assumer la condition difficile de fille mère ? Alice n'en était pas certaine. Pour le moment, son amie souffrait tant que l'enfant dans son ventre était pour elle un réconfort. Mais après… ? Qu'en serait-il, après, quand les langues se délieraient ?

— Je suis forte, tu sais, reprit Joséphine.

Elle étendit les mains devant elle.

— J'ai travaillé depuis que je suis gamine. Ma tante Catherine m'a élevée ainsi. Le travail, toujours. Et puis, quand j'ai connu Jérôme, c'est une autre vie qui s'est ouverte devant moi. Je me retrouve les mains vides. Ce n'est rien, comparé au désespoir. Mais, tu vois, je n'ai pas supporté l'idée que sa mère me croie intéressée. Comment, d'ailleurs, a-t-elle pu penser ça, devant le cadavre de Jérôme ?

Sa voix se brisa. Alice l'attira contre elle.

— Pleure, ma grande, lui dit-elle. Pleure un bon coup parce que, après, faudra être forte pour deux.

Joséphine haussa les épaules. Elle ne pouvait pas penser à l'avenir, ne le voulait pas. Elle allait chercher du travail, ailleurs que chez Desprez, naturellement, mais elle ne rentrerait pas au village.

— Nous serons toujours là pour toi, Gauthier et moi, conclut Alice.

Elle se redressa lourdement. Son dos lui faisait mal. Elle était jeune encore, pourtant, vingt-cinq ans. Mais les années comptaient double en fabrique et, comme beaucoup de nopeuses, elle commençait à se voûter.

Bras dessus bras dessous, les deux jeunes femmes retournèrent à la fabrique.

Le rythme semblait quelque peu ralenti. Comme le fit remarquer un blessé qui n'avait pas sa langue dans sa poche, les plus atteints étaient morts, à présent. « Pardi ! s'était-il écrié, la veille, alors que Joséphine lui changeait son pansement à l'épaule. Ils avaient plus d'intérêt à nous laisser crever, nous sommes devenus des témoins gênants. »

Quand il délirait, il insultait les chefs de l'état-major et l'empereur. « Tous des planqués ! hurlait-il. Ils nous ont envoyés au casse-pipe pendant qu'eux restaient bien à l'abri ! » Un seul officier trouvait grâce à ses yeux : le général Margueritte, mortellement blessé à Floing lors de la charge lancée pour tenter d'opérer une percée sur Mézières.

Peu à peu, les langues se déliaient. Les Sedanais

apprenaient, horrifiés, les conditions de détention des milliers de prisonniers français parqués dans la presqu'île d'Iges. Rien à manger, rien pour s'abriter dans ce camp qu'ils auraient eu tôt fait de baptiser « le camp de la misère », et cette pluie fine, pénétrante, qui continuait de tomber. Alice et Joséphine avaient voulu leur porter du pain, elles s'étaient fait refouler par les sentinelles prussiennes.

« Cochons d'Allemands ! » avait grommelé Joséphine.

La haine l'aidait à tenir. La haine, ainsi que son enfant.

Les deux jeunes femmes rentrèrent chez Alice à pas pressés, par les rues noyées d'ombre. L'occupant avait fait nettoyer Sedan de la fange innommable qui souillait la ville. L'affaire avait été rondement menée, sous la surveillance des officiers prussiens, et des tombereaux pleins à ras bord étaient repartis en direction des champs.

Pour autant, la ville n'avait pas retrouvé son aspect initial. On se cognait à chaque pas à des sentinelles, les habitants avaient le regard hébété de ceux qui n'ont pas encore compris ce qui leur arrive.

Alice poussa la porte de son logis, situé sous les toits. Elle eut un petit cri de surprise en constatant que Gauthier était habillé pour partir.

— Chut, ma mie, lui dit-il tendrement.

Il entreprit de lui expliquer son projet tandis que Joséphine s'était discrètement retirée dans le cagibi où elle dormait.

Son frère Paulo, tout excité, l'avait convaincu de rejoindre avec lui les rangs des francs-tireurs.

On parlait beaucoup de ce décret autorisant la formation de corps francs, sur le modèle de ceux qui s'étaient constitués en Vendée, au Mexique et même en Prusse sous le règne de Napoléon Ier.

— Nous n'allons pas nous laisser faire comme ça, reprit Gauthier. On va montrer à ces chiens qu'on est encore capables de se battre.

Alice eut beau supplier son compagnon de ne pas commettre pareille folie, elle n'obtint pas gain de cause.

— Je pars, ma mie, lui dit-il avec une infinie douceur. Prends bien soin de toi.

Ils échangèrent un long baiser. Il lui ferait parvenir de ses nouvelles dès que possible.

En prenant congé de Joséphine, il lui confia :

— C'est aussi pour Jérôme que je vais me battre.

S'il n'y avait pas eu l'enfant, elle serait partie avec lui.

15

A priori, rien n'avait changé dans le village, blotti au creux du vallon. Les collines boisées le protégeaient du vent du nord, le plus redoutable. À voir l'aspect paisible de Saint-Blaise, on se surprenait à comprendre pour quelle raison les moines avaient choisi d'y bâtir une abbaye. L'endroit était retiré, entre forêts et rivière, loin des bruits de la ville.

La brume d'automne estompait la rousseur des arbres. C'était un temps de vendanges, plus que frisquet au petit matin, qui s'ensoleillerait dès la levée du brouillard. Un temps que Joséphine adorait, jadis.

Elle jeta un coup d'œil étonné autour d'elle.

— Seigneur ! Tout est si calme, murmura-t-elle.

Jean-Philippe Amiot, qui lui avait proposé de l'emmener à Saint-Blaise grâce aux laissez-passer qu'il s'était procurés, esquissa une moue.

— Vous savez, Sedan est devenue un véritable mausolée. Excepté les appels des patrouilles et les mouvements de troupes, la ville n'est guère plus remuante qu'ici.

Joséphine secoua la tête.

— Ce n'est pas pareil.

Elle n'avait plus l'habitude, voilà tout.

Ils étaient venus à pied puisque, de toute manière, les voitures et les chevaux avaient été réquisitionnés par l'occupant. Deux bonnes heures de marche dans la campagne, qui sentait bon les champignons dès qu'on se glissait à couvert.

À plusieurs reprises, Jean-Philippe s'était tourné vers elle pour lui demander si elle n'était pas trop fatiguée. Elle répondait non, en serrant les dents. Elle ne sentait pas la lassitude. Elle avait peur.

Brusquement, en remontant la rue principale de Saint-Blaise, elle sut ce qui avait changé. On n'entendait plus le bruit des métiers. Et ce silence était écrasant.

Elle frappa à la porte de la maison. C'était toujours pour elle « la maison », même si elle n'y vivait plus depuis une quinzaine de mois.

Élodie, sa plus jeune sœur, une adolescente timide à la joliesse piquante, vint ouvrir.

— Jo ! s'écria-t-elle en sautant au cou de son aînée.

La jeune femme marqua une hésitation avant de franchir le seuil. Une fois qu'il l'aurait suivie à l'intérieur, Jean-Philippe ne pourrait plus la considérer comme une dame. Le sol en terre battue, le mobilier bancal criant misère... rien n'avait changé. Une horloge dans sa gaine étroite, haute de deux mètres, constituait la seule richesse du logis.

Catherine s'avança à leur rencontre en s'essuyant les mains sur son tablier. Elle avait vieilli, elle aussi, nota Joséphine, le cœur serré.

— Ma grande, murmura sa tante, en la serrant contre elle.

Elle était si émue qu'elle se mit à pleurer.

— Georges est passé me dire que tu étais sauve, reprit-elle.

Elle n'osa rien ajouter. Les deux femmes se regardèrent.

« Il est mort », eut envie de hurler Joséphine. Elle ne dit mot, cependant, se contenta de lui présenter Jean-Philippe, qui s'inclina. Sa présence dans cette maison de tisserands paraissait curieuse sans être pour autant déplacée, tant il possédait l'art d'être à l'aise partout.

Élodie le considérait d'un air intrigué.

— Où sont les enfants ? questionna Joséphine.

Catherine leva les yeux au ciel.

Depuis le milieu de l'été, tout allait de mal en pis. Suzon s'était placée comme servante à Grand-pré. Elle envoyait de ses nouvelles de loin en loin, par l'intermédiaire des colporteurs et autres marchands ambulants. Lucien était apprenti boulanger à Mouzon. Il avait quitté Saint-Blaise au terme d'une violente querelle l'ayant opposé à son père.

— Celui-là, maugréa Catherine, il trouverait le moyen de se disputer avec le diable !

Elle jeta un coup d'œil en coin vers Jean-Philippe qui, par souci de discrétion, s'intéressait à plusieurs pots en grès alignés sur le manteau de la cheminée.

Joséphine la rassura d'un geste de la main. Catherine pouvait parler sans crainte en présence du photographe, c'était un ami sûr.

— Ton père s'est encore lancé dans quelque folie, reprit sa tante. Figure-toi qu'il n'a rien trouvé de mieux que d'aller rejoindre les francs-tireurs. Lui qui est fin saoul trois jours sur quatre et n'a jamais su se servir d'un fusil ! C'est à se demander dans quel monde nous vivons...

— Les francs-tireurs ? répéta Joséphine, incrédule. Ils ne le garderont pas.

Catherine soupira. Que Guy Tortel aille se faire tuer, c'était son problème, et il n'y aurait pas grand monde pour le pleurer. En revanche, il risquait fort, s'il était fait prisonnier, d'exposer le village aux représailles de l'occupant.

Catherine s'anima. Le maire de Senoncourt avait été roué de coups parce qu'il avait eu le front de trouver les réquisitions exorbitantes.

Les Prussiens faisaient régner la terreur sur la campagne ardennaise, mais les Bavarois étaient les plus redoutés. Ils pillaient systématiquement les châteaux de la région, emportant non seulement les œuvres d'art mais aussi les chevaux avec leur harnachement.

— Bismarck lui-même les a longtemps méprisés, les considérant comme « une race intermédiaire entre l'Autrichien et l'homme », fit remarquer Jean-Philippe.

Catherine haussa les épaules.

— Tout ça, c'est maudit et compagnie ! Et moi qui parle, qui parle, vous devez avoir soif. Il me reste un peu de pernelle.

Elle se baissa pour fouiller le bas de son ménager, en retira une bouteille à demi pleine.

— C'est tout ce que j'ai, fit-elle avec un sourire d'excuse.

Jean-Philippe goûta l'espèce de cidre, confectionné avec des pommes fraîches écrasées, des pommes sèches et des prunelles, appelées

« pernelles », sans faire de grimace. La tante de Joséphine lui plaisait. Dure à la peine, le regard franc, une volonté farouche sous-tendant ses actes, comme chez sa nièce… Il la voyait bien lui servir de modèle pour la série de photographies qu'il projetait d'effectuer sur les différents métiers ardennais. Il lui fallait caresser un projet, pour cesser de tourner en rond dans son atelier trop grand. Les Sedanais ne pensaient pas à se faire photographier par ces temps difficiles. Si les Ardennes, l'Aisne, la Meuse étaient occupées, Mézières tenait toujours bon face à l'ennemi. Le préfet, sommé de capituler, n'avait-il pas répliqué fièrement que la ville tiendrait « jusqu'à ce que le dernier soldat ait brûlé sa dernière cartouche » ?

La vieille place forte agrandissait ses casemates, minait les ponts et entraînait des corps de francs-tireurs. De son côté, Paris, suivant les termes du télégramme que Gambetta avait envoyé à tous les préfets, avait « juré de résister à outrance ».

Catherine se tourna vers sa nièce après avoir offert une deuxième tournée de pernelle.

— Qu'est-ce que tu vas faire, ma grande ?

Le bébé était entre elles, d'une présence tangible, bien qu'aucune des deux femmes n'en ait parlé.

— Je vais travailler, bien sûr, répondit Joséphine sans hésiter.

Catherine soupira.

— À condition que les fabriques rouvrent. Regarde, ici… tout le village vit au ralenti.

Jean-Philippe l'approuva. Il avait peur que cette situation ne perdure. La défaite, suivie de l'occupation, avait paralysé l'activité économique. Tant qu'on resterait dans l'incertitude quant au sort de Paris, les commandes seraient bloquées.

— Les drapiers ne veulent pas prendre de risques, conclut-il. Ils ont de quoi tenir, à la différence des ouvriers.

— Faut pas croire, on n'est pas des paresseux.

Catherine jeta un coup d'œil au métier qui restait silencieux.

— L'hiver va être dur, avec ces maudits qui nous raflent tout.

Les ordres de réquisition tombaient sans cesse. Après le pain, l'or, les chevaux, le fourrage, les occupants exigeaient désormais des contributions, des couvertures et jusqu'à... douze mille paires de bas d'une longueur de pied de vingt-cinq centimètres.

— Travailler... reprit Catherine, le front soucieux. Qu'est-ce que tu vas faire ?

Son inquiétude était palpable. Qui voudrait d'une jeune fille enceinte alors que le pays sombrait dans le chaos ?

Jean-Philippe l'écouta gravement avant de faire sa proposition. Lui pouvait fournir du travail à Joséphine. Il avait l'intention de réaliser plusieurs séries de photographies. Les métiers ardennais, Sedan après la guerre... Pour ce faire, il avait besoin de modèles.

Joséphine s'empourpra. Il ne fallait pas compter sur elle pour poser nue. Ce n'était pas parce qu'elle se trouvait dans une situation délicate qu'elle était prête à accepter n'importe quelle proposition ! Pourquoi pas, dans ces conditions, l'imaginer arpentant le quartier réservé des filles de joie ?

— Joséphine ! se récria Catherine, profondément choquée.

Jean-Philippe se contenta de sourire.

— La colère vous va bien, dit-il.

Avant d'ajouter, calmement :

— Me pensez-vous capable de cela ? Vous auriez une bien piètre opinion de moi, dans ce cas.

Une émotion les lia, de façon fugace. Les yeux de Joséphine brillaient.

— Pardonnez-moi, mon ami, murmura-t-elle, posant la main sur le bras du photographe.

Catherine surprit le tressaillement de Jean-Philippe. Joséphine n'avait rien remarqué. Son regard s'était fait lointain, comme chaque fois qu'elle songeait à Jérôme.

Tant de malheurs… pensa la tisserande. Elle avait peur pour sa nièce préférée, celle qu'elle considérait comme sa fille. Elle savait, pourtant, que la trame de la vie était le plus souvent tissée de malheur.

— Tu es bien certaine de vouloir rester à Sedan ? insista-t-elle.

Joséphine ne pouvait envisager de quitter la ville où elle avait rencontré Jérôme. À moins de se réfugier à la Sente aux Geais… Mais, même si la frontière était désormais ouverte entre la France et la Belgique, les Desprez ne lui permettraient jamais d'aller s'installer dans la maison forestière. Elle était une paria pour eux.

Son visage exprima soudain un désespoir tel que Jean-Philippe, bouleversé, se sentit coupable. De quoi, bon sang ? se morigéna-t-il. De ne pas être l'homme qu'elle aimait ? Pour la première fois de sa vie, le photographe, épicurien dans l'âme, était prêt à tout sacrifier pour rendre le goût de vivre à la jeune femme.

Cela lui fit peur.

16

Jean-Philippe sortit de la chambre noire et rejoignit Joséphine dans l'atelier. Un châle sombre jeté sur son casaquin et sa jupe de laine, elle lui tournait le dos, contemplant la rue qui s'obscurcissait.

— Je déteste la nuit, murmura-t-elle.

Elle était la proie de cauchemars si terrifiants que, désormais, Alice et elle partageaient le grand lit. Elle revoyait toujours Jérôme sur le tombereau de cadavres. Sa bouche s'ouvrait pour un hurlement interminable.

En cette veille de Toussaint, alors que, selon une vieille coutume, les cloches allaient sonner une partie de la nuit, les angoisses submergeaient Joséphine.

Elle posa la main sur son ventre dans un geste familier de protection. « Cela » commençait à se voir, et elle en était fière, même si certaines personnes jasaient dans son dos. De toute manière, elle fréquentait peu de monde. Alice, chez qui elle habitait, Jean-Philippe, son ami, pour qui elle travaillait comme modèle, Georges, de loin en loin, et Catherine. Le drame vécu l'avait incitée à se refermer sur un petit cercle de proches.

Jean-Philippe posa la main sur son épaule.

— Ça va aller ?

Sa sollicitude lui faisait chaud au cœur.

Elle se retourna lentement vers lui. Elle était toujours aussi belle, avec quelque chose de différent dans le regard, dans le modelé du visage. À moins de vingt ans, Joséphine avait les yeux graves des rescapés.

Il l'avait photographiée la veille portant sur ses épaules le drapeau tricolore, comme une cape. Théophile, un vieux camarade du lycée, avait consenti à lui prêter l'étendard à la condition expresse qu'il soit empaqueté et glissé sous une pile de linge afin de ne pas attirer l'attention de l'occupant. Sur le cliché, Joséphine évoquait une madone. Jean-Philippe savait qu'il ne s'en déferait jamais.

— Je voudrais ne plus penser, ne pas avoir de souvenirs…

Elle esquissa un sourire très triste avant de rejeter les épaules en arrière.

« Je suis là », eut envie de lui dire Jean-Philippe. « Je serai toujours là pour vous. » Il prit le parti de se taire, cependant. Il n'osait pas se mettre en avant, de crainte de l'effaroucher. En même temps, il se demandait parfois si elle avait seulement conscience de sa présence.

Une sonnerie funèbre se fit alors entendre dans la ville. Dans un geste puéril, Joséphine se plaqua les mains sur les oreilles.

— Oh, ces cloches ! gémit-elle.

Jean-Philippe savait, tout comme elle, que dans chaque paroisse les tintements des cloches annonçaient la fête des morts. Un peu plus tard, le bedeau, qui maniait avec une dextérité redoutable une crécelle, passerait dans les rues en répétant : « Réveillez qui dort. Priez Dieu pour les morts. »

Il souhaitait de tout son cœur que les Prussiens interdisent cette pratique. Il se souvenait trop bien de l'époque déjà lointaine où il était enfant de chœur dans un village proche de la frontière belge. Une année, il avait dû, avec trois de ses camarades, rester enfermé dans l'église afin de sonner les cloches sans relâche. Tous quatre mouraient de peur, sans vouloir se l'avouer, pour ne pas perdre la face. Cependant, leur crainte s'était muée en terreur quand de mauvais plaisantins avaient tambouriné à la porte de l'église. Vingt-deux ans après, Jean-Philippe s'en souvenait encore. Il imaginait donc fort bien quel pouvait être l'état d'esprit de Joséphine.

— Je vous accompagne chez Alice, décida-t-il, en passant son paletot de velours.

Elle lui dédia un sourire empreint de reconnaissance. Ce soir, plus encore que les autres soirs, Jérôme lui manquait.

Ils marchèrent d'un pas rapide dans les rues noyées de brume. Les pavés humides luisaient doucement à la chiche lueur des becs de gaz.

À deux reprises, Jean-Philippe s'arrêta, lui proposa de ralentir, mais, obstinée, elle refusa.

— Non, merci, il faut que je me fatigue pour parvenir à trouver le sommeil.

Avec un sourire, elle ajouta :

— Je suis robuste, vous savez.

Il aurait aimé en être persuadé. Son ventre s'était un peu arrondi – trop peu, affirmait Catherine –

mais, par ailleurs, elle avait minci. Elle lui apparaissait frêle, trop fragile pour les épreuves subies.

Il la salua d'une amicale poignée de main devant la porte de l'immeuble où logeait Alice.

— N'hésitez pas à me faire appeler si vous avez besoin de quoi que ce soit, lui recommanda-t-il.

Elle secoua la tête.

— Tout ira bien.

Il se retourna deux fois. Elle s'était engouffrée sous le porche.

Soucieux, il rentra chez lui à grandes enjambées. Il ne pouvait se défaire d'un sentiment de malaise particulièrement oppressant.

La cloche funèbre sonnait toujours.

Alice observait son amie avec inquiétude.

Joséphine avait passé une mauvaise nuit, se tournant et se retournant sur la paillasse, et depuis l'aube elle était de plus en plus pâle. Pourtant, elle avait décidé de se rendre au cimetière en ce jour de Toussaint et, apparemment, Alice ne parviendrait pas à la convaincre de renoncer à son projet.

De guerre lasse, la nopeuse résolut de l'accompagner. Le brouillard s'était levé à grand-peine. Une pluie drue tombait depuis le matin. Elle se calma enfin après le déjeuner, composé de pain rassis trempé dans une soupe claire.

Sedan avait faim. Les vivres manquaient de façon dramatique. Pendant près de deux mois, des milliers de soldats avaient transité par la place forte, razziant pain, vin, pommes de terre, farine. On ne vivait pas mieux à la campagne, où l'occupant avait chaque jour de nouvelles exigences.

Les deux jeunes femmes rabattirent le capuchon de leurs pèlerines avant de se mettre en route. Joséphine glissa à plusieurs reprises sur les pavés. Son cœur était lourd. Elle marqua une hésitation devant les grilles du cimetière Saint-Charles. Le château fort pourtant si familier lui paraissait tout à coup menaçant. Le ciel continuait de pleurer.

Rassemblant son courage, elle remonta l'allée principale. La famille Desprez possédait une imposante chapelle funéraire. Rien de tapageur ni de baroque, non, un édifice en pierre de Givet surmonté d'un clocheton et fermé de grilles.

On ne savait comment Félicité Desprez s'était arrangée, mais son fils ne reposait pas à Bazeilles avec les victimes civiles de la tragédie. Le corps de Jérôme avait été transféré à Sedan. Personne n'avait pu assister à l'enterrement. On chuchotait que la patronne de la Licorne faisait dire des messes chaque matin pour l'âme de son fils. Joséphine n'avait pas cherché à s'y rendre. Depuis le 2 septembre, elle était persuadée de ne plus croire en Dieu.

En revanche, elle était déjà venue plusieurs fois se recueillir au cimetière. Chaque visite lui était un arrachement.

Elle s'agenouilla sur l'herbe mouillée, déposa entre les grilles un brin de bruyère qu'elle s'était procuré de l'autre côté des remparts. Elle ne chercha pas à prier. Elle ne voulait pas de phrases de consolation. C'était Jérôme qui lui manquait, ses bras autour d'elle, la chaleur de son ventre, ses mots d'amour…

Elle se mordit les lèvres. Elle avait envie de hurler.

— Joséphine… souffla Alice, d'une toute petite voix.

La jeune femme n'eut pas le temps de se retourner. Une femme imposante, toute vêtue de noir, avait déjà fondu sur elle.

— Vous n'avez rien à faire ici !

Félicité Desprez lui décocha une violente bourrade. Joséphine, déséquilibrée, tomba contre les grilles. Alice, effarée, s'interposa :

— Si c'est pas malheureux ! Sur la tombe de ce pauvre Jérôme...

— Déguerpissez, gueuses ! jeta la drapière.

Son visage n'était que haine. Si son fils n'avait pas fréquenté cette fille, il serait toujours en vie, elle en était persuadée.

Lentement, Joséphine se redressa. Son genou lui faisait mal, mais elle ne s'en souciait même pas. Elle sentait le regard furibond de Félicité Desprez la détailler.

— Avez-vous vraiment aimé votre fils, pour réagir ainsi ? demanda-t-elle, glaciale.

Ne se maîtrisant plus, Félicité la repoussa, rudement.

— Que je ne te voie plus traîner par ici, garce ! s'écria-t-elle.

Elle continua de vomir sa haine, enchaînant insultes et anathèmes. Saisie, Joséphine chercha en vain sur ce visage déformé une quelconque ressemblance avec Jérôme. Terrorisée, Alice voulut l'entraîner :

— Viens, Joséphine, c'est une folle.

Les deux femmes échangèrent un ultime regard. Celui de Joséphine exprimait l'incompréhension, le défi, aussi.

Vous verrez, pensa-t-elle. Un jour, vous devrez

admettre vos torts et reconnaître mon fils comme celui de Jérôme.

— File ! hurla la patronne de la Licorne. Déguerpis si tu ne veux pas te retrouver emprisonnée comme fille à soldats !

Cette fois, Joséphine prit peur, elle aussi. Elle savait en effet que madame Desprez pouvait faire jouer ses relations. Elle, elle n'était rien. Une ouvrière, fille mère, de surcroît.

Elle se mit à courir, trébucha sur une pierre. Elle s'étala au milieu de l'allée, tentant en vain de protéger son ventre.

La pluie redoublait d'intensité. Derrière son rideau opaque, il était impossible de distinguer les grilles du cimetière.

Alice se précipita pour aider son amie à se relever. Une douleur aiguë transperça le bas-ventre de Joséphine. Elle se mit debout, tant bien que mal, se cramponna au bras d'Alice.

— Ça va ? s'inquiéta celle-ci.

— Ça ira. Ne t'inquiète pas.

Ce fut seulement quand elles furent sorties du cimetière que Joséphine se laissa aller contre le mur. La douleur dans son ventre devenait insupportable et elle sentait un écoulement entre ses jambes.

Elle leva un regard éperdu vers Alice.

— Le bébé… murmura-t-elle. Conduis-moi chez Jean-Philippe, Alice. Lui saura quoi faire.

Le ciel pleurait toujours.

17

Chaque fois qu'elle ouvrait les yeux, Joséphine apercevait un oiseau au plumage étrange, sang et or. Elle le regardait intensément, en se disant qu'elle devait tenir, pour en apprendre un peu plus sur lui.

Elle se souvenait seulement de la douleur, qui l'avait submergée, jusqu'à ce qu'elle s'évanouisse, et de ce flot de sang, qui lui avait fait dire : « Je vais mourir comme ma mère. » Elle souffrait tant qu'elle ne songeait même plus à son enfant. Seul Jérôme occupait ses pensées.

Et puis elle avait sombré dans un gouffre sans fin. Elle reprenait conscience, de temps à autre, s'effrayant d'entendre des gémissements sourds. Jusqu'au jour où elle avait compris qu'elle en était l'auteur. Elle avait *su*, alors, de façon certaine, irrémédiable. Et elle avait cessé de lutter. Elle entendait, pourtant, une voix familière lui répéter : « Joséphine. Ne fermez pas les yeux. Battez-vous. »

Se battre ? Contre quoi ? Cet obscur destin qui lui prenait son bébé après lui avoir arraché Jérôme ? De nouveau, le cri enflait dans sa gorge. Un cri de douleur nue, intolérable. Elle n'avait plus la force, cependant, de le proférer.

Sur le mur, l'oiseau aux plumes couleur de sang et au casque doré la fixait de son œil rond. Pour quelle obscure raison se raccrochait-elle à lui ? Pour vivre ? À quoi bon ? D'ailleurs… en avait-elle seulement encore le désir ?

La voix avait des mains. Longues, douces, elles se posaient sur son front, prenaient son pouls. Lorsque la douleur s'atténuait, c'était presque agréable de flotter ainsi. Sans penser. Surtout pas.

Le docteur Martin se redressa et sourit à Jean-Philippe.

— On dirait que la jeune dame se décide enfin à revenir parmi nous.

Depuis deux semaines, il venait chaque jour rue des Francs-Bourgeois où le photographe avait installé Joséphine dans sa chambre, au grand scandale de sa bonne, Augustine. Finalement, la vieille femme avait dû admettre que, dans son état, la présence de Joséphine pouvait être tolérée sous le toit d'un célibataire. D'ailleurs, comme le médecin le lui avait fait remarquer, elle-même faisait office de chaperon.

« Si ce n'est pas malheureux de devoir se préoccuper des convenances en de telles circonstances ! » avait commenté le docteur Martin.

Le monde marchait sur la tête, il en était persuadé. De toute manière, tout allait de mal en pis dans une France en partie occupée par l'ennemi.

Le médecin prescrivit des tisanes de petite centaurée, pour lutter contre l'anémie, et du fer. Une méthode empirique voulait qu'on en obtînt en buvant de l'eau dans laquelle une dizaine de clous s'étaient oxydés.

— Il faut manger de la viande rouge, recommanda-t-il.

Il n'ignorait pas, cependant, que l'on manquait de tout à Sedan. Après s'être livrées au pillage, aussi bien en ville qu'à la campagne, les troupes d'occupation vivaient sur le pays en se targuant de leur position de vainqueurs.

— Je me débrouillerai, fit Jean-Philippe.

Son atelier avait connu un regain d'activité au cours des dernières semaines grâce au désir des officiers allemands de se faire photographier. Après avoir hésité, Jean-Philippe s'était dit qu'après tout il fallait bien vivre. Il avait préféré, cependant, ne pas parler de ses nouveaux clients à Joséphine.

Le docteur Martin quitta la chambre après avoir tapoté la joue de la jeune femme.

— Elle est encore faible, dit-il à Jean-Philippe. Il ne faudrait pas qu'elle attrape la variole ou le typhus.

Il expliqua, en quelques phrases sobres, que la situation sanitaire dans le département était catastrophique. Il y avait eu tant de morts et leur inhumation avait été si rapide que l'on n'avait pas creusé assez profondément la terre, si bien que nombre de chiens errants parcouraient les champs de bataille. Les épidémies se succédaient. Des cas de peste bovine avaient été signalés à Thelonne. Plus grave encore, l'ambulance de Pont-Maugis soignait des dizaines d'hommes atteints du typhus.

— L'infection est particulièrement forte là où

l'on a enterré en grand nombre aussi bien des combattants que des chevaux, conclut le médecin.

Il avait déjà adressé une lettre alarmante aux autorités d'occupation. Avec ses collègues, il réclamait des moyens supplémentaires, de la main-d'œuvre, d'autres médecins. Pour le moment, leur demande n'avait pas rencontré le moindre écho.

Jean-Philippe lui sourit tristement.

— Il me semble parfois que nous ne cesserons pas de payer la défaite. Paris résiste encore… pour combien de temps ?

Les Ardennais éprouvaient de plus en plus souvent le sentiment d'être coupés du reste de la France. Ils avaient ressenti la reddition de Bazaine comme une trahison.

— Vous savez, reprit le docteur Martin, Joséphine et son amie Alice se sont dévouées sans compter, début septembre. Si j'ai tenu, c'est en grande partie grâce à elles.

Jean-Philippe opina du chef. Il savait.

— Vous n'avez pas prévenu les Desprez ? reprit le médecin.

Cette fois, le photographe eut un haut-le-corps. Comment ? Après ce qu'ils avaient fait subir à Joséphine ?

Le docteur Martin soupira.

— Vous êtes un marginal, mon cher. Même si, par votre naissance, vous appartenez à la bourgeoisie. Jérôme et Joséphine ont transgressé une règle, d'autant plus importante qu'elle est non écrite. On ne mélange pas les classes sociales. Quelque part, leur relation était condamnée dès le premier jour.

— Pourtant, c'était une belle histoire…

— « C'était », vous faites bien d'employer l'imparfait. Dites-vous bien que même si l'enfant avait vécu, la patronne de la Licorne ne l'aurait jamais reconnu comme son petit-fils. Toujours ces fameuses convenances…

— Elle préfère donc avoir tout perdu ?

Le docteur Martin esquissa un sourire désabusé. Il y avait si longtemps qu'il côtoyait ses semblables qu'il ne se faisait plus guère d'illusions quant à la nature humaine.

— Tout perdu ? répéta-t-il, d'un air surpris. Vous n'y êtes pas, mon cher. Il lui reste la fabrique.

La neige tombait dru, transformant le paysage pourtant familier. On ne distinguait plus le ciel du vallon. Seule la silhouette massive du logis abbatial émergeait de tout ce blanc.

Le village paraissait plongé dans une morne torpeur. Les maisons étaient claquemurées afin de se protéger du froid. Les Prussiens avaient procédé à plusieurs réquisitions depuis septembre. Saint-Blaise manquait de tout, à commencer par le bois de chauffage.

À l'abri derrière un bosquet de saules, Gauthier hésita. Cette tranquillité n'était-elle pas trompeuse ? Les Prussiens avaient-ils quitté le village ?

Il avait été blessé au cours d'une escarmouche dans les bois de Signy. Son frère Paulo se trouvait dans une autre compagnie, qui attaquait les convois ferroviaires entre Guignicourt et Rethel.

Refusant de ralentir la marche de ses compagnons qui se dirigeaient vers l'Aisne, il avait insisté pour rester seul. Il avait progressé de nuit, évitant les villages, de crainte de provoquer des représailles. Le plus souvent, en effet, quand des Prussiens essuyaient le feu des francs-tireurs, ils se vengeaient sur les habitants du bourg le plus proche.

Tous les Ardennais connaissaient des villageois qui avaient été fusillés à cause de la guérilla menée par les patriotes. Pas question, cependant, pour eux de ne pas les aider. Les volontaires terrorisaient les Allemands, ce qui remontait le moral des occupés.

Le bras de Gauthier lui faisait horriblement mal. Il s'était pansé tant bien que mal, en déchirant la manche de sa chemise. Le sang coulait en abondance. Il avait traversé la rivière afin de brouiller ses traces. Lorsqu'il s'était effondré sur la berge, il tremblait de froid. La fièvre le brûlait, à présent. Il fallait qu'il se réchauffe, qu'on le soigne. Il avait promis à Alice de revenir.

Il se rappelait que la tante de Joséphine habitait le village.

« Chez moi, la seule différence avec les autres maisons, c'est la mansarde », lui avait un jour expliqué la jeune femme.

Serrant les dents pour ne pas gémir, Gauthier sortit de son abri et remonta la rue unique de Saint-Blaise. Comme la plupart des francs-tireurs, il était vêtu de bric et de broc. Une chemise qui avait été blanche, un pantalon de toile retenu par une large ceinture, un gilet sans manches de couleur vert foncé et des galoches usées, sans oublier le képi, que tous portaient fièrement.

Quand Catherine ouvrit sa porte à ce grand gaillard au visage livide sous le collier de barbe, elle prit peur.

— Je suis un ami de Joséphine, murmura Gauthier avant de s'effondrer.

Catherine n'hésita pas. Elle referma sa porte après avoir tiré le blessé à l'intérieur. Elle n'avait plus peur.

18

Jean-Philippe sursauta en sortant de sa chambre noire. Entortillée dans le drap, pieds nus, les cheveux défaits, Joséphine l'attendait dans l'atelier.

— Vous allez attraper la mort ! s'écria-t-il.

Elle secoua la tête.

— Je ne crois pas. Là d'où je viens... je ne crains plus rien, à présent.

— Ce n'est pas une raison.

En deux enjambées, il la rejoignit, la prit dans ses bras et l'installa sur le sofa. Il eut un vertige de la sentir si proche de lui.

— Jean-Philippe, vous êtes mon meilleur ami, mais je ne vous comprends pas.

D'un coup de menton, elle désigna les portraits d'officiers allemands éparpillés sur le guéridon Louis-Philippe.

— Pourquoi acceptez-vous de les recevoir ?

Son regard s'était assombri.

— Ne vous emballez pas, Joséphine. Il faut composer avec l'ennemi en attendant de prendre notre revanche.

Il la vit songeuse.

— J'ai tant de haine en moi, murmura-t-elle, comme à regret.

Il aurait voulu lui dire qu'il ne fallait pas, qu'elle risquait de se brûler le cœur. Mais comment aurait-il osé lui prodiguer des conseils ?

Elle avait perdu son amour, puis son bébé, failli mourir. Lorsqu'il la contemplait, certes encore pâle mais vivante, lui, l'agnostique, remerciait le Ciel.

— Vous savez, reprit la jeune femme d'une voix lointaine, c'était comme si elle avait voulu me tuer. D'une certaine manière, elle y est parvenue, d'ailleurs…

Jean-Philippe ne demanda pas à qui Joséphine faisait allusion. La haine qu'elle éprouvait à l'égard de Félicité Desprez était si forte que cela lui faisait peur.

— Il faut essayer d'oublier, risqua-t-il, en mesurant à quel point son conseil pouvait paraître dérisoire.

Joséphine secoua la tête. Ses boucles fauves accrochèrent la lumière. Sa beauté est intacte, pensa Jean-Philippe, bouleversé.

— Oublier ? Jamais ! Me venger, plutôt.

Elle laissa échapper un petit rire, qui se brisa.

— C'est fou, non ? Qu'est-ce que je suis, moi, comparée à la toute-puissante madame Desprez ?

Jean-Philippe la contempla durant plusieurs instants sans mot dire. Quand il parla enfin, sa voix était basse. Il ne voulait pas se trahir. Surtout pas.

— Vous êtes belle, Joséphine. Et jeune. Croyez-moi, ce sont vos meilleurs atouts.

Déjà, il regrettait ses paroles. La jeune femme se redressa.

— Ne bougez pas, pria-t-il.

Il la photographia sans lui demander de prendre la pose, souhaitant garder son image au saut du lit, comme pour entretenir l'illusion qu'ils avaient dormi ensemble.

— Je vais partir, Jean-Philippe, lui déclara-t-elle tout à trac.

Saisi, il ne parvint pas à dissimuler son désarroi.

— Partir ? Pour aller où ? Chez Alice ?

— Je ne sais pas encore. Il faut que je me prenne en charge. Je ne peux pas rester indéfiniment chez vous, de toute manière.

— Pourquoi pas ?

Elle rit.

— Jean-Philippe, voyons ! Augustine a déjà beaucoup de peine à tolérer ma présence ici.

— Vous n'allez tout de même pas retourner travailler à la fabrique ?

Il paraissait scandalisé. Joséphine posa ses mains bien à plat sur le sofa. Elles avaient maigri, on distinguait nettement leur fin réseau de veines bleues.

— Je n'ai jamais été une bonne nopeuse. Cela m'agaçait, et j'avais peur de devenir bossue.

Elle haussa les épaules, comme pour se moquer d'elle-même.

— Tout cela me semble si loin ! Si j'avais pu m'imaginer… Non, je ne sais pas encore ce que je vais faire, mais je trouverai.

— Vous pouvez continuer de poser pour moi.

Elle soutint son regard.

— Je ne veux pas passer pour votre maîtresse, Jean-Philippe.

Le mépris de Félicité Desprez l'avait plus que blessée, marquée à vie.

Jean-Philippe faillit s'écrier : « Épousez-moi ! », se retint à temps. C'était trop tôt, beaucoup trop tôt.

Il lui sourit.

— Préférez-vous vous essayer à la couture, comme projette de le faire Alice ? Ce n'est pas de cette manière que vous ferez la conquête de Sedan.

La conquête de Sedan… quelle idée ! Elle se moquait bien de la ville. Ce qu'elle désirait par-dessus tout, c'était se venger de Félicité Desprez.

Elle l'expliqua à Jean-Philippe d'une voix hachée. Il ne lui cacha pas son scepticisme. La vengeance, la haine étaient pour lui des sentiments négatifs.

Il la voulait rayonnante, au-dessus de toute cette boue.

De nouveau, elle le regarda, et il eut honte, soudain, de son discours.

— Si je ne cherche pas à me venger, que me restera-t-il ? demanda-t-elle d'une toute petite voix.

Et il sut qu'il ne pourrait pas ne pas l'aider.

Catherine contempla d'un air navré le bras tuméfié de Gauthier. Malgré ses efforts, l'infection ne cédait pas. Elle avait pourtant appliqué une recette ancestrale en écrasant un escargot avec sa coquille sur la blessure et en entourant le bras d'un linge propre.

Allongé sur une paillasse de crin, le franc-tireur délirait. Il parlait d'Alice, et de laine à chardonner.

Au-dehors, il neigeait toujours. Catherine s'enveloppa d'un grand châle noir, chaussa ses sabots, demanda à Élodie de veiller sur le blessé.

— Il lui faut un docteur, expliqua-t-elle à sa nièce.

La petite sœur de Joséphine s'affola. Et si les Prussiens revenaient ? S'ils rentraient dans toutes les maisons, comme ils l'avaient fait à Guignicourt ? Élodie mourait de peur. Elle avait vu le maire parcourir le village au petit trot, tiré par une corde. Depuis, chaque fois qu'elle apercevait un uhlan, elle tremblait si fort qu'elle était incapable de faire quoi que ce soit.

— Si nous autres on ne s'entraide pas, qui le fera ? lui jeta sèchement Catherine.

Elle partit, sous la neige qui s'amoncelait devant les maisons. Élodie, le nez au carreau gelé, la suivit des yeux tandis qu'elle remontait la rue principale. Derrière elle, le blessé émit une sorte de râle.

— À boire, gémit-il.

Élodie remplit un verre d'eau, fit quelques pas en direction de la paillasse. Gauthier grelottait sous une mauvaise couverture. Son visage piqueté de barbe, ses yeux creux lui donnaient une allure pitoyable, mais le plus insupportable, c'était l'odeur atroce provenant de son bras blessé. Le cœur au bord des lèvres, Élodie laissa échapper le gobelet et s'enfuit en direction de la soupente.

Là, blottie sur le matelas qui avait été celui de Joséphine, elle sanglota, de peur, de dégoût et de honte.

Dans la neige de plus en plus épaisse, Catherine se hâtait, vers Ponthonnes. Elle gardait comme unique point de repère le clocher du village, caractéristique, avec ses tourelles d'angle.

La neige avait transformé le paysage de manière radicale.

Catherine, habituée à vivre rivée à son métier,

se sentait perdue dans ce silence angoissant. Elle trébucha à deux reprises, se releva.

En avant, ma fille, se dit-elle. Elle aurait voulu avoir Joséphine auprès d'elle. À elles deux, elles auraient su quoi faire. Sans nouvelles de sa nièce préférée, elle envisageait le pire.

Elle continuait à avancer, cependant, le regard rivé au clocher de Ponthonnes. La neige tombait comme si elle ne devait jamais cesser.

Quand Catherine frappa à la porte de la maison du docteur Valette, elle était épuisée. Seule sa fierté l'empêcha de s'effondrer dans le vestibule carrelé.

L'épouse du médecin, une petite femme blonde, l'entraîna près du feu et l'incita gentiment à se défaire de ses vêtements trempés.

— Pardon, murmura Catherine, honteuse de voir une flaque s'agrandir sur le sol.

Madame Valette éclata d'un rire léger. Ce n'était rien, voyons ! Et de proposer à Catherine, effarée, un bol de thé bien chaud.

— Du thé ? répéta la tisserande, qui n'avait jamais entendu ce mot.

Timidement, elle demanda à madame Valette si elle n'avait pas un peu de café. L'épouse du médecin se frappa le front.

— Bien sûr. Je n'y pense jamais. C'est que, voyez-vous, je suis une très mauvaise « cafeteuse », comme dit Léonie.

Une imposante personne, à la taille ceinte d'un grand tablier bleu, surgit sur le seuil de la salle.

— J'm'en vas vous porter du café, annonça-t-elle, avec l'accent des gens de la vallée. J'en ai toujours au chaud.

Catherine se réchauffait progressivement devant l'âtre. Elle ne s'étonnait même plus de se trouver là, dans cette maison inconnue où elle était si bien accueillie. Elle but le café apporté par Léonie, une denrée précieuse en ces temps de disette, avant de dodeliner de la tête.

— Bonsoir...

Une voix inconnue la fit sursauter. Comme prise en faute, elle se redressa, poussa un cri, surprise et frayeur mêlées, en découvrant un visage basané penché sur elle.

— N'ayez pas peur, reprit la voix, plus doucement. Je suis le docteur Valette.

Elle se rappela alors que ceux qui l'avaient déjà vu l'appelaient parfois « le nègre », sans songer à mal. Le médecin venait d'une île lointaine et avait le teint foncé, les cheveux crépus.

— J'ai un blessé chez moi, à Saint-Blaise, balbutia Catherine.

Elle ajouta, en fixant le docteur Valette :

— C'est une balle des Prussiens.

Le médecin abaissa les paupières, comme pour dire qu'il avait déjà compris.

— Je me lave les mains et je vous emmène, déclara-t-il sans hésiter.

Catherine intercepta le coup d'œil inquiet de son épouse. Il la rassura d'un sourire et affirma qu'il revenait dès que possible. La tisserande le suivit dehors après avoir bredouillé quelques paroles de remerciement. La quiétude émanant de la maison, le luxe de pouvoir boire du vrai café l'avaient impressionnée.

Le docteur Valette, s'étant enveloppé d'une sorte

de houppelande, invita Catherine à monter à son tour dans le boghei qu'il utilisait pour effectuer ses tournées.

— Vous avez un laissez-passer ? s'inquiéta la tisserande.

Le médecin hocha la tête.

— Oui, mais on ne me le demande pratiquement jamais. J'ai soigné indifféremment Français et Prussiens lors de la récente épidémie de variole.

Il ne se souvenait que trop bien de la vision de cauchemar découverte dans l'écurie d'une ferme. Trois « poqueux[1] » au teint blême, aux yeux cernés, enterrés jusqu'au cou dans une épaisse couche de fumier. C'était la seule thérapeutique alors connue pour tenter de favoriser l'éruption des pustules.

En chemin, alors que le cheval avait parfois de la neige jusqu'au poitrail, le docteur Valette s'entretint avec Catherine. Il s'intéressait à tout, à commencer par le métier de tisserand. La tante de Joséphine, qui constituait la mémoire de Saint-Blaise, lui expliqua que depuis plusieurs siècles on travaillait les laines au village.

— Vous n'aimeriez pas faire autre chose, si je comprends bien.

Catherine sursauta.

— Je ne saurais point, docteur. Ma mère et ma grand-mère tissaient à longueur de journée. Nous, on n'a rien appris d'autre. Mon père disait toujours en riant que ma mère n'avait pas eu le temps de grimper dans son lit pour ma naissance. Je suis née

1. On appelait alors la variole « poques noires ».

pratiquement sur le métier, et ça avait fait du bruit dans le village, vous pouvez me croire !

Il l'observa en souriant. Quel âge pouvait-elle avoir ? Une bonne quarantaine d'années. C'était une femme imposante, même si elle commençait à se voûter, comme à son corps défendant.

— Ce blessé, reprit-il, vous le connaissez bien ?

Catherine ne baissa pas les yeux.

— C'est un ami de ma nièce. Il a rejoint les francs-tireurs en septembre.

C'était un vrai combattant, lui, pensa-t-elle, à la différence de Guy, son beau-frère, qui, après être parti la fleur au fusil, était revenu piteusement deux semaines plus tard. Depuis, il vivait reclus chez la veuve, vidant les bouteilles qui avaient échappé aux perquisitions des Prussiens.

Catherine n'éprouvait que du mépris pour lui. À croire, se disait-elle, que sa méchanceté le conservait !

Sans savoir comment, elle se mit à parler de Joséphine au docteur Valette. Elle se faisait du souci au sujet de la petite, c'était sûr, trop de malheurs lui rongeaient le cœur, cependant elle voulait croire qu'elle s'en sortirait.

Elle espérait au fond d'elle-même que Jean-Philippe, le photographe avec qui elle avait sympathisé, la marierait. À condition que Joséphine parvienne à oublier Jérôme.

On n'oublie jamais, se dit-elle, le cœur soudain glacé. On se contente de faire semblant.

19

D'une poussée, Catherine ouvrit la porte de sa maison. Il faisait nuit noire à l'intérieur. Élodie n'avait pas allumé le feu dans la cheminée et Gauthier grelottait toujours sur sa paillasse.

— Élodie ! s'impatienta Catherine, contrariée de ne pas trouver sa nièce.

Elle eut beau réitérer ses appels, l'adolescente ne se montra pas. Confuse, la tisserande se retourna vers le médecin.

— Je ne sais pas ce qui se passe...

D'un haussement d'épaules, il lui fit comprendre que cela n'avait pas d'importance.

— Il me faut de l'eau et de la lumière, dit-il. Un endroit pour mettre mon cheval à l'abri, aussi.

Catherine lui indiqua le cellier attenant et lui donna deux sacs à pommes de terre pour bouchonner sa monture. Elle s'empressa d'allumer le feu. Le bois était humide, elle dut actionner le soufflet. Elle mit de l'eau à chauffer dans le grand chaudron, prépara des linges propres, du savon. Quand le médecin revint dans la salle, il approuva ses préparatifs d'un sourire.

— Vous allez m'aider, Catherine, lui dit-il, usant

pour la première fois de son prénom. Tenez bien la lampe.

Le bras de Gauthier n'était plus qu'un amalgame de chairs tuméfiées, de sang séché et de tissu arraché. Une odeur atroce se répandit dans la salle quand le docteur Valette coupa la manche de chemise. Le laineur brûlait de fièvre.

— Mauvaise blessure, commenta le médecin en se redressant. La plaie s'est gangrenée. Il faut agir vite pour le sauver.

Catherine avait déjà compris.

— Son bras… ?

Valette abaissa les paupières en signe d'assentiment. Il devait l'amputer, il n'avait pas le choix.

— C'est un laineur, reprit la tisserande. Il a besoin de ses deux bras pour travailler. Si vous l'amputez, vous le condamnez au chômage.

— Je lui sauve la vie, Catherine.

Elle secoua la tête.

— Il ne s'en remettra pas.

Qu'est-ce qu'un homme comme Gauthier pouvait faire avec un seul bras ? Elle avait peur, soudain, et se reprochait amèrement d'être allée chercher ce docteur. Un étranger, de surcroît ! Comment savoir s'il disait juste ?

— Si je ne tente rien, il va mourir, reprit doucement le médecin.

Il évoqua avec des mots simples le serment d'Hippocrate, qui donnait tout son sens à son métier. Catherine, perdue, finit par dire :

— Si cela peut le sauver…

Le médecin se lava soigneusement les mains, les essuya à un linge propre. Il posa sur la table sa mallette, aligna plusieurs instruments sur un torchon immaculé. Catherine, effrayée, se signa.

Il lui tendit un tampon imbibé de chloroforme et lui recommanda de le tenir bien appuyé sur le visage de Gauthier.

— Ne vous occupez pas du reste, ajouta-t-il.

Elle aurait préféré ne pas regarder. Mais ce n'aurait pas été loyal vis-à-vis de Gauthier. Aussi Catherine suivit-elle chacun des gestes du docteur Valette. Elle le vit sonder la blessure, faire jouer les articulations du bras avant de trancher d'un coup sec, à hauteur de l'épaule. Elle ne put retenir un cri de compassion. Le sang gicla. Le médecin cautérisa la plaie au fer rouge sous le regard horrifié de Catherine.

Gauthier poussa un hurlement de bête tandis qu'une odeur de chair brûlée prenait la tisserande à la gorge.

— Seigneur Dieu... murmura-t-elle, profondément bouleversée.

Catherine avait ramassé dans son tablier le membre coupé. Elle le contempla, le visage durci, avant de se mettre à pleurer.

— Je reviendrai demain, lui dit le docteur Valette. En attendant, veillez à ce qu'il n'arrache pas son pansement.

Il secoua la tête quand Catherine lui demanda ce qu'elle lui devait.

— Rien du tout. Bon courage. Et... essayez de faire prévenir sa famille. Je ne sais pas s'il survivra.

Il neigeait toujours quand il repartit. Catherine resta debout sur le seuil de la maison, sans même ressentir la morsure du froid. Quand le boghei du médecin eut disparu, elle rentra, se rapprocha du feu. Dans son tablier, le bras coupé la narguait. Elle sortit par-derrière, creusa le sol gelé avec une force décuplée par la révolte, y enfouit le membre de Gauthier. Les larmes roulaient sur son visage.

— Saleté de guerre ! marmonna-t-elle.

Un vol de vanneaux traversa le ciel encore blanc de neige. Postée à l'entrée du village pour guetter le docteur Valette, Élodie gardait, malgré le froid vif, une immobilité totale. Toutes ses pensées étaient tournées vers Gauthier. La nuit précédente, elle avait assisté à l'amputation du franc-tireur depuis la soupente. Elle avait mordu son poing jusqu'au sang pour ne pas hurler. Quand Catherine était sortie dans le jardinet de derrière, elle était venue se blottir près du blessé qui geignait sourdement. Elle lui avait essuyé le front, donné à boire un peu de goutte. Elle se reprochait amèrement d'avoir manqué de courage. Elle avait tenté de s'en expliquer à Catherine. Sa tante avait soupiré.

« Ma pauvre petite, ce n'est pas toi qui es responsable de son état. Cette maudite guerre a déjà fait beaucoup de mal. »

Catherine avait caressé les cheveux de sa nièce d'un geste presque furtif.

« Il va sûrement mourir », lui avait-elle dit d'une voix lointaine.

À cet instant, Élodie s'était promis de le sauver.

Le village sous la neige vivait au ralenti. Des tisserands déblayaient le seuil de leur maison tout en jetant des coups d'œil prudents vers la maison du maire, réquisitionnée par un officier bavarois.

Élodie savait que si Gauthier était pris il serait exécuté sur-le-champ, ainsi que Catherine et elle-même.

Les ordres de l'armée d'occupation étaient formels : elle ne reconnaissait pas aux francs-tireurs la qualité de combattant régulier. De ce fait, les villages leur ayant donné asile seraient détruits et les notables de ces villages emmenés comme otages.

Elle n'avait plus peur, cependant. Elle n'avait qu'une idée en tête : Gauthier devait vivre.

Le médecin arriva en fin de matinée, alors qu'elle commençait à désespérer.

— Monte, lui enjoignit-il.

À la lumière du jour, il l'impressionnait avec son teint basané. Il sourit, comme s'il avait eu le pouvoir de lire dans ses pensées.

— Tu n'as pas froid ? s'inquiéta-t-il en la voyant grelotter sous son châle.

Élodie secoua la tête.

— Non, non.

Elle avait un minois chiffonné, trop pâle, sous le bonnet qui lui couvrait les cheveux. Elle l'observait à la dérobée. Son calme l'impressionnait. Elle, il lui semblait qu'elle avait toujours eu peur, depuis la mort de sa mère.

Elle aurait voulu lui poser une foule de questions mais, bien entendu, elle n'osait pas. Elle se sentait tellement insignifiante, comparée à lui !

— Pour tout le village, c'est ta tante qui est malade, lui rappela-t-il avant d'entrer dans la maison.

Si le blessé vivait toujours, il faudrait lui trouver une autre cachette. Catherine et sa nièce s'étaient déjà trop exposées.

Il trouva Gauthier brûlant de fièvre mais vivant. Catherine avait les yeux cernés, les traits tirés.

Le docteur Valette lui montra comment changer le pansement, lui recommanda de veiller à toujours garder les mains propres et de donner à boire au blessé des infusions de reine-des-prés. Contre la fièvre, il préconisait des bouillons de lierre, de sureau et de centaurée.

— Je ne peux plus rien faire, conclut-il. Désormais, tout dépend de sa constitution.

Élodie, qui ne soufflait mot, se signa. Elle savait, elle, qu'elle mettrait tout en œuvre pour le sauver.

La charrette qui brinquebalait sur la route de Sedan était chargée de tout un amoncellement de bois mort ramassé en forêt, sur les terres de l'abbaye. Élodie, qui tenait les rênes, surveillait fréquemment Gauthier, qu'elle avait solidement attaché au siège afin de lui éviter tout risque de chute.

La petite sœur de Joséphine avait beaucoup changé au cours du dernier mois. Elle avait pris de l'assurance, avait acquis une certaine joliesse, tout cela pour Gauthier. Elle était même allée beaucoup plus loin pour le laineur. Mais… ceci la concernait elle seule et elle n'en avait soufflé mot à quiconque. Même pas à Catherine. Surtout pas à Catherine, bien que sa tante ait certainement quelques soupçons.

Ils traversèrent Bazeilles avec l'impression de se retrouver dans une ville fantôme. Les ruines des maisons se dressaient vers le ciel comme autant d'orants, implorant une clémence illusoire.

La neige elle-même, tombée en abondance durant tout le mois, ne parvenait pas à atténuer l'aspect tragique des lieux. Élodie ne put réprimer un frisson en pensant à l'amant de sa sœur.

À ses côtés, Gauthier gardait le silence. C'était atroce, quand on y songeait, cet homme à la manche vide, au regard fixe, qui ne parlait pas.

Avait-elle raison de l'emmener à Sedan ? Le docteur Valette avait parlé de choc. La robuste constitution du laineur lui avait permis de survivre à l'amputation et à l'infection, mais il semblait avoir perdu le goût de vivre. Il avait une compagne, à Sedan. Élodie espérait qu'en la revoyant il retrouverait la volonté de se battre.

Des nuées d'oiseaux de proie volaient à basse altitude au-dessus des champs.

Gauthier tendit la main.

— Les cadavres des chevaux, déclara-t-il d'une voix étrangement détachée. On ne les a pas enterrés assez profond, les charognards s'en donnent à cœur joie.

Élodie frissonna. Il lui semblait avoir grandi d'un coup, et surtout vieilli.

Elle secoua les rênes de la vieille rosse qu'on lui avait prêtée à l'abbaye. Elle n'avait pas voulu demander de cheval à Gunther. Sa dette était déjà assez lourde. Chaque fois qu'elle y pensait, ses jambes se dérobaient sous elle.

Sedan, qu'elle ne connaissait pas, lui parut immense. La porte de Balan, relativement étroite, débouchait sur un enchevêtrement de maisons beaucoup plus hautes que celles de Saint-Blaise. Elle aperçut au loin les tours de l'église et la masse imposante du château fort.

Bien la peine ! pensa-t-elle avec une sourde rancœur.

Les Prussiens étaient partout.

Élodie, cependant, ne trembla point lorsqu'on lui réclama son laissez-passer et celui de Gauthier. Elle avait payé assez cher ce dernier pour savoir qu'il était en règle.

TROISIÈME PARTIE

1871

20

Pour la première fois depuis longtemps, Joséphine éprouva quelque chose qui ressemblait à du bonheur en faisant le tour de son appartement.

Certes, il était minuscule mais elle s'y sentait chez elle. Jean-Philippe avait insisté pour qu'elle accepte une somme d'argent conséquente en affirmant qu'il exécutait les dispositions prises par Jérôme début août.

Elle ne savait pas si elle devait le croire mais avait fini par faire semblant. Jean-Philippe lui avait présenté les choses de telle façon qu'elle ne pouvait pas refuser. C'était la première étape. Le reste viendrait en temps et heure.

Lorsqu'elle avait repris connaissance, dans la chambre du photographe, après avoir dérivé plusieurs jours aux frontières de la mort, elle s'était raccrochée à ce curieux tableau représentant un oiseau inconnu, sang et or. Elle avait alors pensé que le seul moyen d'oublier tout le sang perdu était de faire fortune. C'était cela, ou mourir.

Alice l'avait traitée de folle. Elle avait des excuses. Depuis le jour où la petite Élodie lui avait ramené un Gauthier amputé d'un bras, au regard vide, l'amie de Joséphine perdait pied. Elle assistait, impuissante, au naufrage de son compagnon, qui ne bougeait pas de sa chaise, au coin du feu, et s'abîmait dans la contemplation des flammes tout en buvant force bières.

Élodie avait raconté ce qu'elle savait avec des mots simples, sans parvenir cependant à maîtriser le tremblement de ses mains. Joséphine était alors retournée à Saint-Blaise avec sa petite sœur. Elle s'inquiétait pour Catherine. Elle avait trouvé sa tante assise devant son grand métier.

« Le travail reprend tout doucement, lui avait-elle annoncé. Enfin ! Le village commençait à mourir de faim. »

Catherine s'était voûtée. La tante et la nièce s'étaient observées durant plusieurs secondes avant de se donner l'accolade. Pudiques l'une et l'autre, elles n'aimaient guère les grandes démonstrations d'affection.

Il avait fallu que Catherine raconte. Gauthier blessé, les soins prodigués par le docteur Valette, la crainte d'une perquisition ennemie… Pendant ce temps, Élodie restait recroquevillée devant la cheminée.

« Cette petite me cause du souci, avait remarqué Catherine. Elle n'est plus la même. »

Joséphine avait soupiré. Ils avaient tous laissé une partie de leur âme dans le conflit.

« Mais toi, avait repris Catherine. Georges est venu me dire que tu avais manqué mourir. C'est folie d'avoir fait la route… »

La jeune femme avait serré sa tante contre elle.

« Je ne te laisserai jamais, Catherine. Et rassure-toi,

je suis bien vivante. Rappelle-toi… C'est toi qui m'as appris cette règle : "Jamais froid, jamais mourir !" »

Catherine lui répétait cela lorsqu'elle était enfant, pour la rassurer après la mort de sa mère.

Bouleversée, elle avait étreint à son tour sa nièce.

« Que vas-tu devenir ? Car tu refuses toujours de quitter Sedan, j'imagine.

— Et comment ! Ma place est là-bas, en ville. Ici, il n'y a pas d'avenir possible. »

Comment aurait-elle pu expliquer à Catherine sans la vexer que Saint-Blaise était devenu trop étriqué pour elle ? Elle n'avait plus qu'une idée en tête, pour ne pas devenir folle. Se venger. Comment ? Elle ne le savait pas encore. Elle était certaine d'une chose. Elle y parviendrait.

Elle avait croisé le chemin de son père, en sortant de la maison. Il titubait sur l'usoir devant la maison de la veuve.

Ils avaient échangé un regard indéfinissable.

« Te v'là drôlement bien mise, ma fille ! » l'avait complimentée Guy Tortel.

Il avait les yeux injectés de sang. Une barbe de plusieurs jours lui mangeait le bas du visage.

Drôle de franc-tireur ! avait pensé Joséphine, écœurée.

« T'as pas une petite pièce pour ton père ? » avait-il ajouté.

Elle s'était détournée pour lui dissimuler ses larmes, avait remonté la rue en courant, poursuivie par ses imprécations.

Elle s'était arrêtée au premier coude de la rue, s'était engouffrée dans l'église. C'était un bâtiment trapu construit au XVIe siècle à partir d'une tour ronde féodale.

Réfugiée devant la statue de Saint-Blaise, patron des tisserands qui avait donné son nom au village, elle avait longuement pleuré. Ce jour-là, elle s'était juré d'être forte, de ne plus jamais être celle qu'on méprise, ou qu'on rejette. Pour ce faire, elle avait accepté l'aide de Jean-Philippe. Pour s'en sortir, il lui fallait changer de vie. Être une femme libre, non une petite ouvrière.

Elle jeta un coup d'œil satisfait au petit salon meublé d'un canapé recouvert de velours incarnat, d'un guéridon, d'une table à ouvrage et d'une autre pour écrire. Le dessus de cheminée était orné de photographies que Jean-Philippe lui avait offertes. Sur l'une d'elles, elle souriait, mélancolique. L'autre cliché la voyait poser drapée dans un grand châle rouge, avec le château fort en toile de fond.

La double fenêtre de la pièce ouvrait sur le Palais des Princes. Sa chambre était plus petite. Le lit était à demi dissimulé par des courtines de couleur bleue. Bleues également, la garniture de toilette posée sur la table au dessus de marbre et les boîtes à onguent ornant la coiffeuse. Sous l'influence de Jérôme, Joséphine avait appris l'importance de la toilette. Son cabinet, bien que minuscule, comportait un tub dans lequel elle prenait des bains après s'être fait monter des brocs d'eau chaude. Elle ne s'était guère souciée de la cuisine, reléguée, comme il se devait, au fond de l'appartement. Elle n'aimait pas cuisiner et se contentait de se nourrir de café et de tartines de pain.

De toute manière, les Prussiens avaient tout volé, ou réquisitionné, ce qui revenait au même. Mézières était tombée, après plusieurs mois de résistance, le 1er janvier 1871. La plupart des maisons de la vieille place forte s'étaient embrasées sous la puissance de l'artillerie ennemie, tandis que l'horloge de l'église sonnait sans fin l'heure de la défaite.

Paris avait capitulé fin janvier. On chuchotait sous le manteau que certains drapiers s'en trouvaient grandement soulagés. Les affaires devaient à tout prix reprendre. Comment, en effet, réussir à payer rubis sur l'ongle la somme exorbitante de cinq milliards exigée par les Prussiens si le négoce continuait de végéter ? La défaite avait porté un coup terrible à l'industrie sedanaise mais tous, ouvriers et patrons, étaient décidés à reprendre le travail. C'était impossible, cependant, tant que les francs-tireurs continueraient de semer la terreur et de susciter des tensions avec l'occupant.

Félicité Desprez n'hésitait pas à tenir ce genre de discours. Joséphine l'avait appris dans l'atelier de Jean-Philippe. Elle posait toujours pour lui plusieurs jours par semaine, sans parvenir à savoir s'il la conviait à le faire par réel besoin ou bien pour lui procurer un revenu. Peu lui importait, en fait. Elle tentait de survivre.

L'hiver n'en finissait pas. Joséphine invitait régulièrement Alice et Gauthier chez elle, mais le laineur refusait de sortir. Après une phase d'apathie, il se plaignait désormais de douleurs intolérables dans le bras qui avait été amputé.

— Je ne sais plus quoi faire, confia Alice à son amie.

Elle ne reconnaissait plus son compagnon. Lui, toujours prêt à plaisanter, ne s'intéressait plus qu'à sa bière. Alice, qui travaillait sans relâche, manquait d'argent. Elle refusait cependant que son amie lui vienne en aide.

— Tout irait beaucoup mieux si Gauthier buvait moins, lui expliqua-t-elle.

Le matin même, il avait levé la main sur elle parce qu'elle avait osé lui dire qu'elle n'avait plus de quoi aller acheter de la bière. Tous deux avaient échangé un regard incrédule. Gauthier avait passé sa langue sur ses lèvres sèches. Alice avait reculé d'un pas.

« Tu me dégoûtes ! avait-elle crié. Regarde ce que tu es devenu, si tu en as le courage ! »

Elle était partie en claquant la porte. À présent, réfugiée chez Joséphine, elle sanglotait sans retenue.

— Reste ici, lui proposa son amie. Au moins pour cette nuit.

Alice secoua la tête.

— Il a besoin de moi. Et puis je dois terminer mon ouvrage. Demain, j'ai une robe à livrer en ville.

Elle se hâta de partir, afin d'être rentrée avant le couvre-feu. Un brouillard épais régnait sur la ville, rendant l'atmosphère encore plus pesante.

Que nous est-il arrivé ? ruminait Alice, en marchant à pas pressés. Elle ne reconnaissait plus Gauthier, son amant rencontré dans la cour de la manufacture, sept ans auparavant.

En même temps, elle se reprochait amèrement d'avoir manqué de patience vis-à-vis de lui. Elle ne parvenait pas à surmonter le sentiment d'impuissance qu'elle éprouvait. Parce qu'elle l'aimait, elle aurait voulu aplanir tous les obstacles, l'aider à surmonter le handicap de son amputation. Elle ne le pouvait pas et, de toute manière, il n'était pas décidé à se laisser dorloter. Tout au moins, elle le supposait car il lui était désormais impossible d'avoir une véritable conversation avec lui.

Alice s'engouffra sous le porche étroit de sa maison qui sentait toujours aussi mauvais, malgré le froid. Elle marqua un temps d'arrêt avant de gravir les trois étages menant à son logis. Elle avait peur et éprouvait quelque peine à se l'avouer. Gauthier avait tellement changé qu'elle se demandait parfois s'il s'agissait du même homme.

Le feu était éteint, le froid avait déjà pris possession de la salle. Alice, en maugréant, héla son compagnon.

Elle aurait dû comprendre tout de suite, se dit-elle un peu plus tard, après avoir fait le tour du garni. Un homme comme Gauthier ne pouvait pas accepter de rester là, assis devant la cheminée, à dépendre du travail de sa femme.

Il ne restait rien de lui. De toute manière, il avait peu de choses, une chemise de rechange, quelques pièces de linge, sa pipe…

Il n'avait pas laissé de mot, ni d'explication. Rien que sa chaise vide, placée devant la cheminée. Comme s'il ne devait jamais revenir.

Le sol gelé craquait sous les pas de la dizaine d'hommes qui avançaient en file indienne. Le ciel clair, au-dessus de la cime des arbres, annonçait une belle journée. La température restait cependant particulièrement rigoureuse. Cela ne gênait pas Gauthier, natif d'Hargnies, habitué au climat rude des Ardennes. Il avait rejoint les Sangliers de Saint-Menges, une compagnie de francs-tireurs, une semaine auparavant. Pour lui, ç'avait été le seul moyen de survivre. S'il était demeuré auprès d'Alice, il aurait mis fin à ses jours. Il ne supportait plus, en effet, lui, l'homme fort, l'idée de dépendre de sa compagne. Alice n'avait pas compris qu'elle ne l'aidait pas en l'entourant de compassion. Il était parti parce que, quitte à mourir, autant le faire debout. En homme libre.

Son frère, Paulo, était membre des Sangliers de Saint-Menges. Il le lui avait confié, une semaine auparavant, en venant lui rendre visite nuitamment. La décision de Gauthier avait été vite arrêtée.

Son frère lui avait donné rendez-vous devant le vieux cimetière Saint-Jean, au pied de la montée du Fond-de-Givonne.

Même s'il avait des difficultés à suivre les déplacements de ses camarades, le laineur se sentait revivre depuis qu'il les avait rejoints. Les Sangliers de Saint-Menges, privés de leur point d'attache, la citadelle de Mézières étant tombée, avaient résolu de rallier d'autres groupes de francs-tireurs qui faisaient route vers l'Aisne afin de porter secours à leurs camarades de Guise et de Vervins.

Ils savaient que leurs attentats et leurs attaques surprises déstabilisaient l'ennemi. Les Prussiens, soucieux de limiter les sabotages des voies ferrées, n'avaient-ils pas pris le pli de faire monter des notables sur les locomotives ? Ce qui n'arrêtait pas, la plupart du temps, l'action des corps francs.

Ceux-ci faisaient régner la terreur dans les bois. Les Prussiens paniquaient dès qu'ils entendaient un coup de feu. On racontait qu'à Guignicourt un colonel de uhlans avait une telle hantise des francs-tireurs qu'il faisait coucher son ordonnance sur son matelas par terre devant la porte de sa chambre. Un autre, commandant d'infanterie, avait requis au château où il résidait un corps de garde entier comprenant vingt hommes et un sous-officier.

« On les aura ! » affirmait Paulo avec un bel enthousiasme.

Il avait cru mourir de honte le jour où Napoléon III avait fait hisser le drapeau blanc au sommet du château fort. Fervent républicain, ouvrier imprimeur à Charleville, il n'avait pas admis la défaite française. D'autant que, pour lui, le peuple avait été trahi par Badinguet et par les chefs d'état-major. Tous des incapables, qui ne possédaient même pas de cartes détaillées de la région ! Pas étonnant, dans ces conditions, que l'ennemi, progressant à marche forcée, ait devancé les troupes régulières !

Paulo, en tête de la colonne, s'immobilisa. Un sanglier venait d'apparaître à l'orée du bois. Une aubaine, en ces temps de disette.

— Laissez-moi faire.

Jeannot, le forestier, s'avança de trois pas. Son coutelas était d'une taille impressionnante.

— Pas de coup de feu, surtout, recommanda Paulo.

Même si son frère et lui avaient longtemps habité en ville, il avait lui aussi chassé le sanglier dans son enfance, dans les bois d'Hargnies.

À l'époque, il avait deux chiens, des bâtards au

pelage rêche, capables de s'accrocher aux flancs d'un vieux solitaire et de ne pas lâcher prise.

Le sanglier leva la tête, huma l'air.

Bon sang ! Il nous a repérés ! pensa Gauthier.

L'animal chargea leur petit groupe. Jeannot, qui se trouvait en tête, ne chercha pas à esquiver. Il se contenta de pivoter légèrement sur le côté afin d'éviter la blessure mortelle la plus fréquente, à l'artère fémorale. En même temps, il plantait son coutelas dans le ventre de la bête, jusqu'à la garde. Le sanglier s'affaissa lentement.

— On va avoir de quoi manger, les gars ! s'écria Paulo.

Gauthier esquissa un sourire. Malgré le froid et la précarité de leur situation, il avait le sentiment de revivre, enfin.

21

Firmin, le concierge de la fabrique, considéra avec respect « la patronne ».

Félicité Desprez se tenait bien droite dans la cour et saluait d'un signe de tête les ouvrières et les ouvriers qui regagnaient leur poste. Elle en imposait, dans ses vêtements de deuil. Charles Desprez, qui contemplait la scène depuis la fenêtre du petit salon, laissa retomber le rideau avant de se retourner vers le docteur Martin.

— Je ne sais pas comment elle fait, confia-t-il.

Le père de Jérôme avait beaucoup changé. Il flottait dans ses vêtements. Son teint était devenu gris. Lui, le bon vivant, ne parvenait plus à faire honneur aux repas préparés par Angélie.

Il ne pouvait oublier la vision du corps sans vie de son fils.

— Votre épouse a besoin d'action, fit remarquer le médecin.

Charles Desprez hocha la tête.

— Je me suis souvent dit que c'était elle, l'âme de la Licorne. Elle a la draperie dans le sang. Moi, mon Dieu… mon chemin était tout tracé, je me suis contenté de le suivre…

Gêné par ces confidences, le docteur Martin toussota. Il pressentait, pourtant, que Charles Desprez éprouvait le besoin de parler, pour se libérer. Depuis la défaite, nombre de ses patients s'étaient enfermés dans une sorte de silence hébété. Ce n'était pas la meilleure solution, tant s'en fallait.

— Les ouvriers avaient besoin de reprendre le travail, déclara-t-il. L'oisiveté n'est jamais constructive.

Charles Desprez haussa les épaules.

— Mon cher Martin, vous voudrez bien m'épargner vos beaux discours ! De toute manière, dites-vous bien que mon épouse se moque comme d'une guigne du sort des ouvriers. Elle, ce qui l'intéresse, c'est le profit qu'elle peut réaliser.

Il marmonna quelque chose que le médecin ne comprit pas, avant de reprendre d'une voix pressante :

— Cette jeune femme… Joséphine Tortel, je crois… savez-vous ce qu'elle est devenue ?

Nous y voilà ! se dit Martin, qui redoutait cette question.

Prudent, il demeura évasif. Il y avait eu tant de mouvements au cours des derniers mois, n'est-ce pas… Soucieux, Charles Desprez l'écoutait à peine. Il revoyait la jeune femme telle qu'elle lui était apparue, à Bazeilles, avec ce visage ravagé par le chagrin, et il éprouvait un sentiment diffus, quelque chose qui ressemblait à de la honte, ou du remords.

— Je me demande souvent… réfléchit-il à voix haute.

Il s'interrompit. Impossible de formuler l'interrogation qui hantait ses nuits. Jérôme était-il le père de l'enfant ? Et cet enfant... était-il né ?

Le médecin s'enhardit à lui tapoter l'épaule. Il sentait chez son patient une détresse infinie.

— Parfois, il vaut mieux ne rien savoir, osa-t-il lui dire. De toute manière, cette jeune femme n'appartenait pas à votre milieu.

Charles Desprez soupira.

— C'est certain. Pourtant, ma mère l'estimait beaucoup. Sa vieille servante me l'a confirmé.

Il avait mis plusieurs semaines avant de retourner à la Roseraie. Il revoyait toujours sa mère allongée sur son lit et une boule de chagrin nouait sa gorge. On avait retrouvé Barthélemy, l'ami jardinier d'Adélaïde, transpercé d'un coup de baïonnette près des rosiers qui constituaient sa raison de vivre. Les deux vieillards avaient été enterrés le même jour, sous la pluie, et Charles avait eu la délicate attention de déposer des roses safranées sur leurs tombes.

Annette, la servante, qui avait beaucoup pleuré ce jour-là, lui avait raconté qu'Adélaïde recevait souvent Jérôme et son amie.

« Une bien bonne personne, avait conclu Annette, qui m'a aidée pour faire la toilette de Madame. »

Charles en avait éprouvé un vague remords. Se pourrait-il que Félicité et lui aient mal jugé celle que son épouse s'obstinait à nommer « la gourgandine » ?

— Qu'allez-vous faire à présent ? s'enquit le praticien, soucieux de faire dévier la conversation.

Chez les drapiers, on ne tardait jamais à évoquer les choses sérieuses. Charles Desprez ne se fit pas prier pour expliquer qu'il attendait beaucoup de la nouvelle Assemblée. Celle-ci, en effet, selon la Convention d'armistice signée à Versailles, devait être élue le 8 février.

Pour l'instant, les fabriques tournaient au ralenti, mais Desprez espérait que le retour au calme permettrait de nouveau de s'approvisionner en matières premières.

— Rien n'est vraiment réglé, remarqua alors le docteur Martin.

— La belle affaire ! Je n'ai pas la moindre envie de me mêler de politique. Ce que je veux, c'est pouvoir exercer correctement mon activité.

Il eut un temps de réflexion avant d'ajouter :

— Quoique je me demande bien pour qui... Nous n'avons plus personne.

Martin observa un silence prudent.

S'il gardait les yeux ouverts, se répétait Gauthier, il avait une chance de s'en tirer. Lui qui, un mois auparavant, avait perdu le goût de vivre, il retrouvait intacte sa combativité. Les Sangliers de Saint-Menges s'étaient fait surprendre en pleine ripaille. C'était d'ailleurs certainement grâce à leur festin improvisé qu'ils n'avaient pas été fusillés. Les Hessois qui les avaient découverts avaient dévoré les restes du sanglier avant de les entraîner à grand renfort de coups de plat de leurs sabres vers la gare de Revin. Jeannot avait tenté de s'enfuir. Il avait été abattu sous le regard incrédule de ses camarades. Il n'y avait pas eu moyen de l'enterrer, d'ailleurs le sol était trop gelé, avait expliqué, avec un gros rire, le seul Hessois parlant le français. Paulo avait serré les poings. Chaque homme ressentait la mort de Jeannot comme une profonde injustice.

On les avait fait monter dans des wagons découverts sans leur donner à boire ni à manger. Le froid glacial figeait des larmes de givre sur leur visage. Pour se réchauffer, et par défi, les Sangliers de Saint-Menges avaient entonné *La Marseillaise* quand le train avait enfin démarré, après une longue attente. Le voyage avait été interminable. Durant quatre jours, les prisonniers avaient dû se contenter de riz gluant et froid. Dans leur wagon, ils avaient parlé avec leurs compagnons de misère. Certains étaient des otages, arrêtés en représailles. Robert, un clerc de notaire, avait passé trois semaines dans la citadelle d'Amiens, couché sur le pavé humide. Il se demandait encore quel crime il avait pu commettre. Amaigri, il toussait sans relâche. Paulo et Gauthier, sans se concerter, lui étaient venus en aide, s'arrangeant pour le protéger un peu du froid glacial en l'encadrant. D'une certaine manière, le fait de se préoccuper d'un autre leur permettait de mieux supporter leur sort. D'ailleurs, avaient-ils le choix ?

Paulo, l'ouvrier imprimeur, citait à haute voix des extraits d'ouvrages. Il avait toujours eu une excellente mémoire. Leur père, laineur, comme Gauthier, se moquait de lui en le surnommant « Paulo la Science », et leur mère posait une main apaisante sur son poignet.

« Laisse, disait-elle. Celui-ci au moins a une chance de mener une autre vie. »

Gauthier entendait encore la voix douce de leur mère. Pourquoi songeait-il à elle à cet instant précis ? Elle était morte depuis longtemps, épuisée par les grossesses trop rapprochées.

Il se demanda si Alice lui avait pardonné d'être parti ainsi, sans un mot d'explication. Avait-elle compris qu'il n'en aurait pas eu le courage s'il l'avait revue ? Ses pensées déviérent vers Élodie, la nièce de la tisserande, qui l'avait sauvé à Saint-Blaise en lui procurant un laissez-passer. En lui disant adieu, il lui avait recommandé de prendre garde à elle, sur une impulsion, parce qu'elle lui faisait peine, avec son petit visage chiffonné, ses yeux trop grands.

Paulo lui décocha une bourrade.

— Tiens bon, vieux ! Pas question de dormir !

Robert avait basculé en arrière, bouche grande ouverte sur le froid mortel. Ils le ranimèrent, le frictionnèrent.

— Pas de blague, tu te cramponnes, lui recommanda l'ouvrier typographe.

Le train roulait péniblement à travers une étendue morne et glacée. À l'horizon, le ciel se confondait avec le sol, recouvert d'une profonde couche de neige. Des oiseaux sinistres, sombres, s'envolèrent d'un bois de sapins et suivirent le convoi pendant plusieurs centaines de mètres. La solitude et le désespoir des prisonniers étaient oppressants dans ce paysage qui ne leur rappelait aucun souvenir.

— Va falloir se battre, marmonna Gauthier.

Était-ce leur destination ? Il apercevait ce qui pouvait ressembler à une gare, ou plutôt à une gare fantôme, avec quelques baraques plantées au beau milieu de la plaine gelée, balayée par un vent glacial.

— On va p't-être nous donner du pain ? suggéra Ludovic, plein d'espoir.

C'était un gamin, vingt ans à peine, cloutier de son état, qui avait pris le fusil pour mener la vie dure aux Prussiens. À présent, il se demandait pourquoi diable il n'était pas resté bien au chaud dans sa vallée. Il se faisait encore des illusions quant à une éventuelle distribution de nourriture, car les prisonniers durent descendre des wagons et marcher dans la neige sans recevoir quoi que ce soit. Gauthier avait l'impression que sa vessie allait éclater car il n'avait pu se soulager. Certains avaient leur pantalon raidi d'urine. Leurs pieds furent rapidement gelés. Ils devaient continuer de marcher, cependant, vers une destination inconnue, tout en subissant les ordres et les injures que leurs gardiens aboyaient.

Gauthier et Paulo s'efforçaient de soutenir Robert, qui titubait.

— Laissez-moi là, les gars, murmura le clerc de notaire.

Un gardien lui avait brisé ses binocles d'une gifle violente. Il clignait désormais des yeux, comme un hibou égaré dans un monde hostile.

— Pas question, fit Gauthier.

Il désigna sa manche vide d'un coup de menton.

— Il faut te battre, mon vieux. Regarde... j'ai failli y rester, il y a trois mois.

Curieusement, c'était plus facile de lutter quand la vie d'un camarade était en jeu. Les Sangliers de Saint-Menges firent front autour de Robert. Ils trouvèrent le courage de plaisanter en découvrant le camp dans lequel ils allaient être emprisonnés.

— C'est le grand luxe ! ironisa Paulo. Quasiment l'hôtel de la Poste à Bouillon…

L'établissement était devenu célèbre pour avoir hébergé Napoléon III en septembre 1870. Le souverain déchu avait passé la soirée et la nuit à fumer cigarette sur cigarette tout en arpentant sa chambre.

Ses compagnons ne répondirent pas. Situé en Prusse, le camp de Stettin n'offrait pas de réel abri contre la neige et le froid. Seulement des baraques recouvertes de carton goudronné.

Des prisonniers levèrent la tête d'un air las en voyant leur groupe arriver. Ils étaient occupés à des travaux de terrassement. Tous paraissaient épuisés et d'une maigreur effrayante malgré les vêtements en lambeaux dont ils tentaient, tant bien que mal, de se protéger.

Paulo poussa son frère du coude.

— Un pays, là-bas ! Un drapier, tu dois le connaître, toi aussi. Adrien Sénéchal.

Le nom était familier à Gauthier. Leur père se targuait de saluer tous les fabricants de Sedan. Cela faisait soupirer la mère.

« La belle affaire ! Tu n'appartiendras jamais à leur monde ! »

Gauthier considéra d'un air incrédule l'homme blond qui maniait la pelle comme s'il avait été un cantonnier.

— Adrien Sénéchal… répéta-t-il. Qu'est-ce qu'il fait ici ?

— À mon avis, tu vas pouvoir le lui demander avant ce soir, répondit Paulo avec son solide bon sens.

Robert avait de plus en plus de peine à avancer. Les gardiens les rappelèrent brutalement à l'ordre.

Sans l'aide de ses camarades, le clerc de notaire se serait effondré dans la neige.

— On est arrivés, lui dit gentiment Gauthier.

Il n'osait pas se demander combien de temps ils devraient rester prisonniers de cet enfer blanc.

Le soir, alors qu'ils étaient tous réunis et qu'ils venaient d'avaler une soupe claire qui sentait le chou pourri, les « anciens » informèrent les « nouveaux » des conditions de vie au camp. Robert, épuisé, avait basculé sur un bat-flanc.

Paulo se rapprocha du plus grand des terrassiers. Celui-ci lui sourit.

— Vous êtes de Sedan, votre frère et vous, n'est-ce pas ? Adrien Sénéchal.

Sa poignée de main était solide. Pourtant, Gauthier ne parvenait pas à se sentir réellement à l'aise avec lui.

Un reste de gêne dû à notre différence sociale, assurément, se dit-il. Quoique… en y réfléchissant bien, désormais, Sénéchal se trouvait sur le même plan qu'eux.

Prisonnier au fin fond de la Prusse.

22

La neige avait fondu d'un coup. Ce n'était pas encore le printemps malgré le calendrier, mais les Français avaient tous remarqué comme un frémissement dans la nature hostile qui les environnait.

Le chant des premiers oiseaux avait été salué d'une ovation. L'hiver, enfin, desserrait son étreinte sur le camp. Il était plus que temps. Le cimetière était plein. Des simples croix de bois s'alignaient jusqu'à l'orée du bois de sapins, là où Gauthier avait aperçu un mois auparavant des loups. Il en avait rêvé une bonne partie de la nuit.

En règle générale, il était si épuisé qu'il s'endormait tout de suite. Cette nuit-là, pourtant, la douleur l'avait réveillé. Malgré ses efforts, il ne parvenait pas à s'y accoutumer. Les premiers temps, il avait eu l'impression d'avoir toujours son bras. Le docteur Valette lui avait alors parlé d'un phénomène fréquent, l'hallucinose. Il lui avait affirmé que cela disparaîtrait au fil des mois. C'était vrai. Par la suite, cependant, Gauthier avait ressenti des douleurs extrêmement violentes dans ce que le médecin nommait « le membre fantôme ». « Plutôt joli, comme expression », avait commenté Paulo.

Gauthier avait grimacé une sorte de sourire. Les brûlures et crampes dont il souffrait continuellement s'accompagnaient parfois de douleurs intolérables qui l'obligeaient à marcher de long en large pour ne pas hurler. Il y était surtout sujet la nuit.

Cela lui avait permis de connaître un peu mieux un autre insomniaque, Adrien Sénéchal. Tous deux avaient parlé, à voix basse, de leur situation, de leur espoir d'être libérés prochainement, dès que les négociations devant aboutir à la paix seraient terminées.

Le drapier n'était pas fier, tous ses camarades en convenaient, même si certains ne parvenaient pas à se sentir à l'aise avec lui.

Pourtant, au cours de cette dernière nuit, Gauthier avait compris que sa gêne initiale ne provenait pas de Sénéchal. Le Sedanais avait partagé son secret avec lui, et Gauthier porterait désormais sur lui un autre regard. Tous deux étaient… *différents*, même si Sénéchal s'était débrouillé jusqu'alors pour ne pas révéler ce qui était pour lui une tare.

Au petit matin, alors qu'ils piétinaient dans l'humidité durant l'interminable appel de sept heures, les deux hommes n'avaient pas fait allusion aux événements survenus durant la nuit. Ahmed, le dernier tirailleur algérien survivant, était mort la veille au soir, ce qui alimentait les conversations.

Tous les prisonniers l'aimaient, le considérant un peu comme leur mascotte. À la différence de ses camarades, qui n'avaient pas résisté aux rigueurs de l'hiver continental, Ahmed avait passé près de six mois dans le camp de Stettin. Une pneumonie foudroyante l'avait emporté et les captifs se sentaient perdus à l'idée de ne plus entendre son accent chantant.

« Pauvre garçon », avait commenté Adrien Sénéchal en guise d'oraison funèbre. Il y avait déjà une nouvelle croix, toute simple, dans le cimetière.

Le drapier tapota le bras valide de Gauthier.

— Nous nous en sortirons. C'est une question de semaines, tout au plus.

Son regard chercha celui de Gauthier.

« Ne me trahis pas », semblait-il dire.

Gauthier haussa les épaules. Que lui importait ? S'ils avaient la chance d'être libérés, il ne croiserait plus le chemin d'Adrien Sénéchal.

Ils appartenaient à deux mondes, que tout séparait.

Tout son corps tendu pour soutenir une cadence rapide, Catherine donnait un coup de pédale du pied gauche, tout en lançant la navette de la main gauche, tirait la chasse vers elle pour serrer la trame avant de procéder suivant le même ordre à droite.

Elle travaillait, vite, soucieuse de rattraper le temps perdu. Élodie et un voisin l'avaient aidée quelques jours auparavant à tendre la chaîne.

Baptiste était venu la voir, la veille. Il était toujours décidé à prendre l'habit. Il avait changé. Le gamin timide avait désormais des certitudes et semblait obsédé par le péché.

« On voit bien qu'il ne connaît pas vraiment la vie », soliloquait Catherine, furieuse, tout en actionnant son métier.

Baptiste avait demandé des nouvelles de sa sœur aînée, sans manifester de réelle compassion à son égard. Tout le temps de sa visite, tandis qu'il faisait honneur à leurs maigres provisions, Élodie l'avait considéré d'un air effrayé.

Le comportement de la petite inquiétait Catherine. Déjà taciturne en temps ordinaire, elle était désormais quasiment muette. Elle vaquait aux tâches du ménage, aidait Catherine à tisser, toujours silencieuse, semblant chercher à se faire oublier.

Elle était jolie, pourtant, avec ses grands yeux gris, son teint très clair, sa bouche aux lèvres charnues. Mais, depuis plusieurs mois, elle se comportait comme si elle désirait se confondre avec les murs. Une petite souris, avait d'abord pensé Catherine, plutôt amusée. Cette attitude persistant, elle se posait des questions.

— Tu es malade ? finit-elle par demander à Élodie.

C'était un mot qu'on n'avait guère l'habitude de prononcer, dans la maison de la tisserande. Le travail était élevé au rang de religion. Si l'on se couchait dans la journée, c'était pour mourir, tout simplement. Catherine n'avait pas de mots assez cinglants pour stigmatiser la paresse de son beau-frère, qui préférait passer son temps au cabaret plutôt que de travailler. L'ouvrage ne manquait pas, pourtant ! Les réquisitions de l'ennemi avaient été si importantes qu'il fallait mettre les bouchées doubles.

Georges l'avait bien compris. Il sillonnait les routes d'Ardenne avec sa Vaillante toujours chargée de matériel hétéroclite. Les Allemands étaient intéressés par ses articles et l'on chuchotait qu'il réalisait de bonnes affaires.

— Élodie ! Je te parle ! s'impatienta Catherine.

La jeune fille considéra sa tante d'un air absent.

— Tout va bien, finit-elle par répondre.

Son ton manquait de conviction. Catherine soupira.

— Tu n'oublieras pas d'aller étendre le linge, lui recommanda-t-elle.

Les jours précédents, Élodie s'était activée avec la lessive. Les premiers beaux jours permettaient de laver le linge accumulé depuis des mois. Baptiste avait apporté ses chemises sales. Pour ça, il est bien content de trouver sa famille ! avait songé Catherine avec un soupçon d'amertume.

Elle vit passer sa nièce avec sa corbeille d'osier pleine, se leva et, depuis le seuil, jeta un coup d'œil critique au ciel pommelé. Logiquement, il ne devrait pas pleuvoir avant deux jours, ses douleurs lui accordaient un répit. Elle vit Élodie remonter la rue principale de Saint-Blaise en direction du pré communal, son panier posé au creux de la hanche. Elle éprouva une soudaine bouffée d'affection pour l'adolescente. Elle avait élevé les cinq enfants d'Aurélie et il ne restait plus qu'Élodie à la maison. La perspective de se retrouver seule un jour lui faisait peur.

Elle aperçut l'uniforme honni d'un Prussien au bout de la rue, n'y prêta pas vraiment attention. Les habitants de Saint-Blaise avaient fini, bon gré mal gré, par s'habituer à la présence des occupants.

Catherine ne comprit donc pas pour quelle raison Élodie paraissait si effrayée par le soldat.

Elle haussa les épaules avant de retourner à son ouvrage. Cette petite était parfois déconcertante. Elle avait fait preuve d'un grand courage pour ramener Gauthier à Sedan et, à présent, elle donnait l'impression d'avoir peur de son ombre. Que lui arrivait-il donc ?

Il faudrait qu'elle en parle à Joséphine.

Élodie pressait le pas, dans l'espoir de semer Gunther. Celui-ci la suivait obstinément, en l'accablant de mots prononcés avec un accent épouvantable. Depuis plusieurs mois, depuis qu'elle avait cédé à ses avances pour obtenir deux laissez-passer, le Prussien ne cessait de la harceler.

Lorsqu'ils eurent dépassé les dernières maisons, il s'enhardit à poser la main sur son bras.

— Quand la guerre sera finie, articula-t-il avec peine, moi emmener toi chez moi.

Élodie eut un haut-le-corps.

— Laissez-moi tranquille ! cria-t-elle.

Elle s'enfuit, poursuivie par le rire de l'Allemand. Elle détestait l'idée que des habitants de Saint-Blaise aient pu la voir en compagnie d'un ennemi. Elle avait longtemps souhaité mourir, en se disant qu'elle n'aurait jamais dû agir ainsi, même pour tirer Gauthier d'affaire. Après tout, elle ne l'avait pas revu, il n'avait fait que passer dans leur vie. Pourquoi avait-elle tenu à le sauver à tout prix ? Parce qu'elle avait manqué de courage le premier soir ?

Elle se sentait perdue. Il fallait qu'elle parle, décida-t-elle, qu'elle se confie à sa tante. Catherine saurait la conseiller.

Ragaillardie, elle rejoignit d'autres femmes du

village qui étendaient elles aussi draps et chemises sur le pré. Chacune veillait à ce que les pièces de linge soient bien tendues, afin de réduire le plus possible la corvée du repassage.

Sa tante avait appris à Élodie à replier très soigneusement les chemises d'homme et à les ranger en piles sous un poids de deux kilos. Elle aimait s'occuper du linge et rêvait de se placer. La ville, cependant, lui faisait peur.

Le silence se fit lorsque Élodie eut rejoint ses compagnes. Elle les considéra tour à tour d'un air douloureusement étonné avant de baisser la tête.

Elle savait pourquoi les autres réagissaient ainsi en sa présence. C'était à cause de Gunther.

Et malgré son jeune âge, elle savait aussi que, quoi qu'elle dise, on ne la croirait pas.

23

Il régnait dans le salon-atelier du photographe Amiot une atmosphère particulière, qui faisait dire à nombre de ses clients : « On s'y sent comme chez soi. »

On pénétrait dans la grande pièce après avoir traversé une antichambre au sol carrelé de noir et de blanc, aux murs ornés d'aquarelles. Les fenêtres de l'atelier, situé au premier étage, ouvraient sur l'église Saint-Charles.

On apercevait au loin la fabrique Poupart. Jean-Philippe avait toujours vécu dans cette maison héritée de ses grands-parents. Il s'y sentait bien, même s'il affectait de ne pas être attaché aux meubles ou aux lieux.

Lorsqu'il avait pris possession de l'appartement, il avait accordé tous ses soins à la décoration de l'atelier. Les murs étaient tapissés d'un papier gris perle sobrement ligné de bleu, la cheminée de marbre gris s'ornait d'une délicate pendule à colonnettes, le sofa bleu nuit était assorti à deux cabriolets recouverts du même velours. Les voilages légers, encadrés de doubles rideaux, permettaient de jouer à volonté avec la lumière qui, les jours de soleil, entrait à flots par les hautes fenêtres.

Tout comme son maître Nadar, Jean-Philippe privilégiait le sujet plutôt que le décor et œuvrait donc avec un minimum d'accessoires. Chez lui, pas de profusion de plantes vertes mais une simple colonne de marbre sur laquelle le modèle pouvait s'appuyer s'il en exprimait le désir, comme l'avait fait la comédienne Sarah Bernhardt dans l'atelier de Nadar, en 1864.

Un feu joyeux ronflait dans la cheminée en toute saison, au grand dam d'Augustine, la servante, qui prétendait que c'était très salissant. Il fallait reconnaître que, les jours de pluie, les clients de Jean-Philippe ne se souciaient guère d'essuyer leurs pieds afin d'épargner le tapis chinois bleu et blanc et les petits tapis de prière rapportés d'Afghanistan, disséminés dans la pièce.

Il faisait beau, en ce jour de juin, et Augustine ne pourrait pas grogner.

L'officier allemand venu se faire photographier deux jours auparavant observa les épreuves avec attention avant de se retourner vers Jean-Philippe.

— Félicitations, monsieur Amiot. Vous êtes décidément un maître.

Arno Hertzog, capitaine, jeta un regard appuyé aux portraits accrochés aux murs. Au-dessus de la cheminée, une jeune femme au visage mélancolique se contemplait dans un miroir.

— Cette personne ne m'est pas inconnue, remarqua l'officier, en fronçant les sourcils. On n'oublie pas une telle beauté, ajouta-t-il comme pour lui-même.

Jean-Philippe, amusé, se demanda quelle serait sa réaction s'il apprenait que la beauté en question lui servait d'assistante. Le jeune Marcel, en effet, était parti sur un coup de tête, ne supportant plus les réprimandes que lui valait son étourderie. En attendant de lui trouver un remplaçant, Jean-Philippe avait proposé à Joséphine de lui enseigner l'art du développement et, comme elle s'intéressait à tout, elle avait accepté avec enthousiasme. Elle se révélait d'ailleurs beaucoup plus douée que Marcel.

Le capitaine Hertzog se rapprocha du portrait.

— Je sais ! s'écria-t-il soudain.

Son visage s'altéra.

— J'ai rencontré cette jeune fille à Bazeilles dans des circonstances… hem… assez pénibles.

Gêné, il effila l'extrémité de ses moustaches.

— J'ai entendu parler d'un officier maîtrisant fort bien votre langue et ayant sauvé la vie des survivants de la maison Bourgerie, osa dire Jean-Philippe.

Le capitaine Hertzog soutint son regard.

— Ce n'était pas moi mais je suis, moi aussi, francophile et je me suis élevé contre cette tuerie. Cette jeune fille a perdu… quelqu'un qui lui était cher, je crois ?

Il ne parvenait pas à dissimuler sa curiosité.

— Ce jour-là, sa vie a été détruite, répondit Jean-Philippe.

Il n'avait pas l'intention d'en dire plus.

L'officier garda le silence durant quelques secondes avant de s'enquérir :

— Vous la connaissez bien ?

Jean-Philippe hésita. Pouvait-il dire oui alors

que Joséphine conservait une part de mystère ? En même temps, en travaillant avec elle, en la côtoyant presque quotidiennement, il avait l'impression d'être devenu l'un de ses amis.

— Je pense, finit-il par déclarer.

Le capitaine lui serra la main.

— J'aimerais lui présenter mes hommages. Croyez-vous que ce soit possible ?

Cette fois, Jean-Philippe n'eut pas la moindre hésitation.

— Non.

Le capitaine Hertzog baissa la tête.

— Bien sûr. Je comprends. Elle en veut à mon pays tout entier.

— Comment pourrait-il en être autrement ? osa Jean-Philippe.

Même si la situation, depuis l'année précédente, s'était quelque peu améliorée dans la France occupée, les maîtres du nouvel empire allemand, proclamé le 18 janvier dans la Galerie des Glaces à Versailles, se considéraient toujours comme en pays conquis.

L'officier poussa un profond soupir.

— Cette guerre n'a que trop duré. Dieu merci, le temps aidera à panser les blessures.

Si tu crois convaincre Joséphine avec des phrases toutes faites de ce genre, tu te trompes, mon pauvre vieux ! pensa Jean-Philippe, gouailleur.

— Je reviendrai, promit Hertzog en prenant enfin congé.

Jean-Philippe le suivit d'un regard songeur avant de retourner dans la chambre noire, où tout un jeu d'épreuves l'attendait. Il avait photographié

Joséphine le long du promenoir des prêtres et devant les fortifications.

Il savait qu'à plus ou moins long terme la place forte de Sedan serait démantelée, et il tenait à garder un souvenir de la ville avec ses bastions et ses remparts.

Il s'enferma dans le cabinet jouxtant son atelier. Il aimait particulièrement l'instant où il voyait apparaître le visage de la jeune femme lentement sur la surface du papier.

Il avait alors le sentiment d'avoir Joséphine pour lui seul.

Gauthier observait avec attention les bâtiments de la fabrique Sénéchal, sise en bord de Meuse.

« Il y a tout à refaire », lui avait dit Adrien, son camarade de captivité.

C'était quelque peu exagéré, mais il ne pouvait contester le fait que d'importants travaux s'imposaient.

— Ma femme et l'une de ses amies ont assisté le docteur Martin ici, au début de septembre, indiqua-t-il à Adrien.

Chaque fois qu'il regardait l'héritier de la fabrique Sénéchal, Gauthier se disait qu'il était pratiquement impossible de deviner son secret. Comme ses compagnons, Adrien était revenu épuisé et amaigri des mois de captivité passés au camp de Stettin, mais sa combativité était intacte.

« On attend de moi que je redresse très vite l'entreprise familiale », avait-il confié à Gauthier. Avant d'ajouter : « Je t'embauche. »

L'ancien laineur avait ricané pour dissimuler son amertume.

« M'embaucher, moi ? Pour quoi faire ? Tu n'as pas besoin d'un manchot ! »

À Stettin, tout le monde se tutoyait. C'était la règle. Une façon de faire front tous ensemble contre les gardiens, souvent brutaux.

Adrien avait soutenu le regard désabusé de son camarade.

« J'ai besoin de quelqu'un qui connaisse le métier à fond. Tu dois bien avoir gardé des amis tondeurs, non ? Il me faudra les meilleurs. »

Gauthier avait esquissé un sourire teinté de cynisme.

« Si tu as de quoi bien les payer... »

Le visage d'Adrien s'était fermé.

« Ça, c'est mon problème. »

— C'est une belle fabrique, apprécia Gauthier.

À la différence de la plupart des maisons de drap, l'entreprise Sénéchal était excentrée, située non loin du Dijonval. La famille d'Adrien, installée là depuis la fin du XVIIe siècle, avait acquis au cours des années de nombreux terrains, ce qui lui avait permis de bâtir un pavillon en bord de Meuse. La fabrique, en forme de U, suivant le plan traditionnel, avait une façade austère sur la rue tandis que le côté cour s'ornait de nombreux mascarons et agrafes, tous différents, dans le pur style Louis XV.

Il se dégageait de l'ensemble des bâtiments une impression de prospérité discrète. Malheureusement, un obus tombé sur l'un des côtés avait causé des dégâts importants, soufflant les vitres et provoquant un incendie.

Adrien Sénéchal entraîna Gauthier, en le prenant familièrement par son bras valide.

— Viens, mon vieux, je vais te présenter à la famille.

Il refusa d'écouter les protestations du laineur.

— Ne me bassine pas avec tes histoires de mondes différents, lui dit-il. Nous revenons du même camp, où nous nous sommes soutenus mutuellement. Pour moi, c'est tout ce qui compte.

Quel homme est-il vraiment ? se demanda une nouvelle fois Gauthier, intrigué. À Stettin, Adrien Sénéchal et lui avaient joué un rôle de meneurs. Malgré leurs efforts, cependant, ils n'avaient pu sauver Robert, qui n'avait pas résisté au froid et à l'épuisement. Paulo lui-même, qui avait toujours une chanson ou une citation aux lèvres, avait failli mourir du typhus et était revenu dans un triste état. La libération des prisonniers s'était étalée sur plusieurs semaines. En quittant le camp, Gauthier n'avait pu s'empêcher de jeter un long regard derrière lui. Il avait appris beaucoup de choses sur la nature humaine en trois mois de captivité. Dieu merci, leur groupe de Sedanais était resté solidaire.

Il emboîta le pas à Adrien qui se dirigeait vers un bâtiment au fond de la cour. Il ne comportait qu'un étage, mais sa façade était elle aussi agrémentée d'agrafes toutes différentes les unes des autres.

Adrien Sénéchal se retourna vers Gauthier. Ses yeux riaient.

— Surtout, ne te formalise pas. Ma famille est un peu… excentrique, comme on dit à Londres.

Gauthier, sa casquette à la main, le suivit à l'intérieur de ce qu'Adrien avait nommé « le Logis », tout en se demandant ce que pouvait bien dire le mot « excentrique ».

Il le devina en faisant la connaissance de la tante d'Adrien. La vieille dame avait un visage étonnamment lisse sous ses cheveux blancs tressés et coiffés en couronne. Elle travaillait à une tapisserie au petit point et s'empressa d'ôter ses bésicles dès qu'elle entendit du bruit dans le hall.

— Tante Agathe, je vous présente mon ami Gauthier…

Adrien se mit à rire.

— Bon sang ! Je ne connais même pas ton nom de famille ! s'écria-t-il.

Le laineur sourit.

— Gauthier Courtois. Bonsoir, madame.

Il aurait dû se douter qu'il s'agissait d'une vieille demoiselle. Elle pinça les lèvres.

— Mademoiselle Sénéchal, corrigea-t-elle.

Une autre personne se tenait devant la fenêtre. Un vieil homme, au regard vide, dont les mains appuyées sur le pommeau de la canne tremblaient.

Cette fois, Adrien Sénéchal ne procéda pas aux présentations.

— Mon grand-père, déclara-t-il brièvement. Il attend.

Gauthier écarquilla les yeux.

— Il attend… et quoi donc ?

— Le retour de l'empereur, expliqua le maître de fabrique avec une pointe d'impatience. Grand-père tient à lui dire ce qu'il pense de sa campagne catastrophique.

— Mais il n'y a plus d'empereur, il est exilé, balbutia Gauthier, dépassé.

Adrien Sénéchal haussa les épaules.

— Si l'on devait accorder quelque importance à ces détails !

Brusquement, Gauthier eut envie de rire. La scène avait quelque chose d'irréel après leur captivité. Comme si la tante et le grand-père d'Adrien étaient restés isolés durant ces derniers mois.

Un jappement aigu le fit tressaillir. Un petit chien tout blanc sauta sur les genoux de mademoiselle Agathe.

— Sage, Pickwick ! lui ordonna-t-elle. Tu ne sais pas, Adrien ? Ce petit monstre a encore rapporté un os du fond du parc. C'est d'un macabre ! Tu iras en parler aux autorités, n'est-ce pas ?

— Quelle histoire ! conclut Gauthier le soir même, avec Alice et Joséphine.

Tous trois dînaient chez la jeune femme, ou plutôt pique-niquaient car, de son propre aveu, Joséphine était incapable de faire cuire un œuf !

— Tu vas vraiment travailler pour lui ? questionna Alice.

Elle avait de la peine à se faire à l'idée que « son homme », comme elle disait, ne l'accompagnerait plus à la fabrique de la Licorne. Il n'était pas question, en effet, pour Gauthier de reprendre son métier de laineur avec un seul bras valide.

Il opina du chef. Il ne pouvait pas laisser passer une telle offre. Qui d'autre lui proposerait du travail ?

— Nous serons logés sur place, ma mie, dit-il à Alice. Concierge… tu imagines ? C'est moi qui vais contrôler toutes les allées et venues…

— Je ne connais pas cette fabrique, l'interrompit Joséphine.

— Mais si !

Alice hésita, ne sachant si elle devait lui rappeler d'aussi tragiques souvenirs.

— Tu étais avec moi, quand nous aidions le docteur Martin, en septembre…

Joséphine se mordit la lèvre. Elle se revoyait, en compagnie d'Alice, au bord de la Meuse. Épuisées, les deux jeunes femmes étaient venues se reposer quelques minutes au bord du fleuve. À une centaine de mètres, le docteur Martin continuait d'opérer, de sonder les plaies, de suturer. Tout Sedan sentait la mort.

Elle entendait encore Alice lui demander ce qu'elle allait faire.

« Je le garde et je l'élève », avait-elle répondu, parlant de son enfant.

La haine la submergea d'un coup. Il faudrait bien que Félicité Desprez paie un jour…

— Je ne me rappelle plus très bien, mentit-elle.

— Tu viendras avec nous, proposa Gauthier. Je te présenterai Adrien Sénéchal.

Joséphine acquiesça d'un sourire.

Ce drapier pourrait bien se révéler une relation des plus utiles.

24

Le sacristain de l'église Saint-Charles se demanda pour quelle raison la mariée venait de lui décocher un regard meurtrier. D'ordinaire, les jeunes filles remontaient la nef en rougissant et en gardant les yeux baissés. Celle-ci n'était pas comme les autres. Belle à se damner, avec ses cheveux fauves que le voile en point de France ne parvenait pas à dissimuler, une silhouette que sa robe de soie ivoire mettait particulièrement en valeur. Elle remontait la nef au bras d'un homme trapu qui semblait un peu gêné aux entournures dans son costume du dimanche. Drôle de noce, d'ailleurs, pensa le sacristain, avec une assistance clairsemée. Quatre personnes du côté du marié. La mariée était mieux représentée, mais sa famille et ses amis étaient endimanchés, et semblaient se demander ce qu'ils faisaient là. Oui, en vérité, un curieux mariage.

Il avait aussi remarqué que la mariée était au courant des usages traditionnels. Elle avait en effet levé d'abord le pied droit pour monter les marches menant à l'église. Grâce à cette précaution, elle partagerait avec son mari l'autorité dans le ménage.

Le mari avait belle allure, lui aussi, dans son habit

noir et sa chemise immaculée à col cassé. L'héritier de la fabrique Sénéchal portait beau, même si des bruits fâcheux avaient couru sur lui quelques années auparavant.

Haussant les épaules, le sacristain se retira dans son domaine. On ne lui ôterait pas de l'idée qu'il s'agissait d'un mariage arrangé. D'ailleurs, la mariée ne pleurait même pas. Les yeux secs, elle fixait le père Vallon comme si elle le défiait. De quoi exactement ?

Debout au fond de l'église, Jean-Philippe contemplait Joséphine en se demandant s'il n'aurait pas dû se montrer plus insistant. Fidèle à sa position de meilleur ami, il s'était contenté de mettre en garde la jeune femme contre cette union précipitée.

Avait-on idée d'épouser un homme qu'on connaissait à peine ? Joséphine avait ri, d'un drôle de rire, un peu amer, qui ne lui ressemblait pas.

« Jean-Philippe, mon ami… laissez-moi agir à ma guise, et ne vous faites pas de souci pour moi. Je sais ce que je fais. »

Il ne pouvait s'empêcher d'en douter, cependant. Certes, la demande en mariage d'Adrien Sénéchal était inespérée pour une fille de tisserands mais, précisément, elle était assez surprenante pour qu'on se pose fatalement des questions. D'après ce que lui avait confié Joséphine, tout s'était enchaîné très vite. Elle avait fait la connaissance de Sénéchal par l'intermédiaire de Gauthier. Le drapier était tombé sous le charme et avait aussitôt entrepris de faire sa cour. On les avait vus, Joséphine et lui, se promener le long du quai de la Régente et sur les fortifications, puis Joséphine avait été invitée au Logis par mademoiselle Agathe. On avait chuchoté en ville que la belle recevait des fleurs chaque jour. Jean-Philippe en avait profité pour réitérer ses conseils de prudence. Le fils Sénéchal avait un passé de noceur, il risquait fort de la rendre malheureuse. Joséphine avait souri. Un sourire démenti par la mélancolie de ses yeux.

« De toute manière, lui avait-elle dit, vous savez que Jérôme restera le seul homme que j'aie aimé. Quitte à faire une fin... autant que ce soit avec un drapier ! »

Il n'aimait pas la voir affecter ce cynisme. Il le lui avait dit. Elle s'était dressée sur la pointe des pieds, avait piqué un baiser sur sa joue.

« Vous viendrez au Logis, Jean-Philippe. Promis ? Vous verrez, mademoiselle Agathe a un perroquet. Il ressemble au tableau, dans votre chambre. »

Si Adrien apprenait un jour à quoi avait tenu son accord... À cet oiseau. Adrien... Joséphine le regarda à la dérobée. Il paraissait plus que ses trente-deux ans, avait le teint coloré de ceux qui apprécient le bon vin. Pourvu qu'il n'en abuse pas ! pensa-t-elle, toujours marquée par les excès de son père.

Ce dernier n'était pas venu, au grand soulagement de Joséphine. La veuve mariait son fils à Grandpré, il lui avait donné la préférence.

« Au moins, nous serons entre nous », avait commenté Catherine.

Elle avait beau refuser de se laisser impressionner par le beau mariage de sa nièce, elle avait écrasé une larme quand Joséphine les avait emmenées, Élodie, Suzon et elle, chez sa couturière de Charleville. L'atelier de mademoiselle Eva était situé dans la rue Thiers, près de la place Ducale. C'était une personne d'une soixantaine d'années, qui maîtrisait l'art de la coupe et avait la passion des couleurs. Quand Catherine avait découvert le taffetas puce que la couturière lui destinait, elle avait poussé les hauts cris. D'abord, elle ne portait que du noir.

« C'est une erreur », avait répondu mademoiselle Eva sans se laisser démonter.

Élodie, elle, ne disait mot. Elle observait les tissus, la faille, le velours, les bobines de fil d'un air ébloui.

Timidement, elle avait risqué : « J'aimerais bien travailler là un jour », et mademoiselle Eva l'avait prise au mot : « Si tu veux… j'ai besoin d'une apprentie. »

Elle avait énoncé ses conditions d'une voix nette. Conditions qu'Élodie avait acceptées, sans même consulter sa tante ou sa sœur aînée. Quitter Saint-Blaise, ne plus devoir subir le harcèlement de Gunther, ni les commérages… elle en rêvait !

Même si tout n'était pas rose chez la couturière en vogue, Élodie ne regrettait pas sa décision.

Le sermon du prêtre parvenait de façon lointaine aux oreilles de Joséphine. Était-elle réellement prête à épouser cet homme, un quasi-inconnu, à l'aimer et à lui être fidèle jusqu'à ce que la mort les sépare ? L'aimer, c'était impossible.

Elle ne lui avait pas parlé de Jérôme, estimant que son passé ne le concernait pas. Ne racontait-on pas qu'avant la mort de son père Adrien Sénéchal allait s'encanailler jusqu'à Paris ?

Elle sentit les regards de l'assistance fixés sur elle tandis qu'il lui passait la bague au doigt. Catherine lui avait fait la leçon : elle devait replier légèrement l'annulaire afin qu'Adrien ne puisse pas enfoncer l'anneau trop profondément. Sinon, il se révélerait un tyran domestique.

« Ta mère n'a pas voulu m'écouter, on a vu ce que ça a donné », avait conclu sa tante, d'un ton plein d'amertume.

Était-ce cela le mariage ? se demanda Joséphine, le cœur étreint d'une sourde angoisse. Une rivalité constante, une lutte d'intérêts ? Avec Jérôme, il ne s'était jamais rien passé de tel. Mais... Jérôme l'aurait-il épousée ?

Sur le parvis, tandis que les cloches carillonnaient à la volée, elle fut bouleversée de voir le docteur Martin s'avancer vers elle.

— Je vous souhaite beaucoup de bonheur, lui dit-il simplement.

Elle se mordit les lèvres pour ne pas éclater en sanglots.

Elle avait partagé tant de souvenirs avec le médecin...

Gauthier lui tapota la main. Jusqu'au jour du mariage, il s'était demandé s'il devait parler, mettre Joséphine en garde. Il n'en avait pas soufflé mot à Alice. Les femmes, à commencer par la sienne, étaient toujours trop bavardes. Il s'était contenté de ruminer tout seul dans sa loge. Le travail lui plaisait bien. Il était redevenu un homme debout grâce à Sénéchal. S'il alertait Joséphine, Adrien connaîtrait fatalement le nom du responsable. Or, Gauthier ne voulait pas perdre sa place. Il éprouvait tout de même un vague remords. Joséphine avait déjà eu sa part de malheur dans la vie. Elle était belle, pourtant, et Sénéchal la couvait d'un regard de propriétaire.

Il eut envie de hausser les épaules. Elle s'en sortirait. Comme toutes les jolies femmes.

« C'est trop beau pour être vrai », avait fréquemment répété Catherine depuis que Joséphine lui avait annoncé la demande en mariage d'Adrien Sénéchal.

La jeune femme y songeait, tout en contemplant le parc glacé. La lune presque pleine, voilée d'un halo de brume, éclairait d'une lumière floue les saules penchés au-dessus de la Meuse. Joséphine avait froid, et elle avait compris qu'elle ne devait pas attendre un quelconque réconfort de la part d'Adrien.

Elle se détourna de la fenêtre, marcha jusqu'à la table à ouvrage sur laquelle Maria, la servante, avait posé la corbeille offerte par Adrien. Comme elle avait été fière, le matin, en découvrant ce coffret doublé de satin blanc, comprenant une pièce de soie, des dentelles, un collier orné de topazes, un manchon de fourrure, le tout surmonté d'un gros bouquet de lys et de roses !

Elle n'imaginait pas alors que, quelques heures plus tard, elle courrait affolée à travers le Logis en suppliant qu'on vienne secourir son époux.

Le repas de noces s'était déroulé sans fausse note. Les ouvriers de la fabrique étaient venus leur lire un compliment bien tourné et ils avaient pris congé de leurs invités. Joséphine essayait de se persuader qu'elle n'avait pas peur. Adrien l'aimait, cela devait faciliter les choses. Ils avaient bu du vin de Champagne dans des coupes en cristal. Elle avait eu comme un recul en voyant Adrien le col ouvert, mais elle s'était reprise. Il avait tenu parole en l'épousant. À elle d'exécuter sa part du contrat.

Tel était le discours qu'il lui avait tenu, en titubant légèrement. Elle avait lu le mépris dans ses yeux bleus, et cela l'avait blessée.

« Il me faut très vite un fils », avait-il ajouté, en l'attirant vers lui et en déchirant sa fragile guimpe de dentelle.

Elle avait hurlé. Il l'avait giflée en retour. Un coup brutal, pour faire mal. Elle venait de constater dans le miroir qu'elle avait une ecchymose sur la joue, qui bleuissait. Sur l'instant, elle n'avait pas compris ce qui se passait. Elle l'avait vu blêmir, puis s'effondrer sur le sol, saisi de convulsions. Impuissante, terrifiée, elle avait appelé à l'aide.

Mademoiselle Agathe était très vite arrivée dans la chambre.

« Laissez-moi faire », avait-elle ordonné d'un ton sans réplique.

Casimir, le valet d'Adrien, accouru lui aussi, l'avait retourné sur le côté en prenant beaucoup de précautions. Penché sur son maître, il avait glissé un coussin sous sa tête.

Pendant ce temps, mademoiselle Agathe versait plusieurs gouttes d'un remède dans un gobelet en étain. Éberluée, Joséphine suivait leurs gestes sans comprendre ce qui se passait.

« Une attaque du haut mal, avait enfin consenti à lui expliquer mademoiselle Agathe. Dans ces moments-là, il faut veiller à ce qu'il ne se blesse pas et lui faire avaler dès que c'est possible du bromure, son médicament... Vous n'allez tout de même pas vous évanouir ? avait-elle repris méchamment. Vous apprendrez à le soigner, c'est votre devoir, désormais. »

Le haut mal... Joséphine avait déjà entendu Catherine utiliser cette expression, à propos d'un gamin qu'on disait possédé.

« Il ne faut pas écouter les autres, ce sont des ignorants, lui avait expliqué sa tante. Le petit Pierre est le premier à souffrir. C'est une maladie, voilà tout. »

Elle y songeait, en contemplant le corps de son mari parcouru de soubresauts. Son mari... Sa joue la brûlait. Elle n'avait pas l'intention de supporter ses coups. Elle comprenait mieux, à présent, pour quelle raison il l'avait épousée, elle, une fille de tisserands. Toutes les familles bourgeoises de Sedan devaient connaître l'existence de sa maladie et lui avoir refusé la main de leurs héritières. Ayant besoin d'un fils, comme il le lui avait dit, et avec quelle muflerie, il s'était rabattu sur elle, certainement à cause de sa beauté.

Une union de dupes, se dit Joséphine, la bouche emplie d'amertume.

De toute manière, elle n'avait plus le choix. « Comme on fait son lit, on se couche », aimait à répéter Catherine.

Joséphine avait tendu la main.

« Donnez-moi le gobelet, avait-elle dit, d'une voix unie. Je lui ferai boire son remède. »

Elle supposait que mademoiselle Agathe n'utilisait pas de verre afin d'éviter que son neveu ne se blesse. La vieille demoiselle l'avait jaugée du regard.

« Vous êtes sûre de pouvoir tenir ? Vous me semblez bien pâle…

— Je suis plus forte que je ne le parais », avait répondu la jeune femme.

Elle tiendrait bon. Pour la fabrique.

QUATRIÈME PARTIE

Au fil des ans…

25

1873

Il faisait très beau en cette matinée du 25 juillet 1873 et, malgré les sarcasmes d'Adrien qui lui reprochait de se comporter comme des milliers de badauds, Joséphine n'avait pu résister à la tentation de se placer sur le chemin du cortège.

L'avait-on assez attendu, ce départ des troupes d'occupation ! Près de trois années, qui avaient compté double à la fin de 1870, quand les réquisitions et la répression s'étaient renforcées, ainsi qu'au cours des derniers mois. En effet, les Ardennes, libérées en dernier, juste avant Verdun, redoutaient toujours que l'ennemi ne se ravisât. Déjà, l'évacuation de la Champagne et d'une partie de la Thiérache avait eu pour conséquence un afflux massif de soldats dont les chefs énuméraient des revendications exorbitantes. Heureusement que les consignes de Bismarck y avaient mis bon ordre ! Pour une fois, la rigueur du chancelier avait été appréciée comme il se devait.

Elle s'était préparée derrière les volets clos de sa chambre, passant sur son corset une robe neuve en soie vert bronze, chaussant des souliers de daim grège. Elle était devenue de plus en plus coquette, comme pour oublier le fiasco de sa vie conjugale. Chaque fois qu'elle évoquait son mari, tout son corps se crispait.

Elle avait vite compris qu'aucun drapier n'aurait accepté d'accorder la main de sa fille à un homme comme Adrien Sénéchal. Des bruits couraient depuis longtemps au sujet de ce qu'on nommait pudiquement « un souci de santé », sans prononcer le mot épilepsie, qui faisait trop peur. Durant les deux dernières années, Joséphine avait eu le loisir de se documenter sur cette maladie. Elle s'était adressée au docteur Martin, en qui elle avait toute confiance. Il lui avait expliqué que le nom « épilepsie » venait d'un mot grec signifiant « possession » et que la peur causée par cette affection avait certainement des raisons historiques, les anciens la considérant comme un phénomène surnaturel.

Il lui avait cité en souriant, comme pour la rassurer, les noms d'Alexandre le Grand, de Jules César et de Socrate. Elle avait fait la moue. Le passé lui importait peu. C'était la santé d'Adrien qui la préoccupait.

Le docteur Martin n'avait pas cherché à éluder ses questions. Il lui avait parlé d'Hippocrate qui, le premier, avait pensé que, loin d'être une possession sacrée, l'épilepsie était un trouble du cerveau. Il avait cependant fallu attendre le XIXe siècle pour qu'on assiste à des recherches approfondies dans ce domaine. Même s'il ne soignait pas personnellement Adrien Sénéchal, le docteur Martin estimait lui aussi que le bromure, préconisé en 1857 par sir

Charles Locock comme traitement de l'épilepsie, constituait un remède efficace.

« Dans ces conditions, pourquoi les crises sont-elles aussi fréquentes ? » avait osé lui demander Joséphine.

Le médecin l'avait considérée avec un peu plus d'attention. La jeune femme était toujours d'une grande beauté, mais son éclat semblait s'être terni.

Il avait tenté de lui faire comprendre qu'un épileptique devait mener une vie particulièrement saine et équilibrée. Ce qui ne paraissait pas être le cas de Sénéchal, connu pour boire beaucoup plus que de raison !

« L'alcool constitue un véritable poison », avait-il conclu.

Joséphine, troublée, n'avait rien répondu. Elle avait appris à redouter les petits matins, quand Adrien, de retour d'une de ses « virées » nocturnes, venait la rejoindre dans la chambre conjugale. Il était tellement ivre que, la plupart du temps, il ne parvenait pas à ses fins et s'effondrait en travers du lit.

Le cœur au bord des lèvres, la jeune femme se levait précipitamment et allait se réfugier dans le petit salon, où elle s'était installé un bureau.

Parfois, cependant, elle n'avait pas cette chance. Elle avait horreur des nuits durant lesquelles il la possédait avec une sorte de rage, comme s'il avait cherché à la détruire, mais elle redoutait plus encore ses terribles crises.

C'était plus fort qu'elle, elle ne réussissait pas à surmonter la peur panique qui la submergeait.

« C'est très impressionnant », avait reconnu le

docteur Martin. Il ne pouvait que lui recommander d'attendre la fin de la crise, en veillant à ce qu'il ne se blesse pas. Pour sa part, il préconisait de glisser un coussin sous la tête du malade.

Joséphine avait acquiescé, de façon machinale. Comment aurait-elle pu lui confier que, malgré ses efforts, elle avait beaucoup de peine à s'imposer au Logis ? Certes, le grand-père d'Adrien, qu'elle appelait « monsieur Achille », était bon pour elle et lui témoignait son affection par des attentions touchantes, mais mademoiselle Agathe continuait à régenter la maison. Elle avait un ascendant certain sur son neveu. Ne prétendait-elle pas être la seule à pouvoir calmer ses crises ? Ce qui était faux, d'ailleurs. Elle se contentait, tout comme le faisait Joséphine, d'attendre la fin des convulsions, en veillant sur lui. Joséphine avait fini par s'effacer. Ce qui faisait dire à Adrien, le lendemain : « Décidément, je ne puis guère compter sur vous ! »

Elle ne répondait rien, affectant l'indifférence. Après avoir beaucoup pleuré, elle avait décidé de ne plus se laisser entamer par ses sarcasmes ou même ses insultes. Elle avait compris, en effet, qu'il prenait plaisir à l'humilier et à vérifier, grâce à l'altération de sa voix, ou à ses larmes, qu'il avait toujours le pouvoir de la blesser. Leur mariage, qu'elle avait imaginé comme une union basée sur la raison, devenait duel, affrontement.

Joséphine ne put réprimer un frisson au souvenir de la dernière scène qui les avait opposés. Cette nuit-là, elle avait décidé de faire chambre à part et de s'installer dans une pièce du rez-de-chaussée, qui ouvrait directement sur le jardin. Mademoiselle

Agathe avait eu beau pousser les hauts cris, la jeune femme n'avait pas cédé. Elle n'avait pu s'opposer, cependant, à l'irruption brutale de son mari dans la chambre, à quatre heures du matin.

Elle eut comme un éblouissement en voyant apparaître sous le soleil les premiers soldats du 90e de ligne et le drapeau tricolore. Cela faisait près de trois ans que Sedan était occupée ! La veille, les Allemands avaient quitté la ville, par le faubourg du Ménil, dans un silence pesant. Les Sedanais avaient l'impression, en effet, que s'ils manifestaient trop bruyamment leur joie, la situation risquait encore de basculer.

Dès qu'ils furent partis, ce fut comme une houle qui parcourut la ville. Le maire de Sedan, Edmond Gollnisch, accrocha lui-même le drapeau français au balcon de l'hôtel de ville. Les maisons furent toutes pavoisées. Une atmosphère de fête gagna la cité drapière, se propageant de quartier en quartier.

— Joséphine !

Elle sursauta en s'entendant héler, se retourna. Debout sur une borne, Jean-Philippe gesticulait. Elle le rejoignit en jouant des coudes dans la foule.

— Que faites-vous ici ? s'enquit-elle, sans même le saluer. Je vous croyais en Belgique !

Il esquissa un demi-sourire.

— J'étais à Paris.

Il se pencha, lui baisa le bout des doigts.

— Vous m'avez manqué, Joséphine.

Même s'il ne le lui dit pas, elle lut dans ses yeux qu'il la trouvait changée. La vie aux côtés d'Adrien Sénéchal l'avait endurcie, elle comprenait mieux Catherine et la défiance que lui inspirait la gent masculine. Sa tante avait d'ailleurs certainement deviné qu'elle n'était pas heureuse en ménage, car elle lui avait répété à plusieurs reprises que l'argent n'était pas tout dans la vie. Malgré l'affection qui les unissait, Catherine ne pouvait pas comprendre.

Joséphine et Jean-Philippe échangèrent un regard hésitant.

— Cette foule en grand tapage me donne le tournis, déclara-t-il tout à trac. Voulez-vous m'accompagner boire un rafraîchissement place Turenne ?

Jean-Philippe, voyant que la jeune femme hésitait, lança, sur le ton de la boutade :

— Rassurez-moi, Joséphine. Vous vous moquez toujours autant du qu'en-dira-t-on, j'espère ? Dès notre première rencontre, j'ai été séduit par votre liberté d'esprit.

Elle eut honte, soudain, de toutes ces soirées passées à trembler, en attendant le retour bruyant du maître de maison. Qu'avait-il fait d'elle ? Une femme soumise, effrayée par ses crises, par sa violence.

Elle prit une longue inspiration.

— Emmenez-moi plutôt chez vous, suggéra-t-elle.

Il faisait bon dans le salon-atelier. Les volets clos avaient préservé une fraîcheur bien agréable par ce temps de canicule. Joséphine jeta un rapide coup d'œil autour d'elle, comme si elle éprouvait le besoin de se rassurer en constatant que rien n'avait changé.

— J'ai beaucoup de souvenirs, ici, murmura-t-elle d'une voix lointaine.

Jean-Philippe sourit.

— Vous permettez que je vous photographie ? Il y a si longtemps…

Elle ne le lui aurait avoué à aucun prix, mais elle avait plus d'une fois regretté l'époque où elle lui servait de modèle. Une solide amitié, ainsi qu'une complicité à toute épreuve, les unissait alors.

— J'ai changé, murmura-t-elle.

À vingt-trois ans, elle se sentait vieille. Était-ce possible ? Jean-Philippe la serra contre lui, gauchement.

— Si vous me racontiez…

Elle recula. L'espace d'un instant, son regard s'affola. Il ouvrit la bouche pour lui demander ce qui se passait, tenter de la rassurer. Quelque chose dans ses yeux l'en empêcha. Sensible à sa prière muette, il enchaîna, comme si de rien n'était, sur Augustine qui, malgré ses grands principes, s'était mise en ménage avec un cocher de Charleville.

— Je ne regretterai pas son sale caractère, mais au moins je m'y étais habitué, ironisa-t-il. Retrouver une servante, lui expliquer comment fonctionne la maison… voilà bien le genre de besogne que je déteste.

Joséphine rit de bon cœur.

— Vous savez, il y a bien pire ! Adressez-vous donc à Firmin, le concierge de la Licorne. Il connaît tout le monde, dans le quartier. Il saura vous dénicher la perle rare.

Il hocha la tête avant de lui proposer à boire. Elle accepta un verre de sirop d'orgeat.

— Vous savez que la Licorne ne se porte pas au mieux ? reprit-il.

Elle demeura impassible.

— J'en ai entendu parler, en effet. Charles Desprez a quelques problèmes de santé, je crois.

C'était dit d'un ton uni. Oui, elle avait beaucoup changé, pensa Jean-Philippe, décontenancé. Avant, il pouvait lire ses sentiments sur son visage. À présent, elle se gardait bien de les laisser voir. Elle avait appris la prudence. À quel prix ?

— Recevez-vous beaucoup, au Logis ?

Elle fit la moue.

— Trop peu, à mon goût. Je ne connais pas d'amis à Adrien. Mademoiselle Agathe consacre une bonne partie de son temps à ses œuvres.

— Et vous ?

La question de Jean-Philippe avait fusé.

— Moi ? répéta Joséphine, presque surprise qu'il s'intéresse elle. Je m'occupe de la fabrique, bien sûr.

Elle entreprit aussitôt de lui décrire ses activités. La présence de Gauthier à la loge lui avait permis de s'intéresser de près à la manufacture. Elle avait fait la connaissance de Gabriel Baron, le directeur, qui avait pris le pli de décider seul, Adrien lui ayant laissé les coudées franches. Joséphine avait discuté longuement avec lui, avait lu les nombreux ouvrages de la bibliothèque du Logis traitant des draperies. Au terme de plusieurs semaines, s'estimant moins novice, elle s'était aventurée dans la fabrique. Malgré une situation géographique différente – la manufacture Sénéchal, excentrée, possédait un parc descendant en pente douce jusqu'à la Meuse, alors que la superficie de la Licorne était limitée par les fortifications –, les deux fabriques fonctionnaient suivant le même modèle.

Au rez-de-chaussée étaient installés les laineurs,

dans des celliers pavés. Les boutiques des tondeurs se tenaient au premier. Aux deuxième et troisième étages, on trouvait les ateliers bien éclairés des nopeuses et des rentrayeuses qui, tout au long de la journée, traquaient le moindre défaut dans les draps. Tout en haut, enfin, les immenses greniers, aux fenêtres mansardées, où l'on mettait les laines à sécher sur des perches.

Elle confia à Jean-Philippe que, pour la première fois, elle avait osé pénétrer dans le domaine des tondeurs, les seigneurs des draperies. Ceux-ci, taillés en force, gagnaient les salaires les plus élevés.

— Est-ce vraiment un monde pour vous ? lui demanda Jean-Philippe.

Il ne la reconnaissait pas. Il avait l'impression d'avoir en face de lui une autre Joséphine, qui s'était endurcie pour ne pas s'effondrer.

Elle esquissa un sourire empreint de douceur et de mélancolie qui suscita en lui le désir irrépressible de la serrer dans ses bras.

— C'était le seul moyen de survivre, avoua-t-elle.

26

1874

Produire. Il fallait produire. C'était le maître mot pour tenter d'effacer le désastre de 1870, la honte de la débâcle. Les fabriques s'efforçaient de se redresser tant bien que mal après plusieurs mois de fermeture et près de trois années de fonctionnement au ralenti.

Joséphine releva la tête et échangea un sourire avec monsieur Jeoffret, qui tenait les comptes de la manufacture Sénéchal depuis des lustres.

— Il faudrait trouver un fournisseur espagnol plus sûr que Serrano-Lopez, déclara-t-elle. À moins que nous ne nous intéressions aux laines d'Australie…

Le comptable acquiesça.

— J'en ai déjà parlé plusieurs fois à monsieur Adrien. Mais ce n'est pas sa préoccupation première.

Joséphine réprima un ricanement amer. Elle avait compris depuis longtemps que son mari ne recherchait que son seul plaisir. Lorsqu'il n'était pas à Reims ou à Paris, où il dépensait sans compter, il avait ses habitudes dans une maison accueillante située non loin de la Petite Venise.

Tout finissait par se savoir, et mademoiselle Agathe semblait avoir pris beaucoup de plaisir à informer Joséphine de son infortune. La vieille demoiselle en avait été pour ses frais, car la jeune femme était restée impassible.

Elle fronça les sourcils, désireuse de chasser cette pensée importune. Il y avait beau temps qu'elle avait cessé de se soucier de son époux !

— La Licorne est maîtresse de ses approvisionnements, je crois, poursuivit Joséphine.

Elle ne prononçait jamais le nom de famille des Desprez.

Monsieur Jeoffret jeta un coup d'œil à ses grands livres avant de glisser :

— Monsieur Desprez avait passé un accord avec son fournisseur. Je ne sais s'il sera reconduit après sa mort.

— Son état de santé est donc si grave ?

L'employé esquissa une moue dubitative.

— On le chuchote en ville, en tout cas. Le docteur Martin se rend à la Licorne deux fois par jour, et madame Desprez aurait déjà tout organisé en vue des obsèques...

Joséphine se mordit la lèvre. Elle avait failli dire que « Madame Mère » en était tout à fait capable. Même si elle la gardait secrète, sa haine demeurait intacte.

— Nous devons nous battre pour conquérir de nouveaux marchés, réfléchit-elle à haute voix. Si seulement...

Elle n'acheva pas sa phrase. De toute manière,

monsieur Jeoffret savait aussi bien qu'elle qu'Adrien jouait les parasites et ne faisait rien pour développer la fabrique. Un homme comme Charles Desprez avait multiplié les voyages à l'étranger. C'était la base du succès de la Licorne, dans les années fastes du milieu du siècle.

— Grâce à vous, la qualité est bien meilleure, fit remarquer Jeoffret.

Joséphine sourit. Elle avait été à bonne école. Elle savait en effet juger et contrôler le travail.

Les tisserands qui franchissaient la grande porte cochère de la manufacture Sénéchal avec leur brouette ou leur hotte avaient vite compris que la nouvelle patronne ne laissait rien passer. Elle avait l'œil pour repérer les duites, les clairières, les pas d'Angleterre, tous ces mots désignant les défauts les plus fréquemment constatés.

Elle avait instauré un « bonus », une prime pour chaque livraison de qualité. Lorsqu'elle lui avait fait cette suggestion, Adrien avait haussé les épaules.

« Ma chère, je vous laisse carte blanche. Je n'ai pas l'âme d'un boutiquier, débrouillez-vous comme vous l'entendez. J'ai toujours détesté le monde du drap. Pour ma part, je me contente de dépenser l'argent gagné par les générations précédentes. »

Elle avait soutenu froidement son regard chargé de mépris.

« Je suis fière, moi, d'appartenir à ce monde du drap », lui avait-elle répondu.

Il avait ricané.

« J'ai compris depuis longtemps que vous m'aviez épousé dans ce seul but. Diriger la fabrique. Je vous laisse votre jouet... le temps qu'il me plaira.

De votre côté, tâchez de me donner un héritier le plus vite possible. »

C'était son obsession. Même s'il prétendait se moquer de la manufacture Sénéchal, il avait besoin d'un fils. Parfois, Joséphine se demandait si ce n'était pas pour lui un moyen de lutter contre sa maladie.

Tous deux ne l'évoquaient jamais. Ils se croisaient de loin en loin à la table du Logis ou bien au petit matin, dans la chambre de Joséphine. Elle subissait les assauts de son mari les dents serrées, en restant parfaitement immobile et indifférente. Cette attitude le mettait en rage. Il ne pouvait pas comprendre que c'était pour la jeune femme le seul moyen de ne pas sombrer. Quand elle pensait à Jérôme, à leurs étreintes, à l'amour qui les unissait, elle avait envie de hurler.

— Madame… vous ne vous sentez pas bien ?

Elle secoua la tête, sourit à Jeoffret.

— Merci. Ce n'est rien.

« Non, je ne suis pas dans une situation intéressante », eut-elle envie d'ajouter. La plupart du temps, Adrien ne parvenait pas à ses fins, ce qui décuplait sa colère. Ne lui avait-il pas lancé, une nuit : « J'aurais mieux fait d'épouser une putain ! Elles, au moins, elles connaissent leur métier » ?

C'était le genre de phrase qu'elle cherchait à oublier, en travaillant toujours plus à la fabrique.

On frappa à la porte vitrée. Deux coups rapides, le code établi avec Gauthier pour la prévenir qu'il s'agissait d'une de ses anciennes connaissances.

Après y avoir été invité, l'ancien laineur, devenu concierge, pénétra dans le bureau.

— Monsieur Georges Faure désirerait vous rencontrer, annonça-t-il à Joséphine.

Les premiers temps, Gauthier et elle avaient eu quelque peine à se vouvoyer en public. C'était indispensable, pourtant, pour que « la patronne » soit respectée de tous. Avec Alice, qui avait intégré, elle aussi, la fabrique Sénéchal, c'était plus facile, Joséphine ne se rendant pratiquement jamais dans l'atelier des nopeuses et des rentrayeuses.

La jeune femme sourit à Gauthier.

— Je vais le recevoir. Merci, monsieur Jeoffret.

Le comptable s'esquiva avec ses grands livres. Joséphine se porta au-devant de son visiteur.

— Georges ! Depuis combien de temps m'as-tu laissée sans nouvelles ?

Le marchand ambulant l'embrassa sans façon, quatre fois, à l'ardennaise.

— Trop longtemps, je le reconnais, ma belle. Mais j'avais des excuses : je me trouvais à Paris.

— La belle affaire ! Qu'est-ce qui t'attirait donc là-bas ?

— Un vieux rêve. Et puis tout bouge, nous devons vivre avec notre temps. Si tu voyais, Joséphine... des boulevards grands comme Sedan, des travaux partout, des camelots qui ont un bagout insensé – et je suis bon juge, tu peux me croire ! –, les cornets de frites qu'on vend dans la rue, le marchand de mort-aux-rats qui porte ses trophées au bout d'un long bâton, et jusqu'à un chemin de fer à l'américaine, tiré par des chevaux sur des rails ! Et je ne te parle pas des omnibus à impériale qui te permettent de traverser Paris...

— Je ne pense pas que tu sois venu ici seulement pour me raconter ton voyage, coupa Joséphine.

Son vieil ami la considéra d'un air intrigué.

— Qu'est-ce qui t'arrive, Jo ? Tu es devenue dure, je ne te reconnais plus.

Elle passa la main dans ses cheveux d'un geste machinal. Elle était coiffée de façon impeccable, sa natte fauve torsadée en chignon maintenu à grand renfort d'épingles, portait une robe de satin noire boutonnée jusqu'au cou, fermée par une broche en camée.

Georges se pencha vers elle.

— Jo, je t'ai connue plus vive que l'étincelle et je te retrouve éteinte, sous le boisseau, comme si tu cherchais à te vieillir. Dis-moi ce qui se passe ?

Elle détourna la tête, pas assez vite, cependant, pour dissimuler la rougeur soudaine qui lui empourprait le visage.

— Qu'est-ce que tu vas chercher là ? marmonna-t-elle, mal à l'aise. Veux-tu venir au Logis ? enchaîna-t-elle aussitôt, visiblement soucieuse de faire dévier la conversation. Blanche, la cuisinière, fait un excellent café.

Georges s'esclaffa.

— Pardi ! C'est moi qui la livre ! Non, je préfère rester ici, dans ton bureau. Je suis un fournisseur, il ne faut pas mélanger l'entrée de service et le salon. Mademoiselle Agathe ne te le pardonnerait pas.

Joséphine haussa les épaules, comme pour signifier qu'elle se moquait de la vieille demoiselle. Elle avait pris le pli de ne plus accorder d'importance à ses remarques aigres-douces et à ses piques. Mademoiselle Agathe estimait être la seule capable de soigner son neveu et reprochait à Joséphine de trop se mêler des affaires de la fabrique. Dieu merci, Adrien connaissait ses intérêts, et il avait vite compris que Joséphine était plus compétente que lui. Officiellement, il restait à la tête de la manufacture Sénéchal, même si les ouvriers savaient que madame Sénéchal dirigeait tout depuis que Gabriel Baron, victime d'une attaque, s'était retiré à Flize. Les apparences étaient sauves... c'était le plus important pour Adrien.

Elle sourit à son vieil ami.

— Eh bien... j'écoute, monsieur le fournisseur.

Au fur et à mesure qu'il parlait, elle songeait avec émotion que décidément elle pouvait compter sur lui. Elle lui avait expliqué, en effet, plus d'un an auparavant, qu'elle rêvait de posséder un terrain en bordure de la Givonne. Tous les drapiers savaient que les eaux de cette rivière étaient particulièrement bonnes. Pourquoi ? On manquait d'explications techniques. On avait seulement constaté depuis des lustres que les draps foulés en bord de Givonne étaient plus éclatants que les autres.

Georges était un commerçant hors pair. Il avait effectué les premiers travaux d'approche auprès d'une vieille dame, propriétaire d'une dizaine d'ares du côté de Daigny, lui avait vanté ce que sa vie serait auprès de sa fille, à Reims.

Il avait fait preuve d'une faconde telle que la vieille femme acceptait de vendre sa bicoque. Il énonça un chiffre, très raisonnable, eu égard à la situation du terrain.

— Tu es merveilleux ! s'écria Joséphine, ravie.

Il ne lui restait plus qu'à convaincre Adrien du

bien-fondé de son idée. C'était certainement là l'étape la plus difficile à franchir.

Joséphine n'aurait jamais imaginé que mademoiselle Agathe puisse lui venir en aide. Pourtant, celle-ci lui fit la surprise de l'inviter dans ses appartements alors qu'elle recevait son banquier.

— Mon neveu m'a parlé de votre projet, attaqua-t-elle. Il y est opposé, naturellement, il ne s'est jamais intéressé à la fabrique. En revanche, je crois qu'il s'agit d'une excellente idée. Les affaires reprennent, n'est-ce pas ? De plus, il nous faut songer à l'Exposition universelle de 1878. D'ici là, la fabrique Sénéchal doit avoir retrouvé son rang.

Pickwick approuva sa maîtresse d'un jappement bref. Pour la première fois depuis qu'elle le connaissait, Joséphine trouva le chien blanc sympathique.

— Merci ! s'écria-t-elle.

Mademoiselle Agathe arrêta ses effusions d'un geste impérieux.

— Entendons-nous bien. Je ne satisfais pas l'un de vos caprices. J'attends de vous des résultats tangibles. C'est pour la fabrique que nous œuvrons ensemble.

Joséphine s'était déjà ressaisie.

— C'est bien ainsi que je l'entendais, déclara-t-elle froidement. Pour moi, seule compte la fabrique.

27

1875

Achille Sénéchal, le grand-père d'Adrien, prisa avant de reposer sa tabatière sur une table volante en bois de citronnier.

— Il faudrait tout de même que l'empereur se décide à revenir… déclara-t-il.

Joséphine réprima un soupir. Elle se demandait de plus en plus souvent s'il ne vaudrait pas mieux dire la vérité au vieux monsieur, à savoir que Napoléon III était mort en janvier 1873, à Chislehurst, Grande-Bretagne.

Comme elle l'aimait bien, elle se refusait à lui faire de la peine. Elle lui tenait compagnie le soir, quand la solitude se faisait trop pesante. Il suffisait à Joséphine d'orienter la conversation sur la fabrique pour que le vieil homme devienne intarissable. À quinze ans, il était parti effectuer un stage dans une manufacture à Abbeville. Il n'avait pas dix ans qu'il assistait à la visite de Bonaparte, encore Premier Consul, chez les industriels de Sedan. Il se souvenait de son père offrant une pièce de ses plus beaux draps à Joséphine Bonaparte. Par la suite, l'impératrice était restée une fidèle cliente de la fabrique Sénéchal.

« Vous devriez revenir dans les ateliers », lui avait suggéré un soir la jeune femme.

Il avait secoué la tête.

« Quand l'empereur sera revenu. Il ne peut pas nous laisser ainsi aux mains des Prussiens. Que diable ! C'est un Bonaparte ! »

Au fond d'elle-même, Joséphine se disait parfois qu'il refusait de reconnaître la vérité. C'était plausible, vu le comportement d'Adrien. Son mari disparaissait des semaines entières pour ensuite revenir comme si de rien n'était, sans même se donner la peine de fournir une excuse. Une fois, Joséphine lui avait demandé d'un ton ironique :

« Puis-je savoir pour quelle raison vous m'avez épousée ? »

Il l'avait dévisagée, froidement.

« Pour avoir un fils. La fabrique Sénéchal existe depuis un siècle et demi. Je ne pouvais pas imaginer que vous aviez le ventre aussi sec ! »

Il savait combien cet argument la blessait. Elle ne lui avait jamais confié, Dieu merci, la tragédie qu'avait représentée pour elle la perte de son enfant, mais il devinait, avec une sorte de sixième sens, qu'elle souffrait de sa stérilité.

La pendule, un bronze à colonnettes, égrena dix coups. Achille Sénéchal se redressa lourdement.

— Mon enfant, si vous voulez bien m'excuser… Je me retire pour la nuit.

Blanche, la servante, l'accompagna jusqu'à sa chambre. Elle avait bassiné le lit, fait la couverture et préparé la chemise du vieux monsieur.

Joséphine, songeuse, se perdit dans la contemplation des flammes. À vingt-quatre ans, elle passait ses soirées seule ou en compagnie d'un vieillard.

Est-ce là le prix à payer ? se demanda-t-elle, en éprouvant une brusque sensation d'angoisse.

Quand Adrien Sénéchal lui avait proposé le mariage, très vite après avoir fait sa connaissance, elle avait tout de suite compris qu'il lui offrait le moyen de prendre sa revanche. Deux ans après, elle se sentait piégée. Certes, elle était devenue une femme en vue, on la recevait même dans les salons de la mairie ou de la sous-préfecture, en faisant semblant d'oublier ses origines, mais elle n'était pas plus heureuse pour autant.

Elle frissonna, marcha jusqu'à la fenêtre. Le Logis, proche de la Meuse, était humide, ou peut-être souffrait-elle de n'avoir personne pour la réchauffer.

Parfois, elle devait faire un effort pour se souvenir des traits de Jérôme. Cela lui faisait peur. Dans ces moments-là, vite, elle se plongeait dans les papiers de la fabrique, comme si le fait de voir ses investissements couchés sur le papier avait eu le pouvoir de la rassurer.

Elle savait bien, cependant, que rien ni personne ne remplacerait jamais Jérôme.

Elle avait fait bâtir un moulin à foulon sur le terrain en bord de Givonne obtenu de haute lutte grâce à son ami Georges.

Félicité Desprez, qui avait eu vent de la transaction alors qu'il était trop tard, avait fait une scène à son notaire, maître Blanchard. Elle aussi guignait depuis longtemps la qualité exceptionnelle des eaux de la Givonne.

« Cette bataille à fleurets mouchetés a-t-elle vraiment un sens ? » lui avait demandé Jean-Philippe, quelques semaines auparavant.

Elle l'apercevait de loin en loin, au hasard des réceptions officielles. Elle devait reconnaître qu'elle le fuyait, car elle supportait mal son regard sur elle. Elle l'avait déçu. Cette idée lui était intolérable.

Elle attendait, sans pouvoir mettre un mot sur son attente. Sa vie tournait désormais autour de la fabrique, qu'elle s'était attachée à redresser. Achille Sénéchal avait été, lui semblait-il, sensible à son action.

« C'est bien, ma fille », lui avait-il dit le jour où elle lui avait fait admirer les bâtiments restaurés.

Ce jour-là, Adrien, qui était présent, lui avait décoché un coup d'œil chargé de rancœur. Joséphine avait compris qu'il n'avait pas l'intention de s'investir dans la fabrique mais supportait mal d'entendre son grand-père la féliciter.

Parfois, elle éprouvait un sentiment de culpabilité diffus, se demandant si elle n'était pas en partie responsable de l'échec de leur mariage.

Il lui semblait encore entendre Catherine lui rappeler, quand elle était enfant : « Méfie-toi, petite, c'est facile d'accuser les autres. Ils n'ont pas forcément tous les torts. Ce serait trop facile si l'on était tout blanc ou tout noir. La vie, malheureusement, est beaucoup plus compliquée que ça... »

Elle avait épousé Adrien sans l'aimer. Et lui ? Avait-il jamais éprouvé quelque sentiment pour elle ? Elle détestait se poser ce genre de questions.

Au-dehors, le vent se leva, mugissant dans les

arbres. Une porte claqua, en bas. Joséphine s'avança sur le palier.

— Blanche ? C'est vous ? questionna-t-elle d'une voix incertaine.

Elle n'avait jamais eu peur à Saint-Blaise mais là, dans cette maison d'ordinaire trop silencieuse, elle sentait une crainte insidieuse monter en elle.

Mademoiselle Agathe était partie chez une cousine, à Haraucourt. Elle avait emmené Pickwick.

L'escalier craqua. Joséphine, le cœur fou, se rencogna contre le mur. Pourquoi ce couloir était-il aussi mal éclairé ? Elle vit apparaître, lentement, la tête d'Adrien. Il portait à la main un chandelier. La lueur tremblante de la bougie accentuait le rictus de son visage. Joséphine avait appris à reconnaître cette expression. Toujours adossée au mur, elle se déplaça, lentement, vers le salon. Elle n'avait plus le temps de courir s'enfermer dans sa chambre. Il fallait faire face.

La main d'Adrien lui crocheta le bras alors qu'elle allait se réfugier dans le salon.

— Doucement, madame Sénéchal. Il me semble que nous devons parler, vous et moi, déclara-t-il d'une voix dangereusement calme.

Elle savait qu'elle devait se défier encore plus lorsqu'il ne paraissait pas être en colère. Elle ne voulait pas lui montrer, cependant, à quel point elle avait peur. Surtout pas.

Elle fit face.

Une ville nouvelle remplacerait la vieille place forte dès que les fortifications auraient été arasées. Le maire, Auguste Philippoteaux, l'avait promis en 1873 à ses concitoyens, avides de prendre leur revanche. Ils ne voulaient plus entendre parler de la débâcle ni de la honte de Sedan. Après tout, ce n'était pas de leur faute si l'état-major s'était fourvoyé de façon si lamentable !

Le maire et ses administrés étaient fermement décidés à montrer à la France et à l'Allemagne qu'ils avaient gardé leur vitalité intacte.

Par un hasard amusant, c'était un Sedanais, Édouard Depaquit, ingénieur des Ponts et Chaussées en fonction à l'autre bout de la France, qui avait obtenu le premier prix du concours du projet d'extension de la ville.

Le chantier serait spectaculaire et, s'il tenait à suivre son évolution, Jean-Philippe désirait également immortaliser la ville d'autrefois. Il multipliait les photographies avec le sentiment de travailler dans l'urgence. Il était important pour lui de garder un souvenir, une trace du Sedan de son enfance.

Il travaillait dans sa chambre noire, comme souvent lorsqu'il cherchait en vain le sommeil.

Il n'entendit pas tout de suite les coups sourds frappés à sa porte. Lorsqu'il en prit conscience, il se demanda d'abord s'il n'était pas victime d'une illusion. Il tendit l'oreille, finit par traverser le salon-atelier pour aller ouvrir.

Joséphine, en larmes, s'abattit contre lui.

— J'ai besoin de vous, Jean-Philippe ! s'écria-t-elle.

Il serra les poings en découvrant les ecchymoses qui marquaient la peau délicate de la jeune femme.

— Je vais le tuer, grinça-t-il.

Joséphine secoua la tête.

— Il ne vaut pas la peine que vous risquiez votre vie. Je veux juste que vous me photographiiez. Je posséderai ainsi une arme contre lui, s'il s'avise un jour de recommencer.

— Laissez-moi vous soigner…

— Non, pas tout de suite. Les clichés d'abord.

Elle portait une robe d'intérieur lâche sous sa cape.

— Je me suis sauvée après l'avoir repoussé, déclara-t-elle d'une voix incrédule. Oui, je me suis rebellée, je ne supportais pas cette image qu'il me renvoyait de moi.

Elle tremblait, de froid et de colère. Jean-Philippe l'attira contre lui, lui murmura des paroles apaisantes. Quand elle fut un peu calmée, il obéit à son injonction et prit plusieurs clichés de Joséphine, debout, au milieu de l'atelier.

Son visage, épargné – « Il ne faut pas que *ça* se remarque, vous comprenez », avait-elle dit d'une voix amère à Jean-Philippe –, contrastait avec la chair tuméfiée de son décolleté et de ses bras. La peau avait bleui autour de son cou, à l'endroit où les mains de Sénéchal avaient tenté de l'étrangler. Lorsqu'il découvrit ces marques, Jean-Philippe pâlit violemment.

— Vous êtes mariée à un fou. Il faut…

— Quoi donc ? l'interrompit Joséphine. Prévenir les autorités, ce qui provoquera un scandale dont on parlera encore dans dix ans ? Non merci ! Ce serait le meilleur moyen d'atteindre la fabrique. Or, c'est ce que je tiens à éviter à tout prix.

— Ah oui, la fabrique…

Jean-Philippe rangea son matériel. Il paraissait soudain très las.

— Rien, et surtout pas la fabrique, ne vaut la peine de vous laisser détruire, Joséphine.

Elle secoua la tête, libérant dans le mouvement la masse de ses cheveux fauves.

— Vous ne pouvez pas comprendre.

Il marcha sur elle.

— En effet, je ne vous comprends pas. Quel but poursuivez-vous ? Vous voulez vous venger de Félicité ? Je ne suis pas certain que vous y parveniez et, de plus, je ne pense pas que ce soit utile. Jérôme est mort, il faut tourner la page...

— Vous n'avez pas le droit de dire ça !

Le visage déformé par la colère et le chagrin, Joséphine leva la main dans l'intention évidente de gifler le photographe. Jean-Philippe arrêta son geste.

— Doucement, Joséphine. Je ne vous veux pas de mal, bien au contraire.

Il faillit dire « Je vous aime », se retint à temps.

Il soutint fermement son regard, qui avait viré au noir.

— Vous êtes bouleversée, c'est bien compréhensible. Venez vous asseoir. Voulez-vous goûter à mon vieil armagnac ?

Elle se laissa entraîner sans protester vers le fauteuil crapaud le plus proche de la cheminée, s'y pelotonna. Avec ses cheveux lâchés et son regard perdu, elle paraissait beaucoup plus jeune que ses vingt-quatre ans. Une petite fille, grandie trop vite, confrontée à des événements qu'elle n'avait pas eu le pouvoir de maîtriser, en butte aux brutalités d'un mari violent... Jean-Philippe, honteux de son éclat, la rejoignit devant la cheminée. Il se pencha, l'enlaça.

— Mon petit... pardonnez-moi. Je voudrais...

Elle noua les bras autour de son cou.

— Aidez-moi à oublier, Jean-Philippe.

Il ne souhaitait pas que cela se passe ainsi entre eux. Il désirait une atmosphère particulière et, surtout, il tenait à lui dire combien il l'aimait. Pourtant, quand elle l'embrassa la première, avec une délicieuse lenteur, il n'eut pas la force de la repousser.

Une bûche tomba dans un crépitement d'étincelles. Ils n'y prêtèrent pas attention.

— Aimez-moi, Jean-Philippe, souffla Joséphine.

Il pensa, de façon fugace, qu'elle-même s'interdisait le droit d'aimer une seconde fois. Il aurait voulu se redresser, lui résister, tout en sachant qu'il ne le ferait pas. Il l'aimait depuis trop longtemps.

Il l'emporta dans sa chambre, là où un oiseau couleur de pourpre et d'or l'avait aidée à ne pas mourir, la posa sur le lit avec précaution.

— Aimez-moi, répéta-t-elle.

Après avoir marqué une hésitation, il tira la porte sur eux.

Il leur restait une partie de la nuit. Et, peut-être, s'il avait de la chance, beaucoup de jours et de nuits à venir.

28

Aussi loin que remontaient ses souvenirs, Adrien Sénéchal avait toujours été un enfant différent. Il se rappelait la sollicitude pesante de sa mère, ses recommandations : « Couvre-toi, tu vas encore prendre froid », qu'il ne comprenait pas. Lui, il voulait courir, s'amuser à dévaler les rampes, le long des fortifications, comme les gamins de son âge. Son père ne disait rien. Par la suite, Adrien avait appris qu'il menait une double vie. Sa maîtresse était lingère, du côté de Torcy. Jeune, bien sûr, d'une beauté piquante et rieuse. Tout ce que sa mère n'était plus.

Adrien, partagé, comprenait la réaction de son père tout en souhaitant éviter de peiner sa mère. À l'époque, c'était son grand-père qui dirigeait la fabrique. Son père ne s'y était jamais vraiment intéressé. Pourquoi Adrien l'aurait-il fait, après sa mort ?

Il ne se souvenait pas vraiment de sa première crise. En revanche, il revoyait le regard affolé de sa mère lorsqu'il avait repris conscience. À cet instant, il avait éprouvé une peur horrible. Une sensation de mort imminente.

Personne ne comprenait ce qui s'était passé. À moins qu'on ne lui ait caché la vérité. À quoi auraient servi les mots, d'ailleurs ? Il était un petit garçon, il ignorait tout de la signification de l'expression « haut mal ». Sa mère s'évertuait à lui répéter que ce n'était pas grave, tout en l'accablant de recommandations et d'interdits. Son grand-père le regardait tristement. Seul son père n'avait pas changé d'attitude avec lui. De toute manière, Adrien avait toujours eu l'impression d'être transparent pour lui.

Par la suite, sa mère l'avait emmené consulter à Reims, et à Paris. On lui avait expliqué en quoi consistait sa maladie, mais il était trop tard. La peur était toujours là, tapie au fond de lui. Il détestait susciter la pitié, ou la compassion. Il aurait pu se battre. Le jour où Viénot, un camarade du collège, l'avait entraîné dans une maison accueillante, il avait entrevu le moyen d'oublier son épilepsie.

L'alcool avait le pouvoir de dénouer la tension qui pesait sur lui en permanence. Quand il avait bu, il se sentait libre, enfin ! Invulnérable.

Sa mère avait longtemps fermé les yeux sur ses excès. À moins que la chère femme n'ait rien remarqué ? À sa mort, en 1867, Adrien s'était senti soulagé. Libre, enfin, de vivre à sa guise.

Son père avait succombé à un arrêt cardiaque, l'année suivante.

« Trop d'abus », avaient murmuré les bonnes gens de Sedan en suivant à pied le cortège mené par le jeune homme et son grand-père.

Même si tout le monde se demandait ce qu'elle était devenue, personne n'avait mentionné le nom de la lingère. Adrien l'avait découvert par hasard, le jour de la lecture du testament de son père. Elle s'appelait Jeanne Loriot, et Gaston Sénéchal lui léguait une petite somme.

Cela l'avait amusé. Ainsi, son père, ce vieux brigand, avait tout de même pensé à assurer l'avenir de sa maîtresse ?

Avait-il songé à lui, son fils unique ? Il héritait de la fabrique, la belle affaire ! Il avait bu, beaucoup, pour célébrer l'événement, s'était retrouvé au petit matin adossé à un bec de gaz, dans un état lamentable.

Il s'était alors décidé à essayer le traitement au bromure préconisé par le médecin parisien.

Cette année-là, il avait rencontré Marie-Edmée.

Chaque fois qu'il l'évoquait, il ressentait comme une douleur sourde dans la poitrine. Il aurait pu l'aimer… si seulement la famille de Marie-Edmée lui en avait laissé le temps. Il avait fait sa connaissance dans les salons de la préfecture de Mézières, ouvrant sur la Meuse. Il voyait le fleuve d'une langueur trompeuse, les saules pleureurs s'inclinant sur la berge, la silhouette austère de l'église sur son rocher. Mézières était encore alors une place forte impressionnante et triste, de plus en plus délaissée pour Charleville, en pleine expansion économique.

Adrien, qui s'ennuyait ferme, était tombé sous le charme d'une jeune fille blonde à la beauté éthérée. Marie-Edmée accompagnait son père, négociant en champagne. Adrien s'était arrangé pour être présenté à la jeune fille. Ils avaient devisé une bonne partie de la soirée. Le lendemain, il lui faisait livrer une corbeille de lys blancs et de roses d'un rose très pâle. Deux jours plus tard, il déposait lui-même sa carte, cornée du côté droit, ainsi que l'exigeaient les convenances, dans le vestibule de la maison de champagne Sismond, sise à Reims. Pour Marie-Edmée, il était prêt à renoncer à sa vie de débauche.

Quand il y songeait, il éprouvait une furieuse envie de ricaner. Fallait-il qu'il fût stupide ! Il avait cru pouvoir gommer d'un coup toutes ces années durant lesquelles il avait fait la noce, comme pour proclamer qu'il se moquait du diagnostic des médecins.

Il n'avait pas obtenu l'autorisation de revoir Marie-Edmée. Son père lui avait clairement signifié qu'il souhaitait un gendre sobre et ayant une bonne réputation.

Adrien aurait volontiers assommé ce vieil homme suffisant qui le prenait de haut, lui, l'héritier de la fabrique Sénéchal.

Il n'avait pas eu le cran d'enlever Marie-Edmée. D'ailleurs, l'aurait-elle seulement suivi ? C'était un rêve qu'il avait caressé, une illusion.

Après avoir claqué la porte de la maison Sismond, Adrien avait échoué dans un cabaret où il avait vidé force bouteilles. Lorsqu'il était revenu à Sedan, il avait songé que, décidément, l'amour n'était pas fait pour lui.

Il avait ensuite vécu à sa guise, refusant d'écouter les sermons de sa tante Agathe qui l'exhortait à prendre épouse. Son grand-père se bornait à lui rappeler de temps à autre qu'il avait un devoir à remplir. Ne pas laisser s'éteindre le nom des Sénéchal. Dans ces moments-là, Adrien réprimait un sourire ironique. Il mourait de peur à l'idée de transmettre sa maladie à d'éventuels descendants.

La guerre lui avait accordé un répit, jusqu'au moment où il avait été fait prisonnier à titre d'otage. À Stettin, Adrien avait découvert qu'il tenait encore à la vie. D'une certaine manière, là-bas, tout était plus facile, malgré l'alcool qui manquait, malgré la faim et le froid.

Gauthier l'avait aidé, à plusieurs reprises. Quand il lui avait présenté Joséphine, à leur retour, l'héritier de la fabrique avait pensé que c'était une façon plaisante de faire une fin. Elle était belle, semblait avoir du caractère. Avec un peu de chance, leur fils hériterait de ces qualités.

En fait, rien ne s'était passé comme il l'avait prévu. Il avait eu une crise particulièrement impressionnante au cours de leur nuit de noces. Avant de sombrer, il avait lu la terreur dans ses yeux. Comme un reflet de sa propre peur.

Il se redressa péniblement. Son habit était froissé, sa bouche pâteuse. L'alcool ne lui valait rien, il le savait, sans pour autant réussir à s'en passer.

Il passa la main dans ses cheveux emmêlés. Il n'avait qu'un souvenir confus de la soirée. Joséphine devait s'être enfermée dans sa chambre. Qu'elle y reste ! se dit-il. Lui avait mieux à faire.

Il sortit en titubant. La nuit était claire. Dans moins d'une heure, un nouveau jour se lèverait. À cette perspective, il se sentait le cœur étreint d'une sourde désespérance.

— Il faut que je rentre !

Affolée, Joséphine ramassa à la hâte ses vêtements éparpillés dans la chambre. Elle ne voulait pas se souvenir de ces instants durant lesquels elle avait gémi sous les caresses de son amant.

Il tenta de la retenir en posant la main sur son bras nu.

— On m'attend au moulin à foulon, lui lança-t-elle en guise d'explication.

Il eut envie de rire.

— Joséphine ! Que vous importe ? Votre vie est ici, à présent. Avec moi.

Il eut peur, soudain, devant son expression incrédule.

— Ici ? Vous rêvez, Jean-Philippe !

La connaissait-il vraiment ? se demanda-t-il. Le regard durci, le visage fermé, elle enfila prestement sa robe d'intérieur.

— Il faudra que je passe par le parc, murmura-t-elle. On ne doit pas me voir. Oh ! pourquoi ne m'avez-vous pas réveillée plus tôt ?

Il continuait de la contempler, sans parvenir à prononcer un mot. Ils s'étaient aimés, et il avait éprouvé la certitude qu'elle était la femme qu'il attendait depuis si longtemps. Elle s'était endormie au creux de son bras. Lui n'avait pas fermé l'œil, s'émerveillant de la serrer contre lui.

Cela ne comptait donc pas pour elle ?

— Je n'aurais jamais imaginé que vous désiriez repartir là-bas, déclara-t-il enfin.

Elle eut une moue désabusée.

— Adrien est mon époux. « Jusqu'à ce que la mort nous sépare », selon la formule consacrée.

Son sourire se teinta d'amertume.

— J'ai épousé la fabrique Sénéchal. Je dois tenir.

— À quel prix ?

Elle soutint son regard inquiet.

— C'est mon problème, Jean-Philippe. Je n'aurais jamais dû vous y mêler…

Il la rejoignit, la tint aux épaules.

— Je ne regrette rien, Joséphine, bien au contraire. Et vous ?

Mal à l'aise, elle détourna la tête. Il la lâcha.

— Je vois… déclara-t-il d'une voix blanche.

À cet instant, elle aurait pu, encore, tendre la main vers lui, lui dire qu'elle avait été heureuse, cette nuit, pour la première fois depuis cinq ans. Elle ne le fit pas. Peut-être pour ne pas avoir le sentiment de trahir le souvenir de Jérôme.

Elle quitta la maison de la rue des Francs-Bourgeois en sachant qu'elle n'y reviendrait plus. On avait besoin d'elle à la fabrique.

29

1878

La silhouette massive du château fort se détachait sur un ciel d'un bleu insolent. Le soleil de juin accentuait les transformations effectuées. Depuis plusieurs mois, Sedan vivait au rythme des grands travaux orchestrés par le maire, Auguste Philippoteaux, et l'architecte, Édouard Depaquit. Les premiers coups de pioche avaient été donnés au printemps 1877 et portaient sur les bastions de la Maquette et du Gouverneur.

Sans relâche, les soldats du Génie s'étaient attaqués aux fortifications. La ville était devenue un gigantesque chantier et les alentours des remparts étaient couverts de pierres et de gravats. Joséphine n'avait pu s'empêcher d'éprouver un pincement au cœur en allant contempler la masse du Fer à Cheval, au printemps, quelques jours avant qu'il ne soit démantelé à son tour. Elle avait emmené Aurélien avec elle, tout en sachant qu'à deux ans son fils ne comprenait pas grand-chose à ce qui se passait. Chaque fois qu'elle le regardait, elle se sentait envahie d'un sentiment de plénitude.

Elle n'avait pas voulu y croire, le premier mois. C'était un simple retard, se répétait-elle, tout allait rentrer dans l'ordre les jours suivants. Elle refusait de se laisser aller à espérer. Au bout de deux mois, alors qu'elle était victime de nausées matinales particulièrement désagréables, elle avait consulté le docteur Martin dans son cabinet. Chaque fois qu'elle y pénétrait, elle se rappelait la première fois qu'elle en avait franchi le seuil, dans les bras de Jérôme. Tout avait commencé ce jour-là. Le médecin l'avait examinée après lui avoir posé quelques questions. « Eh bien, mon petit, il va falloir désormais prendre soin de vous », avait-il conclu avec un large sourire. Elle l'aurait embrassé ! En même temps, elle avait peur, horriblement peur, de perdre une seconde fois son bébé. Il avait su trouver les mots pour la rassurer, tout en lui recommandant une nouvelle fois de prendre du repos.

« Plus question de courir à votre moulin », lui avait-il dit en souriant.

Elle avait ri.

« Nous verrons. De toute manière, j'ai des projets plein la tête. »

C'était vrai. Cette promesse de vie qu'elle portait en elle la stimulait, lui rendant l'enthousiasme, la confiance qui lui manquaient cruellement depuis plusieurs années.

Elle avait suivi à la lettre les prescriptions du médecin, après avoir annoncé la nouvelle à mademoiselle Agathe et à monsieur Achille. La tante et le grand-père d'Adrien s'étaient montrés aux petits soins pour elle. Agathe n'avait pu s'empêcher, cependant, de lancer une pique :

« Depuis le temps qu'Adrien attend ce moment ! »

Adrien était absent, comme d'habitude. Après la scène particulièrement violente qui l'avait opposé à sa femme, il avait disparu du Logis pendant une quinzaine de jours. Lorsqu'il était revenu, faisant comme si de rien n'était, Joséphine avait calqué son attitude sur la sienne. Il l'avait évitée ostensiblement, ne l'avait plus brutalisée. Qu'il l'ignore ne gênait en rien Joséphine.

Elle avait envoyé Georges prévenir Catherine. Sa tante était venue la voir la semaine suivante. À pied, suivant la tradition des tisserands. Le trajet de deux heures avait avivé ses joues. Elle en imposait toujours, bien qu'elle se soit un peu voûtée.

« Je suis heureuse pour toi, petite », avait-elle dit en serrant Joséphine contre elle.

C'était la première fois qu'elle franchissait le seuil du Logis. Jusqu'à présent, elle avait refusé de venir, affirmant qu'on ne mélangeait pas deux mondes aussi opposés. Elle avait ôté sa pèlerine verdie avec l'aisance d'une reine, l'avait posée sur le coffre du hall, devançant Blanche, qui s'empressait. Elle avait jeté un regard critique au décor surchargé du Logis, poussé un long soupir.

« Pas facile à entretenir, toutes ces babioles ! »

Joséphine avait réprimé à grand-peine un fou rire. Elle aurait dû deviner que Catherine ne se laisserait pas impressionner.

« Tu pourras venir pour la délivrance ? lui avait-elle demandé. Je ne veux que toi, et le docteur Martin. »

Catherine avait pris les mains de sa nièce dans les siennes.

« Tout ira bien, je te le promets ! »

C'était à cet instant que la question était venue tarauder l'esprit de Joséphine. Qui était le père de son enfant ? Adrien ou Jean-Philippe ? Elle avait bien tenté de la chasser, mais elle l'avait obsédée tout au long de sa grossesse. Dieu merci, Adrien l'avait laissée tranquille.

« Je vous demande simplement un fils », lui avait-il déclaré d'une drôle de voix, comme s'il cherchait à dissimuler son émotion.

N'était-ce pas une idée stupide ? Elle était persuadée que son époux était incapable d'éprouver ce genre de sentiment.

Elle s'était sentie un peu mieux après avoir passé le cap du cinquième mois. Elle avait continué à travailler à la fabrique, tout en sacrifiant au rituel de la sieste imposé par le docteur Martin, chaque après-midi. Pour la première fois depuis longtemps, elle se sentait bien. En harmonie avec l'enfant qui poussait dans son ventre. Cette euphorie n'avait pas duré longtemps. Au huitième mois, elle avait été la proie d'horribles cauchemars qui la laissaient en sueur, hagarde, ne sachant plus ce qui relevait du rêve ou de la réalité. Elle revoyait sa mère agonisant dans l'alcôve de la maison de Saint-Blaise. Elle avait peur, horriblement peur. Une seule personne aurait pu apaiser ses angoisses. Jean-Philippe.

Mais le photographe était parti plusieurs mois auparavant, après que Joséphine eut refusé de le revoir. Chaque fois qu'elle passait devant les volets clos de l'atelier de la rue des Francs-Bourgeois, elle éprouvait une horrible impression de gâchis.

Elle avait appelé, une nouvelle fois, Catherine à la rescousse.

« Tu fais peu de cas de mon travail », lui avait déclaré sa tante d'un ton bougon, en essuyant ses galoches sur le paillasson du Logis.

Blanche l'avait invitée d'emblée à venir se réchauffer auprès de la cheminée de la grande cuisine. Ces deux-là s'étaient tout de suite bien entendues. Avec mademoiselle Agathe, les relations avaient été plus difficiles, la vieille demoiselle ayant voulu prendre la tisserande de haut. Joséphine avait suivi d'un air amusé les premières escarmouches. Monsieur Achille s'étant entiché de Catherine, mademoiselle Agathe avait dû, bon gré mal gré, s'incliner. Le vieux monsieur, en effet, avait rendu de fréquentes visites à l'abbaye de Saint-Blaise durant son enfance, car l'un de ses ancêtres en avait été l'abbé. Tous deux évoquaient des souvenirs du temps jadis au coin du feu jusqu'à ce que mademoiselle Agathe, exaspérée, disparaisse en direction de sa chambre, Pickwick sous le bras. Catherine et monsieur Achille avaient ainsi contribué à distraire Joséphine.

Aurélien était né au cours d'une nuit d'hiver, alors que les rues de Sedan étaient recouvertes d'une couche de verglas. Gauthier, alerté par Catherine, n'avait laissé à personne le soin d'aller chercher le docteur Martin. Installée dans sa chambre bien chauffée, assistée par sa tante et par son ami médecin, Joséphine, malgré la douleur, n'avait cessé de penser à sa mère.

Le givre ourlait les petits carreaux de la porte-fenêtre. Elle avait demandé que les lourds rideaux de velours soient ouverts, afin d'apercevoir le parc éclairé par la lune.

« Pousse ! Bats-toi ! » l'exhortait Catherine, et elle ne pouvait s'empêcher d'avoir peur en se demandant si elle serait capable de donner la vie.

Des images dansaient devant ses yeux, tandis que la douleur la submergeait. Elle revoyait le chemin menant à la Sente aux Geais, Jérôme penché sur son ventre, son corps sans vie sur le tombereau parmi des dizaines d'autres cadavres... Elle avait hurlé. Il lui semblait qu'en accouchant elle perdait définitivement Jérôme. Était-ce pour cette raison qu'elle ne parvenait pas à juguler la souffrance ? Elle dérivait, comme lorsqu'elle avait perdu son bébé, et cherchait l'oiseau de pourpre et d'or de la chambre de Jean-Philippe.

Jean-Philippe... Elle aurait tant souhaité l'avoir à ses côtés. Elle avait tenté de se soulever pour en faire la remarque au docteur, était retombée en arrière. La tête lui tournait.

« Bois. »

Catherine insistait pour lui faire avaler quelques gouttes d'alcool, lui massait les reins et le ventre.

« Nous y sommes presque », avait murmuré le docteur Martin.

Et Catherine :

« Vas-y, petite, de toutes tes forces. »

Elle avait poussé, poussé, poussé... L'aspect de son bébé, couvert de sang et de mucus, l'avait épouvantée, lui rappelant ses horribles cauchemars.

« On va te le rapporter tout beau, tout propre », l'avait rassurée Catherine.

Elle avait toussé, pour dissimuler son émotion.

« C'est un garçon. Son père va être content. »

Son père. Joséphine avait blêmi. Qui était le père de son fils ? Adrien ou Jean-Philippe ?

Elle y songeait une nouvelle fois, en contemplant le chantier colossal, de part et d'autre de la Porte des Princes. À deux ans, Aurélien ne ressemblait à personne ou, plutôt, il avait les yeux verts de sa mère, ses cheveux fauves et, d'après Catherine, son fichu caractère.

Lorsqu'il était revenu d'un énième séjour à Reims, Adrien l'avait contemplé sans mot dire durant plusieurs minutes. Pouvait-il se douter de quelque chose ? s'était affolée Joséphine. De quoi, exactement ? Elle-même n'avait aucune certitude. Elle avait été si heureuse à la naissance d'Aurélien qu'elle s'était efforcée de remiser cette question dans un coin de sa tête.

Face à Adrien, cependant, elle perdait son calme. Un contentieux trop lourd existait entre les deux époux.

Lorsqu'il s'était redressé, son regard était impénétrable. Il avait déposé un paquet enrubanné sur le lit.

« Pour vous, madame Sénéchal », lui avait-il dit.

Elle s'était sentie bizarrement émue en découvrant un collier d'or et de topazes. Elle comprit alors qu'elle était devenue intouchable, en quelque sorte, à partir du moment où elle lui avait donné un fils.

« C'est un bel enfant, avait-il ajouté. Je vous fais confiance, vous lui apprendrez l'amour de la fabrique. »

Tout était dit. La dynastie de drapiers Sénéchal

avait son héritier. Adrien pouvait continuer à mener son existence de débauche. Il avait rempli son rôle.

— Maman…

Aurélien glissa la main dans celle de Joséphine.

— Cheval, lui indiqua-t-il, en détachant bien les syllabes.

Elle se tourna dans la direction désignée par son fils, reconnut Vaillante, la voiture ambulante de Georges.

Il les rejoignit, sauta à terre. Aurélien s'élança vers lui. Il était fasciné par ses favoris et sa casquette.

— Bonjour, lui dit-il avec une gravité démentie par l'éclat de ses yeux.

Pour lui, Vaillante constituait une sorte de caverne d'Ali Baba. On trouvait de tout chez Georges Faure, qui continuait de sillonner les routes du département.

— Je reviens de Belgique, précisa-t-il.

— Vrai ? Tu es allé à Bouillon ?

La petite ville médiévale attirait nombre de visiteurs illustres, à commencer par le roi de Saxe, le prince héritier d'Allemagne ou le roi des Belges, Léopold II. Ce n'étaient pas eux, cependant, qui intéressaient Joséphine.

— Charles Desprez est mort, enchaîna-t-elle. Je me demande…

L'émotion noua sa gorge. Elle avait tenu à se rendre aux obsèques du propriétaire de la Licorne. Encadrée par monsieur Achille et mademoiselle Agathe, elle n'avait pas à redouter les foudres de « Madame Mère ». Celle-ci l'avait ignorée. Joséphine s'était longuement recueillie devant le caveau de la famille Desprez. Tout Sedan s'était déplacé pour l'occasion, et de nombreux notables étaient venus de Charleville, et même de Reims. Le drapier était estimé, de façon unanime. Les ouvriers, tondeurs en tête, s'étaient rendus eux aussi au cimetière.

L'atmosphère était empreinte de gravité. Tous avaient conscience du fait que plus rien ne serait comme avant, avec la disparition de Charles Desprez.

— Tu te demandes si la vieille Desprez va vendre la Sente aux Geais, c'est ça ?

Joséphine inclina la tête en signe d'assentiment.

— Elle ne me la vendra jamais. À toi, peut-être...

— Je verrai ce que je peux faire, promit-il. Les affaires vont bien ?

Elle avait des projets plein la tête. Se rendre à l'Exposition universelle. Acquérir du nouveau matériel.

Adrien ne s'y opposait pas. Ils ne se voyaient pratiquement plus, son mari séjournant le plus souvent à Reims.

Ce mode de vie nous convient tout à fait, pensa Joséphine avec une pointe d'amertume.

Si seulement elle avait pu oublier Jean-Philippe...

30

L'été de la Saint-Martin n'en finissait pas de mourir. Les collines avoisinant Sedan arboraient fièrement leurs couleurs automnales. Le roux et le jaune d'or se mêlaient au rouge carmin dans une explosion de tons francs. Par contraste, l'ombre projetée par les grands sapins paraissait receler quelque obscure menace.

Pour l'instant, Joséphine n'en avait cure. Elle pressait, de la voix et de la bride, le trot des chevaux qui les emmenaient à la Sente aux Geais, de l'autre côté de la frontière.

Assise auprès d'elle, tenant fermement Aurélien, Catherine ne soufflait mot. Sa nièce n'avait pas eu besoin de lui expliquer l'importance de la maison forestière. Georges était venu lui apporter une grosse clef ouvragée, la veille au soir. Joséphine l'avait gardée dans la main quelques minutes avant de lever vers son vieil ami des yeux pleins de larmes.

« Tu as réussi ! » s'était-elle écriée.

Il avait souri, soucieux de dissimuler l'émotion qui le gagnait.

« On chuchote en ville que Félicité Desprez a besoin de liquidités. Ses fournisseurs espagnols lui ont fait faux bond. Elle doit trouver des laines de toute urgence, et au prix fort. Mon notaire a sauté sur l'occasion pour lui adresser une proposition raisonnable…

— Parce que tu as un notaire, toi ? » s'était-elle exclamée, incrédule.

Georges avait feint de s'offusquer.

« Je ne me donne pas de grands airs, mais les affaires marchent bien. »

Il avait acheté plusieurs maisons dans la plaine de Torcy, là où un nouveau quartier prenait forme. Lui habitait une vieille bâtisse à Balan, qu'il avait choisie pour ses dépendances conséquentes. Il y entreposait un véritable bric-à-brac et tout ce qui ne trouvait pas sa place dans Vaillante. Joséphine se demandait parfois s'il ne se livrait pas, comme nombre d'Ardennais, à la contrebande.

Elle n'avait pu attendre et, dès le lendemain, avait résolu d'emmener son fils et sa tante à la maison forestière.

Catherine avait fini par accepter de rester à Sedan. Les frères et sœurs de Joséphine n'avaient plus besoin d'elle, et sa nièce avait réussi à la convaincre qu'elle avait un rôle important à jouer à la fabrique.

Qui, en effet, mieux qu'elle pouvait juger du travail accompli par les tisserands ? Elle avait l'œil et en même temps, connaissant la pénibilité du travail, ne risquait pas de commettre quelque injustice.

Le monde des tisserands était particulier, assez replié sur lui-même. Les drapiers sedanais avaient d'ailleurs toujours apprécié le fait que les ouvriers soient dispersés dans les villages voisins. Le spectre de l'agitation sociale était ainsi repoussé d'autant.

Elle aperçut le chemin, qu'elle n'avait pas emprunté depuis plus de huit ans, se pencha vers son fils.

— Regarde, Aurélien. Tu vas bientôt découvrir une maison enchantée.

— Nous aurons de la chance si nous ne trouvons pas des nids de souris, bougonna Catherine. C'est resté inhabité toutes ces années ?

Joséphine opina du chef. Félicité Desprez avait toujours détesté la Sente aux Geais, certainement à cause de la solide inimitié qu'elle vouait à sa belle-mère.

Les années avaient passé, mais Joséphine n'avait rien oublié. Son cœur s'emballa tandis que les chevaux remontaient l'allée recouverte de feuilles mortes. Elle crispa les mains sur les rênes. Pourquoi était-elle revenue ?

Trop de souvenirs se bousculaient en elle. Debout sur les genoux de Catherine, Aurélien trépignait d'impatience. Chaque fois qu'elle le voyait manifester une trop grande nervosité, Joséphine s'angoissait. Le docteur Martin avait eu beau lui affirmer que l'épilepsie n'était ni contagieuse ni héréditaire, elle ne pouvait s'empêcher d'avoir peur. À tout hasard, elle lui avait passé au cou une chaîne d'or portant une médaille de saint Benoît, réputé guérir le haut mal dans certaines contrées.

S'il l'avait su, Adrien aurait éclaté de rire. Elle s'en moquait. Elle ne voulait pas que son fils lui ressemble. Surtout pas.

La maison forestière paraissait abandonnée.

Joséphine tira sur les rênes, sauta à terre. Elle soupesa la clef durant quelques instants avant de se décider à la glisser dans la serrure. L'odeur vaguement familière d'humidité et de renfermé la prit à la gorge. Elle se retourna, saisit son fils dans ses bras. Avec lui, elle se sentait plus forte pour affronter ses souvenirs.

— Il faut ouvrir les volets, laisser entrer le soleil, allumer un bon feu, lança Catherine, toujours prompte à s'activer.

Grâce à sa présence, Joséphine réussit à faire quelques pas dans la salle. Une épaisse couche de poussière recouvrait les meubles, et une poignante impression d'abandon se dégageait de la demeure. La jeune femme échangea un regard perdu avec sa tante. Catherine haussa les épaules.

— Ma belle, tu sais ce que je pense… Tu as tenu à racheter cette maison, à toi de faire avec.

Elle y reviendrait aux beaux jours, après avoir fait effectuer les travaux indispensables de peinture et de réfection.

— Ta mère aurait été heureuse ici, reprit Catherine en soupirant. Seigneur ! Quand je pense que cela fait déjà plus de vingt ans qu'elle est morte… Elle serait fière de voir comme tu as bien mené ta barque.

« Je n'ai rien voulu, rien décidé », songea Joséphine, le cœur lourd.

Jérôme et elle s'étaient aimés, jusqu'à ce que la guerre vienne tout gâcher. Par la suite, elle s'était contentée de survivre. La naissance d'Aurélien lui avait rendu le goût de vivre. Elle désirait le meilleur pour lui.

— Maman !

Son fils lui tendit un objet qu'il venait de découvrir sur le guéridon proche de la fenêtre. Une pipe, en terre de Givet.

Joséphine la saisit d'une main mal assurée. Elle revoyait Jérôme s'amusant parfois à fumer la pipe, elle l'entendait lui promettre :

« Chérie, quand la guerre sera finie, nous nous marierons. »

Elle se mordit la lèvre. Ce n'était qu'un beau rêve. Il y avait longtemps qu'elle n'y croyait plus.

Sa vie, à présent, c'était Aurélien.

Et la fabrique.

— Un sou pour tes pensées, ma jolie.

Joséphine releva la tête, sourit à Georges, qui la contemplait en souriant.

Les deux femmes de journée embauchées à Bouillon avaient fait diligence, sous la surveillance de Catherine. L'intérieur de la Sente aux Geais fleurait bon l'encaustique et le savon noir. Joséphine avait acheté chez un menuisier un buffet à deux corps orné d'anémones sculptées et longuement hésité avant de passer une nuit dans la chambre qu'elle partageait jadis avec Jérôme. Il le fallait, sinon, Catherine avait raison, elle aurait racheté la Sente aux Geais pour rien. Peu à peu, elle avait pris le pli de s'y rendre en fin de semaine, avec Aurélien et Catherine. Elle se sentait chez elle dans la maison forestière et pouvait y recevoir des amis comme Georges, qui refusaient de franchir le seuil du Logis.

La plupart du temps, Adrien était absent et, d'ailleurs, les époux menaient désormais des existences séparées. Cela s'était fait tout naturellement, après la naissance d'Aurélien. Joséphine ayant rempli sa part du contrat, Adrien la laissait en paix. Après les orages qu'ils avaient traversés, elle appréciait pleinement l'indifférence dont il faisait preuve à son égard.

Elle soutint le regard attentif de Georges. Son vieil ami était venu passer le dimanche à la Sente aux Geais. Ils avaient fait honneur au civet de sanglier cuisiné par Catherine, bu les trois quarts de la bouteille de bourgogne qu'il avait apportée.

Catherine avait emmené Aurélien explorer le grenier, après sa sieste. Joséphine et Georges étaient restés au coin du feu. Les ombres s'allongeaient. L'heure était douce, propice aux confidences.

— Quels sont tes projets pour l'année 1879 ? insista le marchand ambulant.

Cette fois, la jeune femme n'hésita pas :

— Moderniser la fabrique, bien sûr, répondit-elle.

Elle s'était rendue à l'Exposition universelle et en était revenue avec des idées plein la tête. Paris, bien sûr, l'avait impressionnée. Elle avait pensé avec une pointe d'émotion que dix ans auparavant, arrivant de Saint-Blaise, Sedan lui avait paru immense. Elle avait été frappée par le dynamisme de la capitale. Paris, comme Sedan, était un gigantesque chantier ouvert du côté de l'Étoile. En revanche, l'Opéra tout récent en imposait, de même que les grands boulevards, qui attiraient une foule de badauds et d'étrangers.

Elle avait été séduite par le dynamisme des exposants. À Paris, on avait le sentiment que tout était mis en œuvre pour surmonter le choc moral de la défaite. Personne ne voulait plus y songer. À croire que Jérôme et ses camarades étaient morts pour rien... avait pensé Joséphine, en s'efforçant de ne pas se laisser submerger par la colère, ou la rancœur.

— J'ai vu des innovations dans tous les domaines, reprit-elle. Et toutes ces personnes à habiller... Connais-tu le Bon Marché ?

Les grands magasins l'avaient fascinée.

— De redoutables concurrents, commenta Georges.

Il n'avait pas peur pour l'instant de ces temples du commerce. Lui gardait sa clientèle fidèle, qui ignorait tout des fastes de la capitale. Dans chaque village, son arrivée était saluée comme l'assurance de dénicher dans le coffre de Vaillante ce qui manquait à la maison.

— Tant que je fais tranquillement ma pelote... ajouta-t-il, comme pour se rassurer.

Joséphine sourit.

— Tu n'as pas envie de fonder une famille, de t'installer ?

Il demeura plusieurs secondes sans répondre. Déjà, la jeune femme regrettait d'avoir posé cette question. Elle savait, pourtant, que Georges avait mal supporté la mort brutale de sa mère, au printemps précédent. Eugénie Faure avait succombé à une crise cardiaque.

Joséphine respectait le chagrin de son ami. Elle persistait, cependant, à penser qu'il devrait se marier et avoir des enfants. N'approchait-il pas de la quarantaine ?

— Cela te va bien de me vanter la vie de famille ! persifla-t-il. Quand as-tu vu ton époux pour la dernière fois ?

Joséphine fit la moue. Adrien revenait à Sedan lorsqu'il avait besoin d'argent, c'était tout. Il ne se donnait même plus la peine de sauvegarder les apparences. D'une certaine manière, elle préférait qu'il en fût ainsi.

— C'est mon problème, déclara-t-elle fermement.

Brusquement, elle songea à Jean-Philippe, et elle eut envie de pleurer.

Elle n'aurait pas dû se rendre au pavillon exposant des photographies en couleurs, mais ça avait été plus fort qu'elle, elle n'avait pu résister à la tentation.

Louis Ducos du Hauron avait mis au point un procédé révolutionnaire basé sur la trichromie.

Devant son stand, Joséphine avait marqué un temps d'arrêt. Cette jeune femme qui portait sur ses épaules le drapeau tricolore, c'était bien elle. Elle se souvenait du jour où elle avait posé, rue des Francs-Bourgeois.

« Vous connaissez Jean-Philippe Amiot ? » avait-elle demandé à Ducos du Hauron.

Le physicien avait souri en plissant légèrement les yeux.

« Je suis ravi de rencontrer le modèle de cette photo. Venez avec moi, mademoiselle, nous allons trouver Jean-Philippe au Trocadéro. Il s'ingénie à le photographier sous tous les angles. »

Elle ne savait pas si elle désirait revoir Jean-Philippe. Elle appréhendait sa propre réaction et, en même temps, éprouvait un sentiment de culpabilité. Ne l'avait-il pas soutenue, épaulée, recueillie chez lui dans son atelier de la rue des Francs-Bourgeois ?

Elle avait jeté un coup d'œil distrait au curieux palais bâti sur la colline de Chaillot, surmonté de deux tours en forme de minarets.

Elle reconnaissait cette haute silhouette un peu voûtée, ce paletot de velours aux poches déformées. Elle avait ressenti un pincement au cœur lorsqu'il s'était retourné. Son visage était resté impassible.

« Mon cher Jean-Philippe, vous avez de la visite », avait annoncé Ducos du Hauron.

Rien ne s'était passé comme elle l'aurait souhaité. Elle avait été blessée par son indifférence. Ils avaient fait quelques pas en direction du palais, échangé des banalités à propos de l'Exposition.

Joséphine s'était sentie perdue. Son comportement la déroutait.

« On m'a dit que vous aviez eu un fils », avait-il fini par déclarer.

Le silence était tombé. Joséphine avait brusquement compris pour quelle raison il lui battait froid. Elle n'avait qu'une phrase à dire. Pourtant, elle n'avait pu se résoudre à le faire. Par loyauté.

Elle ne savait pas qui était le père d'Aurélien. Et cette incertitude lui rongeait le cœur.

Ils avaient soigneusement évité de se dévoiler. L'un et l'autre restaient sur leurs gardes. Quand elle avait pris congé de Jean-Philippe, Joséphine avait eu l'impression de tourner le dos au bonheur.

Il ne lui avait pas donné signe de vie, depuis, et au fond d'elle-même elle le comprenait.

Elle se pencha vers Georges, lui tapota l'épaule.

— Toi et moi, nous ne devons pas être faits pour la vie de couple, lui dit-elle avec une pointe d'amertume.

Elle avait le sentiment d'avoir laissé passer une chance de bonheur. À l'époque, quand elle s'était réfugiée chez Jean-Philippe, elle n'était pas prête. À présent, il était trop tard.

31

1879

Achille Sénéchal replia posément le journal et ôta ses bésicles. Gestes qu'il effectua à son habitude, lentement et en s'efforçant de maîtriser le tremblement de ses mains.

Joséphine, qui faisait découvrir à Aurélien le vieil abécédaire d'Adrien, releva la tête en entendant le vieux monsieur se racler la gorge. Bouleversée, elle remarqua alors la larme qui roulait sur la joue ridée.

— Ils l'ont tué, murmura Achille Sénéchal.

Joséphine caressa les cheveux de son fils, comme pour lui recommander de ne pas s'inquiéter, avant de s'élancer vers le vieillard.

— De qui parlez-vous, monsieur Achille ?

Il lui tendit le journal.

— Lisez donc, ma petite fille. Moi, je ne peux pas. Dire que le jeune prince constituait notre dernier espoir…

Elle se rapprocha de la fenêtre. Les colonnes dansaient devant ses yeux. Elle lut qu'une édition spéciale de *L'Estafette* avait appris aux Parisiens, deux jours auparavant, la mort du prince impérial, au Zoulouland, à l'autre bout de l'Afrique. Louis-Napoléon, âgé de vingt-trois ans, était parti en février pour la colonie britannique du Cap comme attaché à l'état-major du général Chelmsford. L'ancien élève à l'école militaire de Woolwich rêvait en effet de faire carrière dans l'armée.

Il avait trouvé la mort le 1er juin, dimanche de Pentecôte, au cours d'une banale opération de reconnaissance. Ses compagnons avaient réussi à s'enfuir. N'ayant pu les imiter à cause de la rupture d'une de ses étrivières, le prince impérial avait vaillamment fait face à une cinquantaine de guerriers armés de sagaies. Après une résistance désespérée, il était tombé sous les coups des Zoulous. Ceux-ci, d'ailleurs, après l'avoir dépouillé de ses armes et de ses vêtements, lui avaient laissé au cou la chaîne d'or et les médailles bénies qu'il portait.

À son tour, Joséphine ne put réprimer une larme. Ce destin brisé à vingt-trois ans lui rappelait fatalement l'absurdité de toutes les guerres et la mort de Jérôme.

Achille Sénéchal exhala un profond soupir.

— Je n'ai plus personne à attendre, désormais, déclara-t-il d'une voix atone.

Il semblait avoir perdu toute raison de vivre.

Joséphine, qui conduisait désormais elle-même son boghei, tira sur les rênes afin de jeter un coup d'œil au chantier de la place Nassau.

Le bastion de Nassau avait été démoli, le premier tronçon de l'avenue Philippoteaux était en construction. Les planches, les tas de gravats et les petits baraquements en bois conféraient au site un aspect délabré, mais elle imaginait la ville nouvelle qui allait donner un dynamisme certain à l'ancienne principauté. Sedan se tournait résolument vers l'avenir. Ne construisait-on pas un égout dans la montée de la place Nassau vers le fond de la Givonne ?

Joséphine tenait à faire participer la fabrique Sénéchal à cet essor. Forte des contacts noués lors de l'Exposition universelle de l'année précédente, elle avait invité Eugène Piquard, le propriétaire d'un grand magasin parisien, à venir visiter la manufacture afin de se rendre compte sur place de la qualité de leur production. Elle avait réussi à obtenir un contrat avantageux et en était particulièrement fière. Ce succès avait impressionné son banquier. Tous deux s'étaient comportés comme si Adrien en avait été responsable. Cela ne gênait pas Joséphine outre mesure, du moment que son époux lui laissait les coudées franches. Elle n'avait pas oublié les réflexions de madame Adélaïde. Pour la loi, les femmes restaient d'éternelles mineures.

Georges, qui était son plus fidèle allié, lui avait également fourni des débouchés en Belgique et en Grande-Bretagne.

Joséphine s'amusait parfois de constater que tout était affaire de relations. Dans ce domaine, le marchand ambulant était un atout précieux. Il aurait pu en remontrer à bien des dirigeants de ces grands magasins qui se développaient à une vitesse étonnante.

Perdue dans ses pensées, Joséphine poursuivit sa route vers le Moulin. Elle avait parfois l'impression qu'il lui faudrait être partout à la fois. À la fabrique où, Dieu merci, elle pouvait compter sur Gauthier et sur Alice. À la maison. Sur les foires-expositions. Dans les différents bâtiments dépendant de la manufacture… Toute cette activité l'empêchait de penser à Adrien.

Les deux époux se croisaient de loin en loin au Logis. Ils échangeaient quelques phrases polies au sujet d'Aurélien ou de monsieur Achille. Leurs relations s'arrêtaient là. Parfois, Joséphine entendait par le bouche-à-oreille des échos de la vie dissolue que menait son mari. Elle s'efforçait de ne pas y songer en se disant que, tant qu'il fréquentait les maisons de plaisir, il la laissait tranquille. Elle ne pouvait se défendre, cependant, d'éprouver un sentiment de culpabilité. Avait-elle tout mis en œuvre pour l'aider à surmonter sa maladie ? Elle n'en était pas certaine.

Comme souvent, elle chassa cette pensée désagréable en approchant du Moulin. Le chemin qui y menait était bordé de taillis et de ronciers. Le ciel, dégagé, annonçait une belle journée comme l'automne en Ardenne en offrait souvent. Dans le lointain, de l'autre côté de la rivière, la forêt s'embrasait.

Joséphine aimait jusqu'à l'air piquant de cette matinée d'octobre. Elle était de ce pays de monts et d'eau vive, et elle en prenait de plus en plus conscience au fil des années. Elle qui avait longtemps pensé qu'elle était faite pour vivre à Sedan avait de plus en plus tendance à se ressourcer à la Sente aux Geais ou au Moulin.

Je vieillis, se dit-elle.

À vingt-neuf ans, elle se sentait prête à tout entreprendre. La naissance de son fils lui avait conféré force et assurance. Elle était fermement décidée à lui transmettre la meilleure manufacture du pays sedanais.

Quel que soit le prix à payer.

Chaque fois qu'elle apercevait depuis le chemin le toit d'ardoise de *son* Moulin, Joséphine éprouvait un sentiment de fierté intense. Ne s'était-elle pas battue pour conquérir ce terrain en bord de Givonne et y faire édifier une foulerie ? Elle s'était plongée dans les documents que Roland de la Platière avait écrits pour *L'Encyclopédie* afin de choisir un moulin de France et non « façon Hollande ». Ces derniers, en effet, frappaient trop fort et la chaleur y était plus brûlante, à cause de la pesanteur de leurs pilons.

Pour cette raison, la jeune femme avait tenu à embaucher un excellent foulon gagiste. Le salaire que Joséphine lui proposait l'avait incité à reprendre son métier après une période d'inactivité forcée causée par la fermeture de la fabrique où il avait passé une grande partie de sa vie. L'homme, prénommé Albert, formait Étienne, un gamin de seize ans, qui avait la foulerie dans le sang. Pour avoir vécu toute son enfance à Saint-Blaise, la nièce de Catherine connaissait l'importance de la transmission de l'amour du métier et du savoir-faire. C'était peut-être ce qui la différenciait le plus de Félicité Desprez.

Elle immobilisa le boghei devant la porte du Moulin. Le bâtiment en pierres était de proportions bien équilibrées. Elle fit quelques pas en direction de la Givonne, fascinée par le mouvement de la roue. Celle-ci entraînait les maillets qui plongeaient avec une belle régularité dans le drap replié pour en extraire la graisse. Elle avait appris en discutant avec monsieur Achille, intarissable sur le sujet, que l'action et la qualité de l'eau étaient déterminantes. Si celle-ci était trop dure, en effet, elle resserrerait les fibres de la laine. Si elle était trop trouble, elle se contenterait de ternir le drap.

Le grand-père d'Adrien lui avait également appris que les draps dégraissés et foulés dans la Givonne présentaient un éclat incomparable quand on les teignait en écarlate ou en bleu. Il existait une mystérieuse alchimie qui dotait la rivière de propriétés incontestables.

Fidèle aux idées de Jérôme, qui avait horreur de recourir aux vertus de l'urine vieillie, Joséphine tenait à ce qu'on utilise du savon blanc de Marseille. Les odeurs fortes imprégnant l'air au Moulin ne la gênaient plus. Elle s'y était habituée. Elle aimait le mouvement lent du foulon, le moment où, enfin dégraissé, le drap apparaissait sous son véritable jour. À la sortie du Moulin, elle pouvait dire quelle serait sa qualité. Or, elle voulait le meilleur pour la fabrique Sénéchal.

Elle sursauta en entendant Étienne fredonner une chanson qu'elle ne connaissait pas.

Prisonnier à Sedan,
Revendant à Sedan,
Revendant aux Allemands
La France et ses enfants,
Il faut applaudir les Zoulous
Qui viennent de poignarder Loulou.

— C'est cruel, lui fit-elle remarquer.

Même si elle reprochait toujours à Napoléon III

d'avoir entraîné le pays dans la débâcle, elle ne pouvait se réjouir de la mort du prince impérial, tué à l'âge de vingt-trois ans.

Elle tenta de l'expliquer à l'apprenti foulon mais celui-ci ne parut pas sensible à ses arguments.

— C'est rien qu'une chanson, fit-il, insouciant. Ça fait pas de mal.

— En tout cas, ne la chante pas devant moi, répliqua-t-elle sèchement.

Elle surprit le regard qu'échangeaient Albert et Étienne.

C'est bien une idée de bonne femme, ça ! pensaient-ils.

Il lui arrivait encore assez souvent de se heurter à une certaine misogynie. Pour être crédible, elle devait sans cesse faire ses preuves, démontrer qu'elle savait de quoi elle parlait. Elle ne comptait plus les nuits passées à étudier les ouvrages de la bibliothèque du Logis. Monsieur Achille l'avait guidée, jusqu'à la mort du prince impérial. Désormais, il restait replié sur lui-même, ne répondant même plus lorsqu'on lui adressait la parole.

Joséphine appréhendait le moment où le vieux monsieur ne serait plus là.

Elle se retrouverait seule, alors, pour affronter son époux.

32

1880

Il avait gelé durant la nuit et une fine pellicule de givre recouvrait le parc. Joséphine se détourna de la fenêtre en frissonnant. Elle avait hâte que cette journée se termine. Monsieur Achille était mort dans son sommeil l'avant-veille, et la fabrique était bouleversée. La jeune femme s'était chargée de tout avec l'aide de Catherine. Mademoiselle Agathe, de son côté, s'était enfermée dans sa chambre en prévenant qu'elle était trop choquée pour s'occuper de quoi que ce soit.

« Trop flemmarde, oui ! » avait commenté Catherine, qui n'appréciait guère la vieille demoiselle, lui reprochant de n'avoir jamais rien fait de ses dix doigts.

Il avait fallu envoyer des commissionnaires un peu partout afin de prévenir Adrien du décès de son grand-père. Un accord tacite entre les deux anciens compagnons de captivité faisait que Gauthier savait en général où le joindre. Cette fois, pourtant, il n'y était pas parvenu.

Joséphine avait renoncé à se demander si son

époux rentrerait à temps pour les obsèques. Elle avait à cœur de rassurer Aurélien. Mademoiselle Agathe avait en effet eu la funeste idée d'emmener le petit garçon dans la chambre mortuaire. Les rideaux tirés et les volets fermés, la fenêtre ouverte – afin que l'âme du défunt puisse s'en aller –, l'odeur entêtante des cierges qui se consumaient lentement, les miroirs et les objets brillants voilés de noir, la rigidité cadavérique du vieil homme, vêtu de son plus bel habit, avaient terrorisé le petit garçon. Depuis la veille, il était la proie de cauchemars qui le faisaient se dresser sur son lit en hurlant. Dans ces moments-là, Joséphine priait pour que son fils ne soit pas à son tour atteint de convulsions. Catherine elle-même ne pouvait pas comprendre. Elle n'avait jamais assisté aux terribles crises d'Adrien.

Joséphine avait veillé à ce que celui qu'elle considérait comme son beau-père ait dans son cercueil un morceau de drap Sénéchal, d'une finesse et d'une qualité exceptionnelles. Elle avait glissé son chapelet entre les mains de monsieur Achille et lui avait envoyé un baiser du bout des doigts.

C'était un peu de l'âme de la fabrique qui s'en allait avec lui.

Les ouvriers ne s'y étaient pas trompés. Ils étaient venus nombreux s'incliner devant le vieux drapier. Laineurs, foulons, tondeurs, coursiers, tisserands, nopeuses, tisserandes, rentrayeuses pénétraient dans le Logis d'un air embarrassé. Les hommes trituraient leur casquette entre leurs doigts, les femmes avaient les cheveux dissimulés sous un châle. Tous parlaient bas et évoquaient les années de prospérité sous le Second Empire, quand « monsieur Achille » travaillait encore. Ils jetaient un coup d'œil en biais à Joséphine, sans oser demander où était monsieur Adrien. Elle avait conscience, cependant, de leurs interrogations, même si elle se tenait bien droite, comme pour décourager toute question indiscrète.

Quand les porteurs étaient venus chercher le cercueil, Joséphine les avait suivis, en tenant serrée la main de son fils.

Le corbillard, tiré par quatre chevaux empanachés de noir, avait fière allure.

— Vous avez bien fait les choses.

Elle tressaillit, se retourna. Adrien, tête nue, le col ouvert, se tenait à deux pas derrière elle. Son haleine empestait l'alcool.

— Vous n'avez pas l'intention de venir à l'église dans cette tenue, j'espère ?

Son rire moqueur lui valut plusieurs coups d'œil scandalisés.

— Pensez-vous vraiment que cela dérange mon grand-père, là où il se trouve à présent ? ricana-t-il.

Il passa la main dans ses cheveux, comme pour les discipliner.

— Je parie que vous ne vous inquiétiez même pas de mon sort. Ne me jetez pas ce regard furibond, on nous épie. Voulez-vous retenir le convoi quelques instants ? Je vais me rafraîchir, je reviens tout de suite.

Il n'avait pas accordé la moindre attention à son fils. C'est peut-être mieux ainsi, se dit-elle, le cœur lourd. Elle se tourna vers les porteurs, les invita à revenir boire un verre de goutte en cuisine. Ils ne se firent pas prier.

— Nous allons arriver en retard à l'église, remarqua mademoiselle Agathe en pinçant les lèvres.

— À qui la faute ? répliqua vivement Joséphine.

Les deux femmes s'affrontèrent du regard. La première, la vieille demoiselle détourna la tête.

— On ne peut pas exiger une parfaite éducation de la part d'une fille de tisserands ! susurra-t-elle, fielleuse.

Joséphine ne répondit pas. Elle n'avait pas l'intention de polémiquer devant témoins. D'ailleurs, Adrien revenait déjà. Ses cheveux mouillés brillaient sous le soleil d'hiver. Il avait passé un costume et une cravate noirs, et portait un brassard de crêpe.

Il se plaça derrière le corbillard. Joséphine suggéra doucement à Aurélien d'aller au côté de son père, mais l'un et l'autre refusèrent.

— Gardez donc ce gosse dans vos jupes, fit alors Adrien d'un ton chargé de mépris.

Une nouvelle fois, elle résolut de se taire. C'était bien le moins qu'elle pût faire pour monsieur Achille.

Le convoi funèbre s'ébranla, franchit la porte cochère de la fabrique Sénéchal avant de remonter l'ancienne avenue de la Cassine, devenue l'avenue du Général-Margueritte, jusqu'à la place Turenne.

Tout au long du trajet, des passants se découvraient, d'autres se joignaient au cortège pour rendre un dernier hommage au vieux drapier. Les cloches de l'église Saint-Charles sonnaient à la volée.

Tenant toujours serrée la main d'Aurélien, Joséphine remonta l'allée centrale. Son fils et elle attiraient tous les regards. Le maire était présent, ainsi que les drapiers de la ville. Elle aperçut Félicité

Desprez, digne comme une duègne espagnole dans ses voiles noirs, et sentit une bouffée de colère l'envahir.

Agathe Sénéchal se plaça en tête sur le premier banc à gauche. Joséphine l'accompagna après avoir encouragé Aurélien à rejoindre son père, sur le premier banc à droite. Plusieurs cousins Sénéchal s'installèrent derrière. Le prêtre toussota. Joséphine, saisie de vertige, se remémora la nuit passée dans cette église, plus de dix ans auparavant. Sa vie avait changé de façon radicale et, cependant, elle avait le sentiment d'être restée la même. Son esprit vagabonda durant la messe d'enterrement, interminable. Elle se demandait avec inquiétude comment Aurélien supporterait l'épreuve, mais le petit garçon ne broncha pas. Il imitait en tous points son père, avec une bonne volonté touchante. Il resta d'ailleurs aux côtés d'Adrien quand le cortège se remit en marche derrière le corbillard pour se rendre au cimetière.

La terre était gelée. Les fossoyeurs s'essuyaient le front. Il y avait plusieurs années que monsieur Achille avait fait part de ses dernières volontés. Il ne souhaitait pas être inhumé dans le caveau familial des Sénéchal mais face à l'orée du bois.

« Quelle idée, vraiment ! » avait marmonné mademoiselle Agathe lorsqu'elle l'avait appris.

Joséphine rejoignit son fils. Elle avait apporté deux petits bouquets de bruyère, de la bruyère vivace, blanche, qui résistait aux gelées. Adrien resta les bras croisés tandis qu'elle jetait les fleurs sur le cercueil et que son fils l'imitait. Elle l'attira ensuite à l'écart. Le prêtre et l'assistance nombreuse lancèrent chacun une pelletée de terre. Une pluie verglaçante, piquante, s'abattit sur le cimetière. Joséphine tint son fils serré contre elle mais ne chercha pas à se mettre à l'abri. Elle attendait quelqu'un. Félicité Desprez se contenta de se signer devant la tombe béante. Elle salua Adrien et Agathe d'une brève inclinaison de tête, ignora Joséphine. Celle-ci n'en avait cure.

Avant de retourner à la fabrique partager avec leurs hôtes les traditionnels brioches et gâteaux mollets, Joséphine fit un détour pour se rendre devant la chapelle funéraire des Desprez. Elle savait que ce geste serait abondamment commenté, et critiqué, mais elle s'en moquait. Elle *devait* le faire, par fidélité au souvenir de Jérôme.

Elle vit le regard de son époux qui virait au noir, lui dédia un sourire ironique. Il était grand temps pour lui de comprendre qu'elle entendait agir à sa guise !

Elle glissa sur le sol verglacé à la sortie du cimetière. Adrien la rattrapa par le bras.

— Ne croyez pas m'échapper, ma chère.

Sa voix était chargée de menace. Joséphine s'efforça de ne pas y prêter attention. Il ne pouvait rien contre elle.

La lune, ronde et lumineuse, éclairait le couloir par une fenêtre haute et étroite. Joséphine tira la porte de la chambre d'Aurélien et se glissa dans l'escalier. Elle n'avait pas la moindre envie de rencontrer son époux.

La journée avait été longue et épuisante. Les personnes venues nombreuses rendre un dernier hommage à monsieur Achille avaient bu force cafés et verres d'eau-de-vie avant de retourner chez elles. À croire que chacun avait une anecdote à raconter concernant le drapier ! Adrien donnant l'impression de ne pas être concerné par ces échanges de souvenirs et mademoiselle Agathe s'étant retirée dans ses appartements, c'était Joséphine qui avait conversé avec leurs invités.

Prendre la parole en public ne lui faisait plus peur. Elle parlait d'une voix douce, et le brouhaha s'atténuait. Elle agissait ainsi avec les tondeurs, qui avaient la réputation d'être de fortes têtes. Ils la respectaient. Pourquoi les bourgeois de Sedan n'en auraient-ils pas fait autant ?

Elle avait veillé à ce que les porteurs du cercueil aient double ration de goutte et de café, et repartent avec de la brioche, elle avait remercié tous ceux qui s'étaient déplacés pour les obsèques. Durant tout ce temps, le regard d'Adrien pesait sur elle, et elle éprouvait un sentiment de malaise. Comme si elle avait senti qu'il la jaugeait.

La journée avait été si éprouvante que tout son corps crispé lui faisait mal. Elle courut jusqu'à sa chambre, au rez-de-chaussée, poussa la porte, tira le verrou.

— Bonsoir, ma chère.

Saisie, elle se retourna vivement, aperçut une silhouette assise devant la porte-fenêtre. Elle ne put réprimer un cri. Adrien se redressa.

— Vous aurais-je fait peur ? Vous deviez bien vous douter, cependant, que j'avais l'intention de vous rendre une petite visite.

Il était d'autant plus redoutable lorsqu'il prenait

ce ton doucereux. Oui, elle avait peur de lui, même s'il n'était pas facile de le reconnaître. Mais il ne fallait pas le lui dire. Jamais. Elle réussit à sourire.

— Vous êtes ici chez vous.

— Ravi de vous l'entendre dire.

Il se rapprocha d'elle.

— Vous vous êtes acquittée de votre rôle à la perfection, ce tantôt. Remarquable, vraiment. Qui aurait pu se douter de vos origines en vous voyant vous affairer ? Quoique... vous avez commis un impair en allant vous incliner sur la tombe des Desprez. Quel accès de sentimentalisme ! Je vous croyais plus intelligente. Pour vous dire le vrai, cela m'a agacé. Je n'ai vraiment pas envie qu'on se rappelle que vous avez été la maîtresse du fils Desprez.

Suffoquée, Joséphine ne trouva rien à répondre.

— Hé ! Pour une fois, vous avez le bec cloué, à ce qu'on dirait ! ricana-t-il. Voilà qui est aussi surprenant qu'amusant.

Il se rapprocha un peu plus d'elle et, d'un geste brusque, lui tira violemment les cheveux en arrière. Elle se mordit les lèvres pour ne pas crier.

— Je mène la vie qui me plaît, mais j'attends de mon épouse qu'elle ait un comportement irréprochable, martela-t-il.

Malgré la douleur, Joséphine ironisa :

— Que craignez-vous donc ? Que je ne parvienne pas à oublier l'homme que j'ai aimé plus que tout ? Rassurez-vous, il est mort depuis dix ans !

Il lui assena une gifle d'une violence telle qu'elle alla donner de la tête contre le mur. Assommée, elle s'affaissa lentement.

Le visage défait, Adrien la contempla durant

plusieurs secondes, sans chercher à la ranimer. Ce serait toujours la même chose, se dit-il avec une lucidité amère. S'il avait été capable d'aimer, il aurait tout fait pour la rendre heureuse. Sa maladie l'avait coupé du monde. Sa jalousie morbide, liée à l'alcool, le transformait en un personnage abject et violent, qui lui faisait horreur.

Il aurait voulu être le premier homme dans la vie de Joséphine. Il avait cru devenir fou lorsqu'il l'avait vue se recueillir devant la chapelle funéraire des Desprez. Il l'aimait. Certainement très mal. Mais il l'aimait.

D'un geste rageur, il enfonça son chapeau sur sa tête et, après avoir ouvert la porte-fenêtre, disparut dans le parc glacé.

33

Le bureau de madame Desprez – « la vieille », comme l'appelaient entre eux les ouvriers – se trouvait dans l'aile incurvée de l'étage noble. De cette manière, elle bénéficiait d'une vue plongeante sur la cour intérieure de la fabrique. Un simple coup d'œil lui suffisait pour vérifier les entrées et les sorties des draps, le va-et-vient des employés. Ce qui lui donnait le sentiment d'être encore en vie.

Sans la Licorne, elle aurait depuis longtemps baissé les bras. La mort de son fils unique l'avait atteinte en plein cœur. Elle avait amèrement regretté de lui avoir adressé tous ces reproches au cours des mois précédant la guerre. Elle l'avait harcelé au sujet de sa maîtresse, cette fille de rien qui avait réussi à se faire épouser ensuite par l'héritier Sénéchal. Tout était de sa faute, d'ailleurs. Chaque fois qu'elle songeait à elle, la haine la submergeait.

Dire que ce pauvre Charles avait failli accorder foi à son histoire d'enfant… Félicité ne s'était pas laissé prendre à ce piège grossier ! La fille devait être grosse d'un amant de passage. À moins qu'elle n'ait tout inventé. Après la scène déplorable survenue dans le cimetière Saint-Charles, Félicité avait tenté d'en savoir un peu plus sur cette Joséphine Tortel. En vain. À croire qu'elle s'était volatilisée… Quelques mois plus tard, elle était même allée rôder près du vieux tour de l'hôpital, là où les bébés abandonnés étaient déposés autrefois. Elle n'en avait rien dit à son époux. De toute manière, Charles vivait désormais renfermé sur lui-même. Par la suite, il s'était lentement laissé mourir, rongé par le chagrin.

Félicité n'était pas de cette trempe. Le drame qu'ils avaient vécu l'avait incitée à se consacrer encore davantage à la fabrique. Dans un premier temps, l'après-guerre avait été marquée par la nécessité de produire vite et beaucoup. En effet, les longs mois d'inactivité avaient créé une pénurie, amplifiée par la guerre de Sécession américaine et le blocus du coton. Les laines étaient donc devenues indispensables.

Cette situation convenait parfaitement à Félicité, qui avait employé un nombre accru de tisseurs à domicile afin d'augmenter la production de la Licorne.

Avec le recul, elle mesurait combien elle avait eu tort, alors, de rester attachée aux méthodes ancestrales et de ne pas investir. Elle avait été de ceux qui ne croyaient pas en l'avenir de la machine à vapeur. Pour elle, rien ne valait le métier à l'ancienne, s'appuyant sur des générations d'expérience. Elle considérait d'un air amusé ses anciens employés qui se lançaient dans la production sans même posséder de fabrique. La plupart faisaient travailler la laine par des façonniers. Ils ne tarderaient pas, affirmait Félicité dans les réunions patronales, à mettre la clef sous la porte, tout simplement parce que le métier de drapier ne s'improvisait pas. On l'écoutait poliment, mais elle sentait bien qu'elle était mise à l'écart. Elle avait beau représenter son mari, qui ne sortait plus de la Licorne, elle ne possédait pas son charisme. Quand on la voyait arriver, enveloppée dans ses voiles noirs, certains avaient tendance à se détourner. Elle faisait peur, avec son visage marqué par la tragédie. Félicité Desprez rappelait par sa seule présence le désastre et les malheurs survenus en 1870. Sedan voulait oublier, pour mieux revivre.

Félicité, qui avait conscience de cette forme d'ostracisme, n'en souffrait pas vraiment. De toute manière, elle était certaine, à cette époque, de ne pas se tromper en restant attachée aux méthodes ancestrales qui avaient fait le succès de la Licorne.

Neuf ans après, elle n'en était plus aussi sûre. La société avait changé. L'Exposition universelle de 1878 avait consacré de nouvelles technologies. L'annexion de l'Alsace-Lorraine avait permis à l'industrie allemande d'augmenter son activité textile. De cliente, l'Allemagne devenait fournisseur, et même concurrente. De plus, le développement des grands magasins avait favorisé des changements de mode dont la qualité s'accommodait mal. Félicité avait compris trop tard que certaines manufactures avaient choisi de différencier leur production. Elles continuaient de vendre leurs étoffes de luxe aux clients prestigieux et fabriquaient des produits de qualité moindre pour les grands magasins.

Il fallait croire que madame Sénéchal était bien conseillée puisqu'elle avait fait ce choix... Quand elle parlait d'elle – le plus rarement possible ! –,

Félicité disait « madame Sénéchal » avec une pointe d'ironie. Elle devait admettre, cependant, que la fille de tisserands avait su mener sa barque. Avant la guerre, la fabrique Sénéchal était tombée si bas que les autres drapiers guettaient le moment où ils pourraient la racheter pour une bouchée de pain. Le terrain et les bâtiments valaient à eux seuls une fortune, mais ils n'avaient pas l'intention de faire de cadeaux à un noceur comme Adrien Sénéchal, qui ne s'était jamais donné la peine de pénétrer dans ses ateliers. Les drapiers avaient leur code de l'honneur. Ceux qui se désintéressaient du métier ne méritaient pas de compter parmi eux.

Félicité se détourna de la fenêtre, retourna à son bureau. Des chiffres, des colonnes de chiffres, venaient lui rappeler qu'elle devait à tout prix gagner de nouveaux marchés. La Licorne était en perte de vitesse, ce que madame Desprez avait de la peine à admettre. À près de soixante ans, la fatigue lui pesait et, malgré sa volonté, elle ne pouvait plus tout contrôler. Il lui aurait fallu déléguer quelques responsabilités. À qui ? se demandait-elle avec une sourde angoisse. Elle avait toujours voulu exercer une mainmise totale sur la fabrique et se retrouvait à présent dans une impasse. Elle n'avait pas de véritables amis, sur qui elle aurait pu s'appuyer.

Son regard se troubla. Elle songeait à Jérôme, et à son frère jumeau, mort à la naissance. Elle n'avait pas eu d'autres enfants. « Cela ne s'est pas fait, Dieu ne l'a pas voulu », avait-elle déclaré un jour avec une pudeur touchante à son confesseur. Désormais, elle se retrouvait seule.

Elle avait bien un frère, qu'elle voyait de loin en loin, lors de grandes réunions familiales. Gabriel Ozennes avait confié son entreprise textile de Reims à son propre fils, Pierre. Félicité ne pouvait lui demander de venir à son aide. Elle aurait eu l'impression de trahir la mémoire de son mari.

De nouveau, elle se plongea dans ses livres. L'employé aux écritures, monsieur Vitalle, écrivait très serré, et elle avait de plus en plus de peine à le lire. Le lorgnon prescrit par le docteur Martin n'apportait guère d'amélioration. Le médecin était d'ailleurs un peu plus âgé qu'elle, mais il n'envisageait pas d'arrêter son activité, lui non plus.

« Vous et moi sommes de vieilles bêtes, lui avait-il dit lors de sa dernière visite. Nous travaillerons jusqu'au bout et ne nous coucherons que pour mourir. »

Un discours qu'auraient pu tenir nombre de tisserands.

Peut-être devrais-je me résigner à louer une des deux machines à vapeur installées au Dijonval, que possède l'entreprise Bacot ? se dit-elle tout à trac. Si elle ne se modernisait pas, la Licorne allait à sa perte.

Adrien Sénéchal avait toujours aimé Reims. La ville animée, tournée vers l'avenir, avait un côté dynamique qui lui plaisait. Là-bas, on ne suivait pas ses faits et gestes d'un regard réprobateur. Il se sentait libre d'agir à sa guise, enfin !

Il était parti sur un coup de tête, ne supportant plus de se retrouver face à Joséphine après la violente altercation qui les avait opposés. Il avait passé le reste de la nuit dans un cabaret avant de grimper, au petit matin, dans le train de Paris. Là, il s'était endormi, tout simplement, comme souvent après une crise.

À Reims, il était descendu au Grand Hôtel, tout proche de la cathédrale. Il y avait ses habitudes. De la chambre qu'on lui réservait, au premier étage, il apercevait en se penchant au balcon la grande rosace. Il se sentait dépaysé.

Il avait dormi, à nouveau, avant de faire un brin de toilette et, sa canne à la main, d'aller marcher au hasard, pour humer l'air de la ville.

Il s'était rendu aux Galeries rémoises, sur l'ancien marché aux Étamines, histoire de vérifier qu'on y vendait toujours des produits Sénéchal. Cela l'amusait de penser que ce magasin de nouveautés, créé en 1858 par un certain Charles Bureau à la place du commerce de son père, Les Deux Pommes d'Or, avait servi de modèle au Louvre et au Bon Marché parisiens.

Un livreur à casquette, les bras chargés de cartons à chapeaux, manqua trébucher sur les pavés. Le nez en l'air, Adrien lisait les enseignes des autres magasins – Au Grand Turc, Au Gagne-Denier, Au Grand Prophète… –, autant de noms supposés faire rêver les clientes.

Il aurait pu, s'il en avait réellement éprouvé le désir, travailler de façon efficace pour la fabrique Sénéchal. Il savait être bon vendeur, à condition de s'en donner la peine. Mais en avait-il envie ? Il se disait souvent : À quoi bon ? La peur, toujours…

Il traversa la place des Marchés, puis la place Royale, remonta à grands pas vers la rue Cérès sans même jeter un coup d'œil à l'hôtel Ponsardin, aux huit colonnes monolithiques.

Au-delà du faubourg Cérès, la rue de Cernay abritait les ouvriers occupés dans les filatures textiles. Les maisons avaient été bâties à la va-vite, en « carreaux de terre », des pavés obtenus en faisant sécher de la boue jaune et assemblés avec de la terre, sans plan d'ensemble.

Adrien avait rencontré Lisa un dimanche de Pâques, à l'occasion de la foire qui se tenait avenue de Paris. Le Versailles, une longue galerie de bois divisée en compartiments dans lesquels s'installaient marchands de saucissons, de sucreries, de dentelles et de vannerie, en constituait l'attraction principale.

Avec la jeune ouvrière, il n'avait jamais eu besoin de composer un personnage. Elle l'admirait tel qu'il était, sans lui reprocher quoi que ce soit. Elle comprenait, même, son besoin de boire pour oublier. Elle ne lui reprochait pas son goût prononcé pour l'absinthe, « la fée verte », cet alcool redoutable dont il faisait une consommation importante. Auprès d'elle, il avait encore l'illusion de dominer le jeu. Même s'il ne l'aimait pas d'amour.

Une petite pluie fine se mit à tomber alors qu'Adrien apercevait, à une centaine de mètres, la maison de Lisa. Il remonta le col de sa veste en maugréant. Il avait horreur de la pluie, et bien besoin d'un cordial pour se réconforter.

Tête baissée, il s'élança sur la chaussée, glissa sur les pavés mouillés.

Il eut le temps, en tombant, d'entrevoir le coupé qui fonçait sur lui et pensa que le cocher n'aurait pas la possibilité de l'éviter.

C'était peut-être mieux ainsi, se dit-il.

34

1884

Comme souvent, le mois d'août était marqué par une chaleur lourde, difficile à supporter en ville. La proximité de la Meuse apportait un peu de fraîcheur, à condition de demeurer à l'ombre des saules pleureurs. Depuis la berge, Joséphine apercevait les bâtiments de la fabrique et le Logis entre les frondaisons des arbres.

Elle pouvait être fière, se dit-elle. À moins de dix ans, son fils se retrouvait à la tête d'un patrimoine immobilier et industriel conséquent. La fabrique Sénéchal était devenue le fer de lance des entreprises sedanaises.

« Un élément incontournable de notre cité », avait déclaré récemment le sous-préfet dans un discours.

Joséphine avait incliné poliment la tête en souriant. Elle tenait à offrir en toutes circonstances l'image d'une femme sereine. Il n'était pas question pour elle de mentionner les nuits sans sommeil, les angoisses liées aux décisions qu'elle prenait seule, en ayant souvent conscience de mettre en péril la survie de la fabrique.

Sa tante Catherine lui avait dit un soir : « Tu es devenue une dame », et elle avait ressenti une bouffée d'émotion, en songeant à Jérôme et à madame Adélaïde. Tous deux avaient été les artisans de sa transformation.

Quinze ans après, elle n'avait pas oublié Jérôme. Elle éprouvait toujours une douleur sourde chaque fois qu'elle évoquait son premier amour. Ses proches le savaient. Ils parlaient de lui avec précaution, comme s'ils craignaient de la voir fondre en larmes. Ils auraient dû savoir, depuis le temps, qu'elle avait appris à maîtriser ses émotions. N'avait-elle pas fait face aux médisances, après la mort d'Adrien ? Un secrétaire de mairie était venu à la fabrique la prévenir. Elle était en train de vérifier un chargement de draperies. Il pleuvait, le ciel était d'une morne désespérance. Sa tête la faisait encore souffrir. Lorsqu'elle avait repris conscience, au milieu de la nuit, elle avait appliqué un gant mouillé sur son visage avant de se glisser dans son lit. Elle avait froid, mal, et se sentait profondément abattue. Quelle serait sa vie, désormais ? s'était-elle demandé avec angoisse. Elle redoutait une violence accrue de la part de son époux. Monsieur Achille n'était plus là pour la protéger. Elle avait fini par sombrer dans un sommeil lourd, sans rêves.

La cloche de la fabrique l'avait réveillée en sursaut. En se levant, elle avait couru à sa coiffeuse, levé le chandelier. Non, cela ne se voyait pas. Elle ne supportait pas l'idée, en effet, d'être considérée avec condescendance, ou pitié. Pourtant, elle était une femme battue. Cette idée la révoltait. Il fallait que cela change.

Elle avait éprouvé un choc en apprenant la mort de son époux mais n'avait pas pleuré pour autant. Cette attitude lui avait été reprochée, par la suite.

« Ma petite, vous manquez singulièrement de cœur », lui avait dit mademoiselle Agathe.

Joséphine n'avait pas bronché. Elle pouvait bien penser ce qu'elle voulait !

Elle avait versé des larmes dans la solitude de sa chambre, quand on lui avait ramené le corps d'Adrien. Il l'avait fait souffrir, et cependant, sa mort la laissait perdue, démunie. Elle n'oubliait pas que, grâce à lui, elle avait été admise dans le cercle fermé des drapiers.

Il avait fallu faire face aux commérages, rester droite, digne. Sedan bruissait de rumeurs. Pourquoi le fils Sénéchal était-il mort à Reims ? On ne le voyait jamais à la fabrique. Et sa femme… Une fille sans le sou. Travailleuse, certes, mais, n'est-ce pas, une fille d'ouvriers. Qui allait diriger la fabrique, désormais ?

Les laineurs, les tondeurs et tous les employés de l'entreprise Sénéchal ne se posaient pas ce genre de questions. Ils savaient bien, eux, que « la patronne » faisait tourner la manufacture depuis plusieurs années.

Elle avait veillé à tout, conduit le deuil en compagnie de son fils. Et puis, quand tout avait été terminé, que les derniers hôtes étaient repartis, elle s'était enfermée dans sa chambre, où elle avait vomi, une bonne partie de la soirée, au-dessus de la table de toilette. Elle avait expulsé tout ce qui avait été dit et, surtout, tout ce qui n'avait pas été dit entre Adrien et elle.

Le lendemain, mademoiselle Agathe lui avait annoncé qu'elle partait vivre à Haraucourt.

« Vous avez fait entrer le malheur dans cette maison », lui avait-elle dit méchamment.

Joséphine avait préféré ne rien répondre. Elle avait du travail par-dessus la tête. C'était pour elle un exutoire.

Elle s'était sentie mieux après le départ de mademoiselle Agathe. Chez elle, enfin. Elle avait réaménagé le Logis à son goût, privilégiant une atmosphère feutrée, intimiste. Elle avait mis un certain temps, cependant, avant de pénétrer dans le domaine d'Adrien. Elle l'avait fait un jour de grand soleil, comme pour mieux exorciser les fantômes du passé. La grande chambre était impeccablement rangée. Dans le cabinet de toilette, la brosserie en argent sur bois d'ébène côtoyait un nécessaire à ongles en ivoire, une boîte de savon à barbe, un rasoir, des serviettes de fil, particulièrement douces.

Qui était réellement son mari ? s'était-elle demandé, de retour dans la chambre, en relevant le nom des ouvrages empilés sur sa table de chevet. Les poèmes de Baudelaire voisinaient avec ceux de Hugo, ce qui l'avait intriguée. Elle n'avait jamais réellement cherché à le comprendre, peut-être parce qu'il l'en avait empêchée.

Elle avait marqué une hésitation devant sa table à écrire. Sur l'écritoire en bois fruitier et cuir vert, une feuille de papier à lettres couleur ivoire était posée à côté de toute une collection de porte-plumes et de flacons d'encre.

Elle s'était penchée, avait lu son prénom :

Joséphine. Puis : *Je vous écris parce que...* Le message s'interrompait là.

La jeune femme, intriguée, avait cherché une autre missive dans les petits tiroirs, en vain. Elle était ressortie perplexe des appartements d'Adrien.

« C'était un drôle de gars », lui avait confirmé Gauthier, qui l'avait bien connu en captivité. Il avait ajouté : « Je crois qu'il ne s'aimait guère. »

Il avait en tout cas prévu sa succession. Le notaire avait annoncé à Joséphine que suivant les dispositions prises par Adrien, quelques semaines après la naissance d'Aurélien, elle était tutrice de leur fils et bénéficiait d'un droit d'usufruit sur la fabrique et tous leurs biens.

Mon épouse saura en faire bon usage, avait tenu à écrire Adrien au bas de l'acte.

Joséphine, qui n'avait pu pleurer à l'église ou au cimetière, avait alors écrasé une larme. Elle ne saurait jamais ce que son mari avait désiré lui écrire.

C'est peut-être mieux ainsi, avait-elle fini par se dire.

Elle remonta à pas lents vers le Logis. Elle avait promis à Aurélien de l'emmener assister aux fêtes données le 18 août en l'honneur de l'inauguration de la ville nouvelle.

Après sept années de travaux, Sedan se présentait sous son nouveau visage. Les fortifications avaient été rasées, ainsi que le bastion de Nassau, ce qui avait ouvert la ville vers le nord et vers l'est. La commune de Torcy, rattachée à Sedan en 1846, avait permis toute une extension du côté de la rive gauche. Le château fort paraissait presque déplacé, hors du temps, face aux larges avenues qui conféraient un aspect beaucoup plus moderne à la cité. Place d'Alsace-Lorraine, on pouvait admirer le nouvel immeuble de la Caisse d'Epargne.

Seul demeurait inchangé le centre ancien de Sedan, tout autour de l'église Saint-Charles, avec ses fabriques, son activité constante.

Aurélien s'élança vers Joséphine.

— Je suis prêt, maman.

Elle le serra contre elle. Chaque fois qu'elle le contemplait, elle se demandait avec un pincement au cœur de qui il était le fils. Par un caprice malicieux du destin, il lui ressemblait de façon frappante.

« Il a tout pris de ton côté », avait fait remarquer un jour Élodie, et Joséphine s'était alarmée. Sa sœur pouvait-elle avoir deviné son angoisse ?

La famille avait éclaté. Suzon s'était mariée avec un forgeron meusien. Elle avait fait comprendre à Joséphine que son mari n'appréciait guère cette belle-sœur trop brillante, reçue dans les salons. Leur relation, déjà distendue, s'était effilochée. Lucien avait quitté la boulangerie pour devenir cocher à Verdun. Il aimait un peu trop la bouteille, comme leur père. Il ne donnait plus signe de vie et, la dernière fois que Joséphine l'avait vu, il était dans un triste état. Il avait refusé d'écouter les conseils et les mises en garde de sa sœur, l'avait traitée de « bourgeoise ». Elle s'était sentie rejetée, mise à l'écart par sa propre famille, et en avait profondément souffert.

« Tu n'es pas responsable d'eux, l'avait sermonnée Catherine. Cela fait plus de dix ans que tu les aides en leur envoyant de l'argent. Ça ne peut pas continuer ainsi. Tu n'es pas coupable d'avoir réussi. »

Il fallait que ce fût dit.

Baptiste, prêtre à Rethel, avait bien mené sa barque. Il se chuchotait que l'archevêque de Reims lui-même, monseigneur Langénieux, avait remarqué ce jeune homme brillant. Cependant, il ne voyait plus ses frère et sœurs ni sa tante, comme s'il en avait eu honte.

« Ça lui est monté à la tête, disait Georges. Peut-être bien qu'il se souviendra de nous le jour où il aura un gros problème. »

Georges, lui, n'avait guère changé. Il se tenait un peu plus voûté, ses cheveux avaient grisonné aux tempes, mais il était resté le même, avec sa faconde et sa bonne humeur. Non content de sillonner les routes et chemins d'Ardenne, il faisait aussi quelques marchés, où il rencontrait un succès incontestable. Il avait à présent deux voitures et avait formé un jeune, Régis, qui effectuait désormais plusieurs tournées. Toujours célibataire, il s'estimait dorénavant trop vieux pour prendre femme. N'avait-il pas des manies de vieux garçon ?

En tout cas, il s'entendait à merveille avec Aurélien, qui criait de joie dès qu'il apercevait son vieil ami. Il fallait les voir revenir d'une « expédition » dans Sedan, les poches pleines de bonbons !

« Ne le gâte pas trop », lui recommandait Joséphine, et il souriait, un sourire de gosse.

« J'aime bien l'idée de lui donner l'enfance que je n'ai pas eue », avouait-il, avec une franchise désarmante.

Joséphine et Aurélien devaient le retrouver sur la nouvelle place d'Alsace-Lorraine pour assister au passage du cortège des trente-neuf sociétés municipales et musicales, et des dix-sept sociétés de gymnastique.

Une foule joyeuse se pressait tout au long de « l'Avenue », comme l'on nommait déjà l'avenue du Ménil.

Joséphine comptait au nombre des élégantes, qui ne seraient pas sorties sans chapeau. Elle portait une robe à tournure, bleu et ivoire, et un chapeau orné d'un nuage de soie assorti, qui lui adoucissait le visage.

Élodie, qu'elle avait invitée, était ravissante dans une guimpe au col de dentelles et une double jupe vert émeraude. L'adolescente apeurée s'était transformée en une jeune femme plus assurée. Après plusieurs années passées à apprendre le métier de couturière chez madame Eva, Élodie avait décidé de s'installer à son compte. Joséphine lui avait prêté les capitaux nécessaires, et sa sœur lui remboursait chaque mois une certaine somme. Les affaires marchaient bien, elle s'était constitué une clientèle fidèle, qui appréciait sa coupe parfaite et son goût des finitions impeccables. Elle avait beaucoup appris au contact de ses clientes. À près de trente ans, elle n'envisageait pas, cependant, de se marier ni d'avoir des enfants.

« Je ne dois pas être faite pour l'amour », éludait-elle en souriant lorsqu'on lui posait la question.

Elle avait aimé un seul homme – Gauthier – sans espoir. Elle ne tenait pas à souffrir à nouveau.

— C'est magique ! s'écria Aurélien avec conviction.

Ses études lui avaient donné le goût des mots, qu'il savourait avec un plaisir évident. C'était un garçon plutôt grand pour son âge, avec un visage ouvert, des yeux verts et une bouche gourmande. Une affectueuse complicité unissait Joséphine à son fils. Elle ne savait pas encore s'il s'intéresserait à la fabrique et elle n'avait pas l'intention de brûler les étapes. Les années avaient quelque peu gommé les aspérités de son caractère, même si elle était toujours aussi volontaire et passionnée.

Les officiels échangeaient force compliments sur les travaux réalisés.

Émue, Joséphine songea à tous les clichés que Jean-Philippe avait pris du vieux Sedan. Il ne lui avait pas donné signe de vie depuis leur rencontre à l'Exposition universelle de 1878. Elle suivait sa carrière de photographe grâce aux articles que la presse lui consacrait, de temps à autre.

Elle avait ainsi appris qu'il s'était rendu au Tonkin afin de rendre compte des tentatives françaises pour ouvrir le passage aux négociants du delta du Song Koi jusqu'à la frontière de Chine.

Chaque fois qu'elle empruntait la rue des Francs-Bourgeois, elle éprouvait une nostalgie si intense qu'elle détournait la tête. Elle ne pouvait s'empêcher de songer que c'était elle, et elle seule, qui avait refusé le bonheur offert.

35

1885

De mémoire de drapier, la boutique des tondeurs avait toujours constitué une forme de sanctuaire. C'était là, en effet, que se jouait la réputation d'une fabrique.

Les tondeurs exerçaient un rôle clef, et ils le savaient. Ne l'avaient-ils pas prouvé, plus d'un siècle auparavant, lors de la grande grève de 1750, en cessant le travail pendant quarante-cinq jours ? Travaillant à la dernière étape de la fabrication avant la teinturerie, les tondeurs constituaient une classe à part dans le monde ouvrier, celle des seigneurs. Tout leur art résidait dans la manière d'apprêter leurs très grands ciseaux, les forces, hauts d'un mètre quarante et pesant près de soixante kilos. Les tondeurs travaillaient en liaison avec les émouleurs, car leurs outils impressionnants devaient être émoulés après une quarantaine de coupes. Ils officiaient sur la table à tondre, trois mètres de long, quarante centimètres de large, inclinée à dix pour cent afin de permettre le déplacement des forces.

Oui, en vérité, les tondeurs étaient des maîtres, et

le meilleur d'entre eux s'appelait Alphonse. C'était un gaillard bâti en force, aux cheveux roux, aux mains puissantes, la gauche marquée par des cals à la jointure du poignet.

Alphonse travaillait en équipe avec Joachim, son planquet. Comme les laineurs, les tondeurs devaient s'accorder, garder le même rythme, afin que le drap sorte de leur boutique tondu de façon uniforme.

Cela faisait plus de vingt ans qu'Alphonse travaillait à la Licorne. Il avait formé des dizaines et des dizaines d'apprentis qui avaient appris leur métier seulement en le regardant travailler. Aussi, le jour de mars où il déclara à Félicité Desprez qu'il partait, « la patronne » le vécut-elle fort mal.

— C'est une plaisanterie, lança-t-elle.

Elle voyait bien, pourtant, à l'air déterminé d'Alphonse, qu'il ne changerait pas d'avis.

— Ton père, ton grand-père et tes oncles ont toujours travaillé pour la Licorne, insista-t-elle.

Alphonse planta son regard bleu dans celui de Félicité.

— Raison de plus pour changer, grommela-t-il.

C'était un rustre, mais elle avait besoin de lui. Au moins, pensa-t-elle, Joachim reste, lui.

— C'est une question de salaire ? reprit-elle, de plus en plus mal à l'aise.

Alphonse haussa les épaules.

— Vous le savez bien. Y a pas moyen d'être augmenté, à la Licorne. On travaille dur, pourtant.

Félicité serra les poings. Qu'on ne compte pas sur elle pour étaler ses problèmes financiers sur la place de Sedan ! Elle était lasse de se battre. On ne voulait plus des draps fins, pratiquement inusables, du Sedanais. La mort dans l'âme, elle avait dû se résoudre à une manœuvre qu'elle jugeait méprisable mais que d'autres fabriques pratiquaient elles aussi. Expédier des étoffes en Angleterre, afin que celles-ci y reçoivent une marque anglaise, et les faire revenir ensuite en France. Tout cela parce que les tissus anglais connaissaient une vogue sans précédent !

Elle regrettait amèrement de n'avoir pas su investir à temps. Elle avait compris trop tard qu'il était devenu indispensable de renouveler son matériel, mais elle manquait de capitaux.

Ses relations avec la banque étaient devenues tendues. On la trouvait trop âgée pour rester seule à la tête de la Licorne. Monsieur Théobald, le banquier, lui suggérait de faire appel à des capitaux extérieurs. Proposition qu'elle avait repoussée avec véhémence. Comment ? Elle ne serait plus maîtresse chez elle ? Un parfait inconnu pourrait lui imposer ses décisions ? Pure folie !

Monsieur Théobald avait alors eu le front de lui vanter la réussite de la fabrique Sénéchal.

« Madame Sénéchal est pourtant une personne du sexe faible, elle aussi, mais elle a su prendre les bonnes décisions en temps et en heure », lui avait-il fait remarquer.

Félicité n'avait pu s'empêcher de glisser :

« Bah ! Sa réussite repose sur quelques heureux hasards. Cette personne ne tardera pas à tout perdre. Elle n'est pas issue du sérail. »

Monsieur Théobald, décidément beaucoup trop progressiste au goût de « Madame Mère », l'avait sermonnée. L'époque des dynasties de drapiers était bel et bien révolue. De nombreux employés du textile avaient tenté l'aventure en créant de toutes pièces leur fabrique, et, semblait-il, certains ne s'en tiraient pas si mal.

« Dites-vous bien que nous vivons une ère de transformation dans tous les domaines », avait martelé le banquier.

À près de soixante-cinq ans, Félicité devait être trop vieille pour s'adapter. Elle avait bien compris, au cours de ses discussions avec d'autres drapiers, que Sedan avait perdu sa suprématie industrielle, mais elle ne savait plus comment réagir. Au niveau du département, la métallurgie des vallées de la Meuse et de la Semoy prenait une place prépondérante, au détriment des manufactures. D'ailleurs, s'il était besoin d'une preuve, il suffisait de citer le déménagement de la succursale de la Banque de France. Celle-ci avait quitté Sedan, où elle avait ouvert en 1858, pour aller s'installer à Charleville.

Félicité secoua la tête, comme pour chasser ces pensées déprimantes.

— Eh bien, agis à ta guise, trancha-t-elle, ulcérée. De toute manière, je n'ai pas les moyens de te retenir ici.

Alphonse avait sa fierté. Il se redressa.

— Faut pas croire, on n'est pas des esclaves, répliqua-t-il. Ça, madame, vous l'avez pas encore compris.

Pour une fois, Félicité ne trouva pas les mots. Son menton s'affaissa lorsqu'elle vit Joachim poser à son tour ses forces sur la table à tondre et emboîter le pas à Alphonse. Il s'arrêta devant « la patronne », ôta sa casquette.

— Je pars aussi, m'dame. Vous comprenez, c'est

l'Alphonse qui m'a appris le métier. Lui et moi, on fait équipe...

— Foutez le camp ! glapit madame Desprez, qui se vantait de garder son calme en toutes circonstances.

Elle ne s'abaissa pas à leur demander où ils avaient l'intention d'aller travailler. Tout le monde, à Sedan, savait que la fabrique Sénéchal offrait les meilleurs salaires. Elle le pouvait. Ne vendait-elle pas ses draps jusqu'aux États-Unis, et en Russie même ?

La nouvelle se répandit très vite dans Sedan. Le fils Amiot était revenu. En triste état, murmurait-on. Bien sûr, il avait dû contracter quelque maladie dans ce pays où il avait vécu plusieurs années... Comment s'appelait-il, déjà ? Oui, le Tonkin. Et... à ce point du récit, les voix baissaient d'un cran. Il n'était pas revenu seul, il avait ramené avec lui une Jaune. « Une Annamite », précisait, d'un ton gourmand, l'épouse du sous-préfet.

Une beauté rare, affirmaient ceux qui l'avaient entrevue sur le quai de la gare inaugurée en 1884.

Ce fut Alice qui apprit la nouvelle à Joséphine. Gauthier, depuis sa loge, était au fait de tout ce qui se passait à Sedan et aux alentours. Joséphine pâlit.

— Eh bien... je croyais que tu ne pensais plus à ton beau photographe ! s'écria Alice, moqueuse.

Elle avait vieilli d'un coup, paraissant plus que ses quarante et un ans. Son visage était plissé de fines rides, et elle avait maigri. Parfois, de fortes douleurs abdominales la faisaient horriblement souffrir. « Ce n'est rien », affirmait-elle à Joséphine qui insistait pour l'emmener consulter le docteur Martin. Elle ajoutait, avec un petit rire : « Je vieillis, ma belle ! »

Joséphine et elle étaient restées amies. Un bel exploit, au dire de Catherine qui faisait office de gouvernante au Logis.

Jean-Philippe… Il suffisait à Joséphine de prononcer son prénom pour sentir ses joues s'empourprer. Elle avait longuement hésité à le contacter, après la mort brutale d'Adrien, pour finalement y renoncer. N'avait-elle pas coupé les ponts entre eux deux lorsqu'elle l'avait repoussé ? Souvent, elle se demandait ce qu'il serait advenu si elle s'était séparée de son époux pour suivre Jean-Philippe. Avait-il pensé qu'elle ne l'aimait pas, qu'elle ne l'avait jamais aimé ? Cette idée la torturait.

— Tu finiras bien par le rencontrer en ville un jour ou l'autre, reprit Alice.

Elle plaisantait, gentiment. Aussi ne comprit-elle pas la raison pour laquelle Joséphine réagit aussi nerveusement :

— Je n'ai que faire de lui !

Perplexe, Alice considéra son amie durant plusieurs secondes sans mot dire. Avant de laisser tomber :

— Ne le prends pas mal, Joséphine. Ce que j'en disais…

Personne ne pouvait comprendre, songea Joséphine, en remontant à grands pas l'allée qui menait au Logis.

Elle avait fui Jean-Philippe, de crainte de trahir le souvenir de Jérôme, et elle se retrouvait seule, avec ses regrets et ses remords. Lui avait fait sa vie… quoi de plus naturel ? Même si elle éprouvait une douleur sourde dans la poitrine. Il fallait qu'elle le revoie, qu'elle lui dise... Et après ? songea-t-elle avec une pointe d'amertume. Il vivait avec cette jeune Annamite, il l'avait oubliée depuis longtemps. Et pourtant... s'il était vraiment souffrant, elle devait aller lui rendre visite. N'avait-il pas toujours été là pour elle ? Elle se rappelait encore l'oiseau étrange, dans sa chambre. C'était en partie grâce à lui qu'elle avait survécu.

Elle avait d'autres souvenirs, également, occultés avec soin.

Elle pénétra dans le hall. Aurélien, qui était déjà rentré de l'école en compagnie de Lucie, la petite bonne, se précipita dans ses bras.

— Maman, quand est-ce qu'on va à la Sente aux Geais ?

Sa question prit Joséphine de court.

— Bientôt, je pense, mon fils.

Elle le contempla intensément. Son fils, son amour...

De nouveau, la question obsédante revint lui tarauder l'esprit. Qui était son père ?

Avait-elle raison de désirer revoir Jean-Philippe ? Comment savoir ?

Elle ne dormit pas de la nuit. Au petit matin, sa résolution était prise. Elle devait retourner rue des Francs-Bourgeois. Même si c'était pour la dernière fois.

Bien que l'aspect de Sedan ait changé, la même animation familière régnait dans le centre ancien, situé entre l'église Saint-Charles et la maison des Gros-Chiens.

Joséphine jeta un coup d'œil discret à la porte cochère de la manufacture de la Licorne. C'était là, dans la cour intérieure, que tout avait commencé, seize ans auparavant. Elle n'avait rien oublié, mais ses souvenirs avaient fini par se diluer dans un flou brumeux.

Elle était devenue une autre femme, même si elle n'avait pas renié ses rêves d'alors. Elle s'écarta pour laisser passer une charrette chargée de pièces de drap. À proximité des fabriques, l'air était imprégné de poussières de laine. C'était son univers, un monde qui risquait fort de disparaître peu à peu, sous l'effet de la modernisation, inéluctable. Les publications qu'elle lisait reprochaient déjà aux draperies de Sedan de manquer de dynamisme par rapport à celles de Reims ou d'Elbeuf. Lorsqu'elle évoquait ce sujet avec Georges, il la rassurait en lui rappelant que ses clients étrangers lui permettaient de maintenir ses ventes.

L'émotion la submergea quand elle se retrouva devant la porte de Jean-Philippe. Elle gravit l'escalier menant à l'atelier. Elle redoutait tant le moment où elle le reverrait que ses mains tremblaient. Elle réussit à frapper à la double porte moulurée. La plaque émaillée indiquait toujours : *Jean-Philippe Amiot. Photographe.*

Augustine ne travaillait plus là depuis longtemps. Joséphine espérait que son vieil ami lui ouvrirait lui-même. Elle ne put réprimer un sursaut en découvrant sur le seuil une jeune personne, longue et fine dans un vêtement de soie rouge bordée de noir.

Elle salua Joséphine avec beaucoup de grâce.

— Vous êtes certainement madame Sénéchal,

déclara-t-elle dans un français parfait, teinté d'un accent chantant. Entrez, Jean-Philippe vous attendait.

Elle éprouva un instant la tentation de s'enfuir, dut se raidir pour ne pas tourner les talons. Elle n'était plus une gamine, elle avait trente-quatre ans, elle avait passé l'âge des foucades. Il était loin le temps où elle avait décidé de quitter son village sur un coup de tête, sans même vouloir songer aux conséquences de son acte !

— Merci, mademoiselle, répondit-elle en s'efforçant de sourire.

Rien n'avait changé dans l'atelier. Joséphine retrouva avec un plaisir mêlé d'émotion les meubles recouverts de velours bleu. Rien n'avait changé et tout était différent, à cause de la présence de la jeune Annamite.

Pourtant, quand Joséphine aperçut Jean-Philippe, pâle, amaigri, elle s'élança vers lui, sans plus se soucier de quoi que ce soit.

36

1890

Quand on demandait à Aurélien Sénéchal quel métier il désirait exercer plus tard, il répondait sans hésiter : « Photographe. Comme Jean-Philippe. »

Ce qui faisait froncer les sourcils de sa grand-tante Catherine.

« A-t-on idée, marmonnait-elle, alors que tu as la fabrique à t'occuper ? »

Aurélien coulait un regard complice en direction de Joséphine.

« La fabrique, c'est l'affaire de maman », répondait-il.

L'enfant, âgé alors de dix ans, et le photographe avaient noué une relation curieuse dès leur première rencontre. Ils n'avaient pas besoin de se parler beaucoup pour se comprendre. À la sortie du collège, Aurélien faussait compagnie à Lucie et filait jusqu'à l'atelier de la rue des Francs-Bourgeois. Les premiers temps, Joséphine avait tenté de s'y opposer. Elle ne se sentait pas tout à fait à l'aise avec l'inconnu que Jean-Philippe était devenu. Tous deux avaient changé, profondément. Et la présence de Linh, la jeune Annamite, n'arrangeait rien.

Le photographe l'avait lentement apprivoisée. Il s'était raconté, sans rien omettre de son désir de partance pour un ailleurs lointain. Joséphine savait quelle était sa part de responsabilité dans cette décision. Jean-Philippe avait tenu à respecter son choix. Il s'était effacé.

Le Tonkin l'avait fasciné. Son visage las s'éclairait lorsqu'il évoquait la lumière particulière baignant les collines, la beauté gracile des femmes et des enfants, les vestiges de la cité impériale de Hué.

Joséphine avait, pour la première fois de sa vie, ressenti les affres de la jalousie. Comme s'il l'avait deviné, Jean-Philippe avait esquissé un sourire.

« Linh est ma fille adoptive », avait-il déclaré. Elle était fiancée à un jeune lieutenant qu'elle ne tarderait pas à épouser, à Paris.

Il l'avait invitée à s'asseoir. Tout naturellement, Joséphine avait choisi son fauteuil préféré, un crapaud, près de la cheminée. Sa robe à tournure l'empêchait de s'y pelotonner comme autrefois. Elle avait esquissé le mouvement, cependant, de replier ses jambes et, à cet instant, avait croisé le regard de Jean-Philippe. Elle avait su, alors, que lui non plus n'avait rien oublié.

Il l'avait rejointe, en deux pas, s'était penché vers elle.

« Le temps m'a paru si long… Pourquoi ne m'avoir jamais rappelé ? »

Elle avait secoué la tête tandis que les larmes, lentement, roulaient sur ses joues.

« Je ne pouvais pas, Jean-Philippe. Je ne savais plus où j'en étais... »

C'était si simple, tout à coup, de se confier, de lui avouer la vérité au sujet de la naissance d'Aurélien. Quelle vérité, d'ailleurs, puisqu'elle ne savait pas, qu'elle ne saurait jamais le nom du père de son fils ?

Et Jean-Philippe, buvant ses larmes, affirmait qu'il s'en moquait bien. Aurélien était le fils de Joséphine. Le reste lui importait peu.

Il l'avait bercée un long moment dans ses bras, jusqu'à ce que son visage se crispe. Elle s'était aussitôt alarmée. Ce n'était rien, son foie lui jouait des tours depuis son séjour prolongé au Tonkin. Le climat n'était pas toujours facile à supporter pour les Européens. Oui, le vieux docteur Martin, qui ne parvenait pas à prendre sa retraite, le soignait...

« Je ne veux pas que vous mouriez », avait murmuré Joséphine.

Il avait enserré son visage de ses mains longues et fines, l'avait embrassée, avec une délicieuse lenteur.

« Je n'ai pas l'intention de vous quitter, à présent que nous nous sommes retrouvés. »

Chaque fois qu'elle songeait à cette journée, Joséphine esquissait un sourire ému. Elle avait pensé que le bonheur n'était pas fait pour elle. Jean-Philippe s'était ingénié à lui prouver le contraire.

Les dernières années leur avaient été douces. Jean-Philippe s'était rétabli assez vite. Il avait organisé plusieurs expositions, à Sedan, Charleville et Reims, qui avaient rencontré un important succès. Ses clichés du Tonkin, d'une beauté languissante, fascinaient les visiteurs.

Joséphine leur préférait les photographies des

funérailles de Victor Hugo. Le poète était mort le 22 mai 1885, dans son domicile de l'avenue d'Eylau, rebaptisée « avenue Victor-Hugo », alors même qu'un ouragan de grêle s'abattait sur Paris.

Jean-Philippe avait réussi à prendre un cliché du corbillard des pauvres – Hugo avait bien spécifié dans son testament que telle était sa volonté – porté sous l'Arc de Triomphe.

Il avait aussi des images saisissantes du transfert du cercueil, le lendemain matin, au Panthéon. La foule était impressionnante. Deux millions d'admirateurs et de curieux, le visage grave, suivant le cortège tandis que les rues et les avenues de Paris arboraient des écussons portant les titres des œuvres du poète. Les lampadaires étaient voilés de crêpe. Paris et la France portaient le deuil d'un génie nommé Hugo.

En contemplant les photographies, Joséphine s'était souvenue d'un après-midi de mai 1870. Ce jour-là, madame Adélaïde lui avait offert un exemplaire de *La Légende des siècles*. Joséphine l'avait lu et relu, y puisant quelque réconfort durant les épreuves traversées.

Ces photos l'avaient émue, lui avaient rendu Jean-Philippe plus proche.

Elle aimait à constater l'entente existant entre son fils et son compagnon. Elle ne se posait plus de questions au sujet du nom du père d'Aurélien. Jean-Philippe lui avait fait remarquer que cela n'avait pas la moindre importance pour lui. Il aimait Aurélien pour ses qualités de cœur et refusait de se torturer l'esprit à propos de l'identité de son géniteur.

Cette déclaration avait soulagé Joséphine. Elle

s'accordait enfin le droit de savourer son bonheur. Pourtant, les soucis ne manquaient pas à la fabrique. Certes, les industriels sedanais, la manufacture Sénéchal en tête, avaient obtenu des récompenses à l'Exposition universelle de 1889, et Joséphine, par l'intermédiaire de son directeur commercial, monsieur Quentin, avait réussi à ouvrir un comptoir à Tunis, mais la conjoncture demeurait fragile. Les mesures protectionnistes s'étaient accrues aux États-Unis, les importations étaient frappées de droits prohibitifs. Joséphine se félicitait régulièrement d'avoir réussi à conserver le marché russe tout en se demandant pour combien de temps encore.

Elle avait investi des capitaux importants dans l'achat de nouveaux métiers mécaniques, ce qui lui avait valu des reproches de la part de sa tante Catherine.

« Aurais-tu déjà oublié d'où tu viens ? lui avait lancé la tisserande avec une pointe d'amertume. Tu ne te rappelles donc plus le bruit des métiers rythmant la vie du village ? Les quarante malheureux francs gagnés pour fabriquer une pièce de drap de quatre-vingts mètres en trois semaines ? L'attente de la nouvelle trame, apportée par le commissionnaire de la fabrique… Quatre à cinq jours, en général. L'installation de la nouvelle pièce. Tendre la chaîne, monter la pièce, la nouer et la mettre en train… Pendant ce temps, l'ouvrier ne produit pas, et ne gagne rien. Pourtant, c'est notre vie, notre raison d'être. On ne sait pas faire autre chose. »

Joséphine avait fait la moue.

« Tu as bien arrêté, toi. Et regarde… je suis la

seule à avoir pris le relais. Mes frères et sœurs ne travaillent pas pour les draperies, que je sache. »

Catherine avait pris son temps pour lui expliquer ce qu'elle ressentait. Si elle avait mis fin à son activité de tisserande, c'était pour venir s'occuper d'Aurélien. Il lui arrivait, cependant, de rêver encore à son métier, le vieux compagnon de tant d'années de travail ininterrompu... Quant à ses neveux et nièces, ils tenaient de leur père, exception faite de Joséphine et d'Élodie, qui était devenue la couturière en vogue de Charleville. « La petite », comme Catherine et Joséphine continuaient à l'appeler, avait réussi. Elle était restée célibataire, affirmait être heureuse ainsi. Elle ne venait jamais à Sedan. Catherine avait bien son idée sur la raison de ce choix, mais elle la gardait pour elle. Après tout, Élodie ne lui avait pas fait ses confidences !

Lucien et Suzon ne s'étaient pas déplacés pour l'enterrement de leur père. Guy Tortel était mort en tombant d'un cerisier, alors qu'il allait à la maraude. « Encore fin soûl », avait commenté la veuve, qui en avait assez d'entretenir un tel paresseux. Baptiste, curé dans le Porcien, avait écrit une très belle lettre, que la veuve avait fait lire à tout le village. Joséphine n'avait pas éprouvé de peine. Rien d'autre qu'une indifférence teintée d'incrédulité. Pour elle, son père était mort depuis longtemps. Depuis ce jour tragique où Aurélie était passée...

37

1891

Catherine se pencha pour attiser le feu et se tourna vers Aurélien.

— Tu peux me relire l'article du Vieux ? demanda-t-elle.

Un châle de laine sur les épaules, elle s'assit près de la cheminée sur ce qu'on nommait un « coin de feu ». Elle refusait toujours avec force de s'installer dans un fauteuil.

« Je n'ai pas l'habitude », arguait-elle.

Elle s'activait tout au long du jour dans la maison, s'octroyant seulement une pause avant le souper. Quand il avait terminé son travail, Aurélien lui lisait alors le journal. Catherine prétextait que sa vue baissait. En fait, elle avait toujours eu beaucoup de peine à lire, ayant dû travailler dès l'âge de sept ans. Ce soir, elle ne parvenait pas à se réchauffer. Une brume tenace, montée de la Meuse, s'infiltrait dans le Logis malgré les volets clos et les rideaux tirés. Le ciel était resté bas tout au long du jour.

Aurélien se racla la gorge.

— «Aujourd'hui, tout est bien changé », attaqua-t-il d'une voix haute et claire. « Les bras d'acier sont venus casser les bras de chêne et les bras ouvriers. On entend bien encore, en passant dans Saint-Menges, le tic-tac des vieux métiers qui marchent à fond de train pour essayer de rivaliser avec les bras d'acier, mais les pauvres diables ont beau faire, ce n'est plus que le tic-tac de leur agonie. L'introduction dans l'industrie des métiers mécaniques leur a donné le coup de grâce, les a tués. Et dans les jours de légitime colère, on a envie de les couper en petits morceaux pour qu'ils soient encore utiles à quelque chose, ne serait-ce qu'à faire bouillir la soupe et cela par la faute de la mauvaise organisation sociale qui fait que l'ouvrier est pour ainsi dire condamné à maudire le progrès, à le redouter, à le considérer comme un concurrent qui lui casse bras et jambes… »

Catherine, tête légèrement inclinée, suivait chaque phrase prononcée avec gravité.

— C'est tout à fait ça, approuva-t-elle lorsque le fils de Joséphine eut terminé.

Plus rien n'était comme avant, et elle se demandait combien de temps encore les ouvriers du textile pourraient tenir avec des salaires aussi peu élevés. Il y avait de moins en moins de métiers à tisser dans les villages avoisinant Sedan. La production se recentrait en ville, autour des métiers mécaniques. C'était la fin d'une époque, et personne ne semblait vraiment s'en inquiéter. Elle avait peur. Elle était une vieille femme, à présent, et l'avenir l'inquiétait.

Elle le regarda.

— Petit, il ne faut jamais oublier que tu es né

d'une lignée de tisserands. Nous avons toujours été fiers de notre métier.

Aurélien se leva, se rapprocha de la vieille femme.

— N'aie crainte, Tante Catherine. Je sais déjà d'où je viens.

À près de quinze ans, il était grand, très mince, et ressemblait toujours beaucoup à sa mère. Joséphine avait longtemps guetté chez lui le moindre signe de trouble nerveux, au point que le docteur Martin avait explosé, un jour : « Ma parole ! Vous ne souhaitez tout de même pas que ce gamin soit épileptique ? Dites-vous bien que cette affection n'est pas héréditaire ! »

Elle avait fini par se rassurer. Elle ne voulait pas surprotéger Aurélien. Elle tenait à ce qu'il devienne quelqu'un de bien, ainsi qu'elle l'avait expliqué à Catherine et à Jean-Philippe.

Son compagnon avait souri.

« Aurélien est un garçon merveilleux. Vous pouvez être fière de lui. »

Dommage que la fabrique ne l'intéresse pas le moins du monde... Joséphine refusait de reproduire avec son fils l'erreur que Félicité Desprez avait commise avec Jérôme. Elle n'insistait pas pour l'emmener avec elle au Moulin. Elle se bornait à espérer qu'il l'accompagnerait un jour ou l'autre.

La porte du hall claqua. Joséphine entra en coup de vent dans le petit salon.

— Bonsoir ! lança-t-elle à la cantonade. Il fait meilleur ici. Dehors, il tombe une sorte de pluie verglaçante...

Catherine ne souffla mot. Elle attendit qu'Aurélien

se soit retiré dans sa chambre, après le souper, pour glisser :

— Toi, tu te fais du souci.

Joséphine soupira. À quarante ans, elle était restée une belle femme. Ses cheveux fauves ne grisonnaient pas encore et elle se tenait toujours très droite. Elle portait le plus souvent des toilettes de couleur carmin qui rehaussaient l'éclat de son teint. Lorsqu'elle croisait son reflet dans un miroir, elle se demandait parfois ce qu'était devenue la gamine de Saint-Blaise, qui rêvait d'un destin hors du commun.

Jean-Philippe lui avait un jour confié qu'il était tombé sous le charme dès leur première rencontre. Elle-même n'en avait gardé qu'un souvenir confus, car elle était alors à demi inconsciente.

« Vous ne ressembliez déjà à personne », avait-il ajouté.

Jean-Philippe constituait son point d'ancrage. Elle s'émerveillait de leur entente, de leur relation harmonieuse bien que passionnée. Ils n'envisageaient pas, cependant, de se marier. L'un et l'autre étaient farouchement attachés à leur indépendance, tout en s'épaulant. Les conseils de Jean-Philippe étaient particulièrement précieux, en cette période de turbulences que traversait l'économie sedanaise.

— Raconte… insista Catherine. Aurélien m'a lu tantôt un article du Vieux.

Tous les Ardennais appelaient ainsi, avec une affectueuse familiarité non dénuée de respect, Jean-Baptiste Clément, le communard qui, après avoir été condamné à mort par contumace puis amnistié en 1880, se dévouait à la propagande de la Fédération des travailleurs socialistes de France. Pour ce faire, depuis 1882, il sillonnait les grandes régions industrielles telles que le Nord, les Ardennes, le Nivernais ou le Gard. Ayant soutenu la grève des ouvriers boulonniers de Château-Regnault, en 1885, il avait noué des liens particulièrement étroits avec les travailleurs ardennais. Liens qui s'étaient concrétisés, le 31 mai 1885, avec la création de la Fédération des travailleurs socialistes des Ardennes. Depuis 1888, Jean-Baptiste Clément s'était installé dans les Ardennes et avait fondé le journal-brûlot *L'Émancipation*. À ce titre, il était devenu la bête noire du patronat.

Joséphine se rapprocha de la cheminée. Ses épaules s'affaissèrent.

— La situation est grave, répondit-elle enfin. Sous l'impulsion du… « Vieux », comme tu dis, des syndicats lainiers se sont constitués aussi bien à Saint-Menges qu'à Floing, Daigny, Illy et Fleigneux. Il se chuchote que les ouvriers projettent de se rassembler pour se mettre d'accord au sujet de leurs salaires. On parle d'un tarif qui s'imposerait aux patrons…

— Il est grand temps ! s'écria Catherine avec fougue.

De nouveau, Joséphine soupira.

— Je suis d'accord avec toi sur le principe. Mais l'application me paraît difficile. Certains patrons considèrent les syndicats comme la source de tous leurs maux. Quant à Jean-Baptiste Clément… il suffit de prononcer son nom pour qu'ils prennent feu ! Tiens, pour n'en citer qu'une, Félicité Desprez… elle n'acceptera jamais cette idée de tarif.

— Ses affaires vont mal, non ? J'ai vu ce matin la Manon. On débauche, à la Licorne.

Joséphine ne répondit pas tout de suite. Elle était dubitative. Elle avait longtemps désiré se venger de « Madame Mère » mais, désormais, ce combat lui paraissait dénué de sens. La dernière fois qu'elle avait croisé le chemin de Félicité, celle-ci lui était apparue vieillie, et extrêmement lasse. Tout Sedan savait que la patronne de la Licorne se battait pour sauvegarder la fabrique. Mal secondée, manquant de capitaux, Félicité Desprez n'avait pu moderniser sa manufacture. D'ailleurs, elle reconnaissait elle-même qu'elle se sentait dépassée. Elle n'acceptait pas pour autant les idées révolutionnaires de Jean-Baptiste Clément, qu'elle appelait « le communard » avec un mépris non dissimulé.

Cette attitude était adoptée par de nombreux chefs d'entreprise. Face à eux, Joséphine se battait pour faire accepter l'idée d'un tarif commun imposé aux patrons. Jean-Philippe l'encourageait.

« L'époque a changé, affirmait-il. Et puis, tu as un rôle à jouer. Tu connais le métier. Si toi tu ne soutiens pas les ouvriers, qui le fera, en dehors des syndicats ? »

Elle aimait l'entendre la tutoyer. Il était à la fois tendre et protecteur avec elle, tout ce qu'elle avait rêvé qu'il soit. Ils s'aimaient. Et cette certitude l'aidait à vivre une situation qui risquait de s'envenimer.

— Tu es bien silencieuse, reprit Catherine.

Dans la cheminée, le feu avait perdu de son intensité. Joséphine croisa les bras devant sa poitrine, dans un geste instinctif de défense.

— Les temps changent, murmura-t-elle.

Elle était à la fois inquiète et vibrante d'espoir. Bien qu'elle prétendît le contraire, la fabrique Sénéchal demeurait le centre de sa vie.

38

Chaque fois qu'elle ouvrait les volets de bois protégeant sa devanture qui indiquait en lettres d'or calligraphiées *Mademoiselle Élodie, couturière pour dames*, qu'elle admirait les pavillons de la place Ducale et le vieux moulin communal au bout de la rue du même nom, Élodie éprouvait une bouffée de fierté. Elle, la gamine de Saint-Blaise, timide et gauche, avait réussi à avoir pignon sur rue ! Ce commerce, c'était comme un rêve de petite fille, la preuve qu'elle pouvait s'en sortir.

Elle aimait l'animation régnant à Charleville, la vitalité de la place Ducale, qui abritait sous ses arcades aubergistes, modistes, bottiers, marchands de couleurs, de meubles, de grains, imprimeur, libraires, épiciers et pharmaciens.

Sa minceur lui permettait de porter ses dernières créations : corsage à col montant et à manches gigot, jupe prenant bien la taille et s'évasant vers le bas. Coiffée à la mode, ses cheveux enserrés dans un chignon volumineux, elle avait gagné une certaine assurance.

On lui disait qu'elle était jolie, et l'un des épiciers de la place lui faisait une cour discrète. Il l'accompagnait au théâtre applaudir des opérettes d'Offenbach et lui faisait écouter de la musique sur son gramophone, une merveille qu'il s'était procurée à Paris.

« Il va te demander ta main, c'est sûr », prétendait Joséphine lorsqu'elle venait lui rendre visite, et Élodie, rougissante, secouait la tête. Un seul homme comptait à ses yeux. Gauthier. Mais il n'était pas libre.

À trente-cinq ans passés, elle avait résolu de cesser d'attendre et d'espérer. N'était-il pas temps de grandir ? Elle finirait vieille fille, voilà tout ! Comme sa tante Catherine.

Le printemps était en cette année 1891 salué par une floraison exceptionnelle de jonquilles et de coucous. Le ciel clair annonçait des jours plus longs, les premiers arbres en fleurs ennuageaient de rose et de blanc les jardins.

« Manquerait plus qu'une bonne gelée pour tout perdre ! » grommelait Catherine, tout en préparant sa salade au lard avec de la romaine, croquante à souhait, et des pissenlits, qu'elle plaçait dans une cocotte en fonte au coin de la cuisinière. Elle versait dessus des pommes de terre cuites « à la pelure » avant d'être épluchées et coupées en rondelles, la graisse des morceaux de lard qu'elle avait fait rissoler, les lardons eux-mêmes, et enfin un filet de vinaigre. Le secret résidait dans le mijotage et le tour de main pour « touiller » le plat.

Quand Aurélien lui reprochait son pessimisme, elle répondait, avec un petit soupir : « Ne fais pas attention, petit. La vie m'a appris que le bonheur n'était pas fait pour nous autres. »

Joséphine n'était pas là pour la contredire. Elle passait la plus grande partie de son temps en ville, en réunion avec les patrons du Sedanais, afin de se concerter au sujet de ce fameux tarif réclamé par les ouvriers. Les deux parties devaient se rencontrer le 29 mars, à Sedan, afin de trouver un accord.

Malgré le soleil, une atmosphère tendue pesait sur la ville. Tout le monde savait que les revendications des tisserands étaient justifiées. En effet, la concurrence des métiers mécaniques avait eu pour conséquence un afflux de main-d'œuvre rurale. Celle-ci, pour pouvoir travailler, avait dû accepter des salaires nettement insuffisants, de l'ordre de un franc à un franc vingt-cinq par jour. La situation des tisserands était devenue intenable.

— Nous allons droit à la grève générale, annonça Joséphine au soir du 29 mars.

Son visage las accusait soudain son âge. Ses yeux, ombrés de bistre, avaient perdu de leur éclat.

— Viens manger, s'empressa Catherine.

Elle avait gardé de son enfance de pauvre le réflexe de considérer la nourriture comme un remède universel.

Joséphine secoua la tête. Elle était incapable d'avaler quoi que ce soit. Elle venait de se battre durant plusieurs heures pour faire admettre l'idée qu'un salaire journalier de trois francs minimum lui paraissait tout à fait raisonnable. Quelques patrons étaient prêts à accepter ce salaire, mais à la condition que l'ensemble du patronat les suive dans ce sens et affiche dans ses usines les tarifs. La situation était bloquée.

— Cela leur fait donc si mal au portefeuille d'augmenter les salaires ? grommela Catherine en posant la soupière sur la table de la petite salle à manger, proche de l'office.

La pièce, toute lambrissée de chêne, chaleureuse, ouvrait sur le parc.

Aurélien, devant le silence las de sa mère, prit la parole :

— Je crois surtout que c'est l'idée des syndicats qui braque les drapiers, glissa-t-il. Ils ne sont pas loin de considérer Jean-Baptiste Clément comme l'incarnation du diable.

Joséphine sourit à son fils.

— C'est tout à fait ça. Le Vieux explique sans répit que les syndicats permettront aux ouvriers de conquérir leur liberté face aux patrons. C'est un discours que des personnes comme Félicité Desprez ne peuvent pas tolérer.

— Cette vieille toupie ! lança Catherine avec colère. Il faut croire que les plus garces ont la peau dure !

Joséphine ne répondit pas. Quelque part, elle admirait le combat mené par « Madame Mère ». Tout comme elle, la mère de Jérôme n'abdiquait pas. Pour un peu, elle l'aurait presque trouvée sympathique.

Catherine posa timidement la main sur le poignet de son petit-neveu.

— Dis, Aurélien… tu veux bien m'expliquer ce qui se passe ?

Depuis cinq jours, date du déclenchement de la grève, la fabrique était étonnamment silencieuse. Les ouvriers s'étaient déclarés en grève le 31 mars 1891, après avoir fait remarquer que telle n'était pas leur intention.

Le comité de grève s'était installé au siège social de la chambre syndicale, 11, rue du Rivage, et avait invité les patrons à s'y rendre. Joséphine avait été la première à le faire et à adhérer au tarif proposé par les ouvriers. Trois employeurs avaient suivi son exemple. Les autres campaient sur leurs positions.

Aurélien avait longuement discuté de la situation avec sa mère et Jean-Philippe. Le photographe venait souvent au Logis. Il était plus facile pour Joséphine de le recevoir chez elle, où habitaient son fils et sa tante, plutôt que de se rendre dans son appartement de célibataire, rue des Francs-Bourgeois. Jean-Philippe avait pris fait et cause, lui aussi, pour les tisseurs. Il avait photographié la rue du Rivage, où le siège du syndicat était gardé en permanence par deux représentants de la force publique. Il suivait également Jean-Baptiste Clément dans les villages du pays sedanais où le militant expliquait sans se lasser à quoi servaient les syndicats.

— Le Vieux va demain à Saint-Blaise, lui dit Aurélien.

Catherine tressaillit.

— À Saint-Blaise ? Et personne dans cette maison ne m'en avait parlé ? J'y vais de ce pas !

Elle décrocha sa pèlerine de la patère du hall. Son petit-neveu la rappela :

— Tante Catherine ! Attends ! Jean-Philippe y va dans son boghei. Il ne demandera certainement pas mieux que de t'emmener avec lui.

La tisserande secoua la tête d'un air obstiné.

— Pour que j'aie l'air de me prélasser pendant que mes compagnons de misère se battent ? Merci bien ! Je suis encore capable de faire le trajet à pied.

Personne ne parvint à la faire revenir sur sa décision. De guerre lasse, Jean-Philippe décida de l'accompagner. Après tout, il était resté sportif, cette marche ne lui ferait pas de mal.

En chemin, Catherine causa. De la crise du textile mais aussi de Joséphine, qu'elle considérait comme sa fille.

— Vous finirez p't-êt' par vous marier un jour, tous les deux, attaqua-t-elle alors que, du sommet d'une côte, ils apercevaient le toit de l'abbaye, nichée au creux du vallon.

Jean-Philippe esquissa un sourire.

— Ça ne me poserait pas de problème, mais Joséphine n'y tient pas. À cause d'Aurélien, je pense.

Sa voix s'était teintée d'amertume.

— Et de la sacro-sainte fabrique, ajouta-t-il.

— Mmh… fit Catherine, sans se compromettre. Ce que j'en dis… Pour moi, ce qui compte, c'est de savoir ma petite heureuse. Tiens, on n'est pas les seuls, on dirait… Regarde-moi tout ce monde…

Le maire avait mis la salle de la mairie à la disposition du Vieux. Hommes, femmes et enfants se pressaient nombreux dans la grand-rue de Saint-Blaise, et le bruit des galoches résonnait de façon insolite pour Catherine. Aucun métier, en effet, ne fonctionnait en ces jours de grève.

— Le curé a décalé l'heure des vêpres pour que les femmes viennent aussi, chuchota Catherine.

Tout le village la saluait. On lui donnait l'accolade, on lui faisait la bise, on prenait des nouvelles de Joséphine. Les ouvriers savaient déjà que la nièce de Catherine avait accepté le tarif minimal, et sa popularité en était accrue.

Un murmure parcourut la foule quand le vieux communard grimpa à la tribune improvisée. Il paraissait plus que ses cinquante-cinq ans mais, dès qu'il prit la parole, l'assistance retint son souffle. Vêtu simplement d'un pantalon et d'un paletot de velours, il avait l'art de prononcer les mots qui faisaient mouche et savait parler aux ouvriers de leur quotidien. Jean-Philippe prit de lui plusieurs photographies, en se demandant si celles-ci pourraient restituer la flamme et la passion du vieux syndicaliste. À ses côtés, Catherine, bouleversée, se moucha à deux reprises.

— On dirait bien qu'il a lui-même connu ce que nous avons vécu depuis l'enfance, déclara-t-elle à l'adresse de Jean-Philippe.

Clément continuait d'énumérer des exemples afin de prouver que le syndicalisme permettrait aux ouvriers de réaliser des progrès sociaux. Il répondait, aussi, aux questions des tisserands. Deux camarades de Saint-Menges l'avaient accompagné dans le but de faire partager leur expérience.

La réunion se termina au cri de « Vive l'Union ouvrière ! ». C'était comme un immense espoir qui soulevait l'assistance. Espoir teinté d'inquiétude. Les ouvriers eux-mêmes se demandaient s'ils pouvaient réellement faire confiance au syndicat.

On fit circuler du café pour se réchauffer, car le soleil s'était déjà caché. Catherine s'éclipsa pour aller se recueillir sur la tombe de sa sœur avant de rejoindre Jean-Philippe.

— Eh bien ? Qu'en pensez-vous ? lui demanda-t-il, en lui offrant son bras solide pour reprendre la route.

Elle enveloppa d'un regard ému son village, où elle avait vécu plus de quarante années d'un labeur incessant. Rien, semblait-il, n'avait changé, hormis le silence, et pourtant, elle n'hésita pas pour répondre :

— C'est la fin d'une époque. Ces maudits métiers mécaniques nous tueront à petit feu.

Jean-Philippe soupira. Il partageait hélas cette opinion.

Appuyée sur sa canne, Félicité Desprez faisait le tour des ateliers désertés. La Licorne, qu'elle avait toujours connue bruissante d'activité, était désormais comme morte. À cause de la grève, qui s'éternisait, elle avait perdu des commandes importantes. À Elbeuf, à Reims et à Louviers, places concurrentes, on se frottait les mains.

À Sedan, propositions et contre-propositions se succédaient, sans qu'on parvienne à déboucher sur un accord. Un nouveau tarif, élaboré par quarante-neuf patrons le 10 avril, avait été rejeté par les ouvriers. Ceux-ci estimaient en effet que le prix de journée proposé, soit un franc quatre-vingts, était nettement insuffisant compte tenu du travail fourni. Ils réclamaient un salaire de trois francs cinquante. Le 12 avril, les patrons ripostèrent en déclarant qu'ils ne pouvaient pas dépasser leur offre d'un franc quatre-vingts. Les ouvriers répondirent qu'ils leur laissaient « un délai de vingt-quatre heures après réception de leur tarif ». Passé ce délai, les pièces seraient démontées.

On en était là.

Félicité n'avait plus la force de se battre. Elle se sentait vieille, épuisée. Trop de soucis, trop de nuits passées à compter et recompter... Elle ne pouvait plus assurer ses échéances. Elle avait commandé des quantités de laine trop importantes et la grève mettait en péril sa dernière chance de redresser la Licorne. Tout était allé de mal en pis depuis le départ d'Alphonse, le maître tondeur. Les meilleurs ouvriers avaient rejoint la fabrique Sénéchal, qui offrait des salaires plus élevés. Acculée, Félicité avait fini par accepter l'idée de devoir vendre. Son banquier l'avait mise en contact avec une entreprise de Roubaix. Une vieille fabrique du Sedanais, tombée en déshérence, avait connu ce destin l'année précédente. Félicité ne pouvait y songer sans éprouver un pincement au cœur.

Elle considéra tristement les charrettes à bras et les hottes posées contre le mur.

À quel moment ai-je failli ? se demanda-t-elle avec angoisse.

Elle aurait dû moderniser la Licorne. Peut-être payait-elle pour son obstination, son intransigeance vis-à-vis de Joséphine Sénéchal. À cela non plus elle ne voulait pas songer.

Firmin, le concierge, la rejoignit dans la cour alors qu'elle contemplait d'un air pensif les ailes incurvées de la fabrique. Toute une vie passée là, à se battre… Tout cela pour quoi ?

— Venez voir, madame. Y a le convoi de la misère qui passe.

Un silence écrasant pesait sur la ville. Debout devant la porte cochère, Félicité dut plisser les yeux avant d'apercevoir le début d'un immense cortège de chariots chargés de pièces démontées. Derrière les voitures, plus de deux mille hommes, femmes et enfants marchaient lentement, le visage empreint de tristesse et de gravité. Ils ne parlaient pas, ne criaient pas, et ce silence rendait leur cortège plus pathétique encore.

Plusieurs personnes s'étaient jointes aux ouvriers. Une grande femme aux cheveux blancs, un peu voûtée, et Joséphine Sénéchal, toute vêtue de noir, comme si elle avait porté, elle aussi, le deuil des tisserands. Félicité et elle échangèrent un regard indéfinissable. À cet instant, le visage de la vieille drapière se défit. Elle avait honte, soudain, de l'attitude de certains patrons qui refusaient toute négociation. Depuis des siècles, il existait un contrat tacite entre les fabricants et les tisserands. Décidément, les temps avaient bel et bien changé si les drapiers ne respectaient plus leurs engagements.

Le dos voûté, elle rentra sous le porche, gravit pesamment les marches menant à l'étage. Elle était seule. Et cette solitude avait pour elle le goût amer du remords.

39

La douceur du mois de mai contrastait avec l'animation régnant dans la cour de la fabrique Sénéchal.

Gauthier sourit en voyant la longue cohorte des ouvriers pénétrer à l'intérieur des bâtiments. Le travail reprenait, enfin !

Pourtant, après le cortège du 14 avril, les patrons, à l'exception de six, dont Joséphine, s'étaient engagés à ne pas donner de travail aux tisseurs avant le lundi 11 mai, en guise de représailles. Clément avait aussitôt dénoncé dans son journal *L'Émancipation* « un pacte de famine ». Les négociations avaient cependant repris, vaille que vaille. Certains patrons, refusant de céder à la pression, avaient décidé de recourir aux services d'ouvriers rémois, pour un coût supérieur. La grève coûtait très cher à tous, à commencer par les ouvriers. En haut lieu, on préconisait un accord rapide, de crainte que l'agitation sociale ne fasse tache d'huile.

Dans ce contexte, le drame de Fourmies avait pris une dimension particulière dans les Ardennes. Les neuf morts et les dizaines de blessés tombés sous les balles du 145e régiment d'infanterie avaient bouleversé la France tout entière et notamment Sedan. Le Vieux avait été arrêté à Charleville et emprisonné. Il fallait parvenir très vite à un accord si l'on ne voulait pas vivre une nouvelle tragédie.

De guerre lasse, le 12 mai, les patrons finirent par accepter le tarif proposé par les ouvriers. Le 13, les pièces démontées repartirent vers les villages du Sedanais. Cette fois, c'était un cortège joyeux, celui de la victoire, et l'on agitait drapeaux et bouquets de fleurs. La victoire était totale, puisque les patrons avaient accepté point par point les revendications des tisseurs. L'heure était à l'euphorie, même si Catherine prophétisait des lendemains qui déchanteraient.

« Qu'est-ce qu'on fera, quand les métiers mécaniques seront partout ? » répétait-elle.

Joséphine refusait de partager son pessimisme. Certes, il allait falloir mettre les bouchées doubles pour rattraper le retard de production, convaincre les grandes maisons parisiennes que Sedan constituait toujours une place sûre, mais elle avait confiance dans le savoir-faire de ses ouvriers et sa propre expérience.

Elle s'était beaucoup battue durant le conflit pour faire valoir son point de vue. Même si elle ressentait une certaine fatigue, elle savait qu'elle n'avait pas le droit de souffler. L'avenir de la fabrique était en jeu.

Cette nuit-là, elle eut de la peine à trouver le sommeil. À quarante ans, elle avait conscience de se trouver à la croisée des chemins. Jean-Philippe lui avait demandé de l'épouser. Elle était hésitante. Ils s'aimaient, mais elle avait peur d'aliéner sa liberté chèrement acquise. Elle redoutait également la réaction de son fils.

« Si vous m'aimiez vraiment… » lui avait dit Jean-Philippe, la veille au soir.

Elle savait ce qu'il pensait. Jérôme était toujours entre eux deux. Elle écrasa une larme rageuse. C'était pour Jérôme qu'elle avait lutté durant toutes ces années. Pour Jérôme et pour sa mère. Afin de prouver à « Madame Mère » qu'elle était capable, elle aussi, de diriger une fabrique. En même temps, elle s'était aussi battue pour sa famille, dans laquelle on était tisserandes de mère en fille. Tant pis si elle était la seule à avoir perpétué la tradition.

Elle se leva tôt, comme chaque matin, s'habilla avec soin après sa toilette. Sa robe de taffetas incarnat, confectionnée par Élodie, lui donnait bonne mine, estompant les traces de la fatigue accumulée au cours des dernières semaines. Elle se rendit à son rendez-vous à pied, après avoir bu sa tasse de café debout, malgré les objections de Catherine. Il faisait très bon, et elle avait envie de voir revivre sa ville. Le va-et-vient des chariots, le bruit des métiers, l'animation régnant sur la place Turenne lui faisaient chaud au cœur.

Si elle fut surprise en découvrant que son banquier n'était pas seul, elle n'en laissa rien paraître. La vie lui avait appris à se maîtriser.

En revanche, sa main trembla légèrement lorsqu'elle signa les documents chez le notaire.

Joséphine et Félicité se retrouvèrent face à face place de la Halle en sortant de l'étude du notaire. Le soleil éclairait les façades de pierre. Joséphine éprouvait une étrange sensation d'irréalité.

— Pourquoi ? osa-t-elle demander.

Félicité Desprez soutint le regard de celle qu'elle avait si longtemps considérée comme une arriviste dénuée de scrupules.

— Est-ce en souvenir de Jérôme ? insista Joséphine.

Félicité secoua la tête en signe de dénégation.

— Jérôme n'a jamais aimé les draps. Non, je vous ai vendu la Licorne à vous plutôt qu'à un industriel du Nord pour que la fabrique continue à vivre. Seulement pour la fabrique.

Joséphine sourit. Sa vieille ennemie ne désarmait pas. Au fond, elle préférait qu'il en fût ainsi. Elle aurait détesté l'idée de devoir la plaindre. Elle ne pourrait jamais oublier certaines images qui la poursuivraient toute sa vie. Elle refusait, cependant, de les laisser influencer ses décisions. Elle avait mûri, elle aussi, durant la grève des tisseurs.

Elle se demanda avec angoisse si Félicité Desprez allait lui parler de son bébé mort plus de vingt ans auparavant. La mère de Jérôme n'en fit rien. Au fond, c'était conforme à son caractère, se dit Joséphine, soulagée. Pour elle, l'enfant n'avait jamais existé.

Les deux femmes se séparèrent sur une brève inclinaison de tête. Joséphine s'éloigna d'un pas rapide. Elle n'avait rien à lui dire.

— Jo !

Elle sursauta. Elle n'avait pas besoin de se retourner pour reconnaître la voix de Georges.

Il immobilisa sa nouvelle voiture à sa hauteur.

— Peste ! Un vrai palace ! admira-t-elle, détaillant le siège confortable, la hauteur du véhicule, la taille des roues, le vernis luisant de la caisse en bois.

Georges éclata de rire.

— La prochaine, ce sera une voiture à moteur. Il faut marcher avec le progrès.

Le soleil estival adoucissait la silhouette massive du château fort. Tant d'événements s'étaient succédé au cours des vingt dernières années que, parfois, Joséphine avait de la peine à se rappeler quelles avaient été ses réactions en découvrant la ville pour la première fois.

— On a fait un sacré chemin, toi et moi, résuma Georges.

Elle sourit.

— Pour l'instant, je suis riche de dettes. Peu importe ! J'ai racheté la Licorne.

Il la considéra sans mot dire durant plusieurs secondes. Puis :

— Ça te tenait à cœur depuis si longtemps. N'en oublie pas de vivre pour autant, ma belle. Ta fabrique ne réchauffera pas ton lit.

Elle lui tapota la main.

— Ne te fatigue pas. Je crois que j'ai compris. C'était si important pour moi, tu sais. Pas seulement à cause de Jérôme.

Georges hocha la tête.

— Et après, Jo ? Tu n'es pas éternelle. Qui aura les épaules assez larges pour diriger les deux fabriques ? Aurélien n'en a pas vraiment envie.

— Nous verrons, le moment venu. Après tout, je ne suis pas si vieille !

Elle refusait de songer aux problèmes qui se poseraient, fatalement, un jour ou l'autre.

Georges n'insista pas. Il revoyait la gamine mal fagotée qui avait découvert Sedan depuis le siège de sa Vaillante. Il n'aurait jamais imaginé qu'elle deviendrait un personnage aussi important.

Même s'il prenait bien garde à ne pas afficher son aisance, il n'avait pas si mal réussi, de son côté.

Elle posa un baiser rapide sur sa joue.

— Je file à la Licorne. À bientôt !

Il suivit d'un regard attendri sa silhouette mince qui se hâtait.

Au fond, elle n'a pas tellement changé, se dit-il. Elle est restée impulsive. Un vrai vif-argent.

Il secoua les rênes. Il avait l'intention de profiter d'une course à Charleville pour aller saluer Élodie. La petite avait embelli. Tous deux pourraient peut-être faire un bout de chemin ensemble.

Le nez en l'air, Joséphine contemplait les étages de la fabrique de la Licorne. Avant de pénétrer dans la cour, elle avait caressé, presque furtivement, le heurtoir qui avait donné son nom à la manufacture et avait éprouvé des sentiments mêlés, de panique et de fierté. Elle ne pouvait pas ne pas songer à Jérôme. Même si elle savait qu'elle devait aller de l'avant. Son œil exercé remarqua les installations qu'il faudrait rénover. Depuis plusieurs années, Félicité Desprez parait au plus pressé sans pouvoir investir. Peu importait à Joséphine. La Licorne, qui avait longtemps dominé la production drapière de Sedan, était pour elle une fabrique hors du commun.

Firmin, la casquette à la main, vint la prévenir qu'un visiteur l'attendait sous le porche. L'attitude obséquieuse du concierge la fit sourire. Elle le suivit en direction de la porte cochère, se retrouva face à Jean-Philippe.

— Ainsi, vous avez réussi, lui dit-il, sans attendre que Firmin ait disparu dans sa loge.

Sa voix était empreinte de lassitude.

Joséphine eut un élan vers lui. Il ne fit pas un geste pour l'attirer contre lui.

— J'ai longtemps espéré que vous m'aimeriez assez pour oublier vos rêves de vengeance, poursuivit-il. Apparemment, je me suis lourdement trompé.

Elle prit peur, soudain. Il était là, tout près d'elle, et si lointain qu'elle en éprouvait comme un vertige.

Elle tendit la main vers lui. Il ne bougea pas.

— Il y a si longtemps que je vous aime, Joséphine, reprit-il d'une voix sourde. Mais vous, qu'avez-vous fait ? Vous avez mené seule votre combat, sans vous soucier réellement de moi.

Elle voulut protester. Il secoua la tête.

— J'espérais que vous finiriez par comprendre. Bon sang ! Il y a une vie en dehors des draperies. J'approche de la cinquantaine. Je n'ai plus le temps d'attendre. Je veux vivre avec vous le temps qu'il nous reste, sans que vous couriez entre vos deux fabriques. Est-ce trop vous demander ?

Son visage grave exprimait sa détermination. Brusquement, Joséphine comprit qu'elle allait le perdre. De nouveau, elle esquissa un geste vers lui. Et, de nouveau, il fit non de la tête.

— J'ai bien peur qu'il ne soit trop tard, Joséphine. Dieu m'est témoin que je vous ai aimée comme un fou, plus que ma vie.

« Je vous ai aimée… » Il ne pouvait mieux lui faire comprendre que tout était fini. Saisie d'un nouveau vertige, elle chancela.

— Donnez-moi encore une chance, pria-t-elle. Retrouvons-nous à la Sente aux Geais…

— Pour que nous y pleurions ensemble sur le triste sort de Jérôme ? Merci bien ! Si vous décidez de venir me rejoindre, ce sera au grand jour, non à la sauvette, et chez moi. À vous de décider. Bien le bonsoir, madame Sénéchal.

Il s'éloigna à grandes enjambées. Jamais encore elle ne l'avait vu en proie à une telle colère.

Bouleversée, elle rentra chez elle sans même prendre la peine de s'attarder à la Licorne.

Chez elle… Ce n'était pas au Logis, où trop de souvenirs douloureux l'assaillaient dès que la nuit tombait.

— Eh bien ! On dirait que tu viens de croiser le diable ! lui lança Catherine en la voyant surgir dans la cuisine.

Depuis le départ de Blanche, partie soigner sa mère impotente à Pouru, la tisserande avait fait sienne la grande pièce à l'imposante cheminée. Elle appréciait le bonheur de disposer de place, elle dont le métier à tisser avait limité l'horizon durant des années et des années. Là, elle cuisinait des mets simples, des recettes héritées de sa propre mère.

Joséphine ne répondit pas. Elle alla s'enfermer dans le petit bureau aménagé près de sa chambre. Les mots prononcés par Jean-Philippe tournaient dans sa tête.

« Je vous ai aimée comme un fou, plus que ma vie », lui avait-il dit.

Et elle, elle était restée muette, incapable de lui faire partager ce qu'elle ressentait.

Elle regarda sans les voir vraiment les documents que monsieur Jeoffret lui transmettait régulièrement. La fabrique, toujours la fabrique. Que devait-elle faire ? Elle se sentait perdue, incapable de prendre une décision.

N'y tenant plus, elle se changea, passant des vêtements plus confortables, et sortit.

— Ne m'attendez pas pour souper ! cria-t-elle à la cantonade.

Un ciel d'aquarelle s'accordait à la douce tiédeur de l'après-midi. Papillon trottait gaiement, bien qu'il n'ait guère l'habitude d'emprunter cette route. Il avait fait beau et le rendement de la moisson serait intéressant.

Le cœur de Joséphine se serra lorsqu'elle aperçut le toit de l'abbaye. Toute son enfance s'était déroulée là, au creux du vallon, même si, désormais, Saint-Blaise lui paraissait presque étranger.

Les sabots de Papillon résonnèrent sur les pavés disjoints. Elle tira les rênes. La maison de ses grands-parents maternels n'avait pas changé. Elle lui semblait seulement plus petite que dans ses souvenirs. La porte n'était pas fermée à clef. Qui aurait eu l'idée de voler ? On se connaissait depuis des générations… Et voler quoi, grands dieux ? Le métier à tisser fabriqué par le menuisier du village ? Chaque famille de Saint-Blaise en possédait un. Ceux-ci n'allaient pas tarder à devenir inutiles, d'ailleurs, car les métiers mécaniques étaient appelés à se développer de plus en plus.

Joséphine passa la main sur le bâti poussiéreux.

Il lui semblait encore voir sa mère appuyer sur les pédales, elle avait toujours en mémoire le bruit du métier en action. C'était bel et bien une époque révolue, elle en prenait brutalement conscience. Joséphine ne se donna pas la peine de grimper dans la soupente. Elle ne tenait pas à raviver certains souvenirs.

Elle remonta dans son cabriolet, secoua les rênes en faisant claquer sa langue. Papillon, qui n'attendait que cet encouragement, s'élança. Elle ne retourna pas à Sedan, se dirigea vers le Moulin. Le ciel avait viré au rose. Elle discuta avec Étienne, donna quelques instructions.

Comment, se demanda-t-elle tout à coup, aurais-je pu abandonner tout cela ? Elle venait de racheter la Licorne. Les ouvriers comptaient sur elle. Pourquoi Jean-Philippe ne le comprenait-il pas ?

Lorsqu'elle se décida enfin à regagner Sedan, la nuit était tombée. Le ciel, de velours, évoquait un drap précieux, tondu au plus près par un maître comme Alphonse. Elle fit un détour par la rue des Francs-Bourgeois. Les volets de l'appartement-atelier étaient clos. Elle marqua une hésitation. Et puis, le cœur déchiré, elle se dirigea vers la Licorne, où il y avait tant à faire.

La porte cochère ornée du heurtoir se referma derrière elle.

Lorsqu'on est enfant, on croit ses parents immortels.

Par la suite, bien sûr, on réalise que c'est faux mais rien n'y fait, on espère toujours les garder le plus longtemps possible auprès de soi. Comme un dernier rempart… Aussi, quand ils partent, même si c'est à un âge fort avancé, on se sent perdu, c'est un tsunami qui nous frappe et nous fait sombrer. Plus encore peut-être lorsque, comme les miens, ils ont perdu leurs repères et presque tout oublié.

Cependant, malgré tout, il reste quelques bribes de souvenirs et des gestes d'amour, si émouvants.

Un échange de regards, un sourire, une main serrée, fort, des confidences à une seule voix, pour accompagner nos parents jusqu'à leur départ.

Comme un ultime témoignage d'amour.

Et toi mon cœur pourquoi bats-tu ?
Comme un guetteur mélancolique
J'observe la nuit et la mort.

Guillaume Apollinaire,
Le Guetteur mélancolique

Un ultime rendez-vous

La nuit… c'était peut-être le pire moment. Tout se bousculait dans sa tête. Des images qu'il identifiait avec difficulté, des chansons, des voix… Il reconnaissait celle de son père, grave, posée. Depuis combien de temps ne l'avait-il pas entendue ? Trop longtemps, assurément !

Il avait beau s'efforcer de rester allongé et de fermer les yeux, rien n'y faisait, le sommeil le fuyait. Il avait alors l'impression que ses idées se télescopaient avec ses souvenirs. Pouvait-on d'ailleurs les appeler des souvenirs ? Ou, plutôt, des flashs, d'autant plus déstabilisants qu'ils s'évanouissaient tout de suite après.

Il lui arrivait de tendre les mains, un geste instinctif pour tenter de retenir les images qui se dérobaient.

Lorsqu'il ne pouvait plus y tenir, il se relevait, s'asseyait dans son fauteuil roulant et, à la force des mains, s'échappait dans les couloirs.

La nuit, tout était différent. Les corridors vides, le silence… un silence bienheureux, après le vacarme de la journée. Portes fermées avec plus ou moins de délicatesse, assiettes et couverts entrechoqués, son trop élevé des téléviseurs, gémissements des patients... Il s'estimait chanceux d'avoir perdu de son acuité auditive.

Il fonçait dans le couloir, sans savoir où il voulait se rendre. Il La cherchait. Où était-Elle passée ? Lorsqu'il La retrouverait, il lui dirait qu'il ne supportait plus ces parties de cache-cache. Que diable ! Ils avaient plus de quatre-vingt-dix ans. Ils n'étaient plus des gamins. Était-ce cette chambre ? Il s'approcha, ouvrit la porte. Sur le lit, une forme allongée ronflotait. Il se pencha au-dessus d'elle, se détourna avec un soupir irrité. Il s'agissait d'un vieil homme à la barbe blanche. Ce n'était pas Elle. Elle devait bien se trouver quelque part, sapristi !

Si seulement il avait su où il était... À chacun de ses réveils, il lui fallait du temps pour tenter d'apprivoiser les lieux. Il ne reconnaissait rien. À l'exception d'une photo les représentant, Elle et lui, alors qu'ils n'étaient pas encore trop décrépits.

C'était la gamine qui la lui avait apportée, avec un sourire tendre. Il l'appelait ainsi, la gamine, parce qu'il ne se souvenait pas de son prénom.

C'était si pénible, sa mémoire qui s'effilochait. Elle était son phare dans la nuit. Pourquoi ne lui répondait-Elle pas ?

Il demandait, pourtant, assez souvent : « Avez-vous vu ma femme ? », avec, à chaque fois, son cœur qui s'accélérait comme s'il avait voulu sauter hors de sa poitrine. On lui répondait par la négative, parfois d'un air étonné, comme s'il avait posé une question incongrue, et son désarroi s'accentuait.

Il n'était pas fou, que diable !

Elle existait.

Il se rappelait leur arrivée dans cet endroit aux murs trop blancs. La couleur lui manquait déjà. Il avait toujours aimé le rouge, qui symbolisait pour lui l'énergie. Comment être en forme dans cet environnement immaculé ? Il avait besoin de couleurs, pour se sentir encore en vie.

À quoi bon ? se disait-il parfois.

Chaque jour était une répétition de la veille. Réveil plus ou moins douloureux, prise des constantes, brouhaha matinal, petit déjeuner. Le matin, il avait encore à peu près faim, ça se gâtait dans la journée, dès qu'il La cherchait. Il avait de vagues souvenirs de sa vie d'avant. Un jardin, fleuri de roses. Un potager dans lequel il semait et récoltait des légumes de jadis. Il se revoyait avec son père, avant la guerre. Ils cultivaient des carottes, des pommes de terre, des poireaux, des monstrueux de Carentan.

Le jardin constituait pour lui beaucoup plus qu'un dérivatif, une façon d'honorer la mémoire de son père qui lui manquait tant. Depuis… combien de temps exactement ? Il n'en savait rien, ce qui exacerbait son irritation. Pourquoi avait-il l'impression que sa vie était devenue une longue page blanche ? Cette image dansait devant ses yeux, jusqu'à ce qu'il tourne la tête vers le mur et abaisse les paupières. Le sommeil le gagnait lentement, il avait l'impression de glisser dans l'eau profonde d'un fleuve. Il sombrait, et se sentait libéré, enfin.

Le matin était consacré aux soins. Il avait ses préférées parmi les aides-soignantes. Sandrine, Sarah, Samira… elles se surnommaient « les trois S » et riaient avec lui. Il avait tant aimé rire, autrefois !

Des blagues de potache, des reparties à l'emporte-pièce, le rire au coin des yeux…

Il L'avait séduite en La faisant rire. Il était tombé sous le charme dès l'instant où leurs regards s'étaient croisés, au bal de l'hôtel de ville. Il dansait bien. Son père, capable de valser sur un guéridon de bar avec sa belle-mère, lui avait appris. Il se rappelait – tout de même ! – la couleur de sa robe ce soir-là, un bleu saphir assorti à ses yeux, ses cheveux châtain foncé enroulés sur les épaules. Ils avaient dansé sur un air de Glenn Miller. Qui se souvenait encore de Glenn Miller ? Il pourrait le fredonner. La la la la la… plus vite, plus entraînant.

Brusquement, une fatigue irrépressible s'abattit sur lui. Comme s'il avait réellement dansé.

Il était loin, très loin, de sa chambre aux murs trop blancs.

Dans le passé.

*

Il arrêta son fauteuil roulant devant la photo ; la contempla avec une sorte d'avidité. Pourquoi ne La voyait-il plus ? Où était-Elle partie ? Était-ce à cause de lui ? Autant de questions qui demeuraient sans réponse.

La revoir une fois, ne serait-ce qu'une fois, pensa-t-il avec force.

Elle était son tout, il avait besoin d'Elle, de sa présence à ses côtés, désespérément. Lui avait-il dit assez qu'il l'aimait ? De son temps, on exprimait moins ses sentiments. Ses propres parents, par exemple, n'avaient jamais échangé de tendres baisers devant leurs six enfants. Mais son père rapportait régulièrement des fleurs du jardin à sa mère. Des œillets de poète, les « bouquets tout faits », comme on les appelait dans le Nord, une rose, toujours rouge. Il avait gardé cette habitude pour Elle. Une rose rouge le 1er janvier, un bouquet de roses, rouges toujours, pour la Saint-Valentin, une orchidée pour son anniversaire, du muguet le 1er mai…

Il esquissa de la main le geste de caresser les pétales d'une fleur. Celles-ci lui manquaient-elles aussi ? Une ombre voila son regard. Il s'essuya les yeux, comme pour chasser une poussière imaginaire, et reprit sa quête dans les couloirs.

Pourquoi ne se montrait-Elle pas ? Il trouvait son jeu cruel ; cela ne lui ressemblait pas.

*

On lui disait qu'il ne fallait pas penser. Se laisser vivre… Quelle bonne blague ! Vivre, ce n'était pas cela, Dieu merci ! C'était travailler, prendre soin des siens, passer du temps en famille, chanter à tue-tête, bricoler, jardiner. Et rire, comme pour adresser un pied de nez au destin.

Ici, il végétait, l'âme et le cœur recroquevillés. Se résigner ? Jamais ! Si la tentation l'effleurait, parfois il la repoussait avec force.

Il s'agita dans son lit. Oh ! Ces douleurs, partout… Il avait renoncé à se plaindre, convaincu que c'était inutile.

Il La voulait auprès de lui.

Pour le distraire, Sandrine lui apportait du linge

propre à plier lorsqu'il se trouvait dans la « salle de loisirs ». Un nom pompeux pour ce qui était en fait un espace hétéroclite dans lequel on réunissait les pensionnaires l'après-midi. Il s'appliquait à défroisser du plat de la main gants et serviettes de toilette, puis à les plier avec soin. Il aimait ça, ayant enfin l'impression d'être utile. Il restait dans son monde, sans chercher à communiquer avec ses voisins. Entre une vieille femme qui criait en permanence « Au secours ! », une autre secouant la tête d'un air obstiné, un homme, les yeux mi-clos, se donnant beaucoup de peine pour paraître ailleurs... il ne s'estimait pas vraiment gâté ! Seule Michèle, au regard pétillant, échangeait avec lui un sourire de temps à autre. Mais, timide, elle ne cherchait pas à se lier plus avant. Et lui n'en voyait pas l'intérêt.

Il ferma les yeux, épuisé.

Dormir... il avait besoin de dormir.

*

Il se réveilla nauséeux, épuisé, avec le sentiment d'être trop fatigué pour accomplir la moindre tâche. C'était certainement à cause de la chaleur, pensa-t-il.

Le soleil tapait déjà sur les grandes baies. Ce devait être l'été. Il se revoyait, enfant, se jetant dans la rivière pour apprendre à nager et manquant se noyer. Un copain l'avait ramené sur la berge, soufflant et hoquetant.

Un râle monta de sa poitrine. Il avait la sensation d'étouffer.

« Au secours ! » essaya-t-il de crier, sans succès. L'impression d'étouffement était insupportable. Il se noyait à nouveau, comme quatre-vingts ans auparavant. Le sang battait à ses tempes. Il chercha à se redresser sur ses oreillers. Il aperçut une silhouette familière au pied du lit. Elle s'empressa autour de lui, le plaça sous oxygène. Lentement, l'air pénétra à nouveau dans ses poumons.

Pas encore pour cette fois, se dit-il, ne sachant que penser de ce répit. Il le regrettait presque.

★

Demain était un jour particulier. Il aurait été bien incapable de dire pourquoi ; il le savait, voilà tout.

La gamine était revenue le voir, comme chaque jour. Elle avait le visage à l'envers, la voix un peu cassée, comme si elle se retenait de pleurer. Il aurait voulu la réconforter, lui dire que ce n'était pas grave, sans en avoir la force. Ils étaient restés un bon moment main dans la main, leur dernière façon de communiquer.

Il hocha la tête lorsqu'elle lui fit promettre de manger un peu, mais il n'en ferait rien. Il en était incapable.

Tout au long de la journée, il peina à respirer, malgré l'oxygène. Il sentait ses forces diminuer.

Le soir, la gamine et son mari s'installèrent à ses côtés pour passer la nuit. Il les distinguait dans une sorte de brouillard flou. Leur présence l'empêchait de penser. Cela valait peut-être mieux. Médecin, infirmière… on le dérangeait, on s'excusait… Il restait impassible, ses forces mobilisées pour tenter de respirer. Il entendit parler de morphine, vit les larmes rouler sur les joues de la gamine.

« Pas grave », voulut-il dire.

Les mots ne passaient pas. Il était las, si las, et c'était si difficile de respirer.

Cependant, il continuait à La chercher. Elle était là, toute proche, il le pressentait.

Il ferma les yeux, apaisé.

Il allait La retrouver, ce n'était plus qu'une question d'heures.

Il ne pouvait s'en souvenir ; il y avait exactement un an, jour pour jour, qu'Elle était partie, le laissant seul, désemparé, perdu.

Composition et mise en pages
Nord Compo à Villeneuve-d'Ascq

#lisez! engagé
www.lisez.com
Pour plus d'information :
Imprimé sur du papier issu de forêts gérées durablement.

CET OUVRAGE
A ÉTÉ ACHEVÉ D'IMPRIMER
SUR ROTO-PAGE
PAR L'IMPRIMERIE FLOCH
À MAYENNE EN AVRIL 2023

N° d'impression : 102465
Imprimé en France